ANTES de PARTIR

Colleen Oakley

Antes de partir

Tradução
Valéria Lamim

5ª edição

BERTRAND BRASIL
Rio de Janeiro | 2018

Copyright © 2015 by Colleen Tull

Título original: *Before I Go*

Texto revisado segundo o novo
Acordo Ortográfico da Língua Portuguesa

2018
Impresso no Brasil
Printed in Brazil

CIP-BRASIL. CATALOGAÇÃO NA PUBLICAÇÃO
SINDICATO NACIONAL DOS EDITORES DE LIVROS, RJ

O11a   Oakley, Colleen
    Antes de partir / Colleen Oakley; tradução de Valéria Lamim. – 5ª ed. –
5ª ed. Rio de Janeiro: Bertrand Brasil, 2018.
    23 cm.

    Tradução de: Before I go
    ISBN 978-85-286-2062-7

    1. Ficção americana. I. Lamim, Valéria. II. Título.

16-32584
                                    CDD: 813
                                    CDU: 821.111(73)-3

Todos os direitos reservados pela:
EDITORA BERTRAND BRASIL LTDA.
Rua Argentina, 171 – 2º andar – São Cristóvão
20921-380 – Rio de Janeiro – RJ
Tel.: (21) 2585-2000 – Fax: (21) 2585-2084

Não é permitida a reprodução total ou parcial desta obra, por
quaisquer meios, sem a prévia autorização por escrito da Editora.

Atendimento e venda direta ao leitor:
mdireto@record.com.br ou (21) 2585-2002

Para meus pais, Bill e Kathy Oakley

*A vida é agradável. A morte é tranquila.
O que perturba é **a** transição entre uma e outra.*

— Isaac Asimov

FEVEREIRO

um

Acabou a couve. Encontro-me em frente à geladeira aberta, deixando o ar gelado escapar em torno de minhas coxas nuas. Empurrei para o lado a pilha de potes plásticos com sobras de jantares que nunca vamos comer. Procurei na gaveta de legumes e até vasculhei debaixo do salsão murcho (será que alguém já usou um saco inteiro de salsão antes de ele virar borracha?). Havia um tipo de lodo acumulado no fundo do compartimento. Adicionei "limpar tudo isso" à minha lista mental de obrigações. Até movi todas as caixas de leite e suco orgânicos da prateleira de cima e olhei atrás delas. Sem chance.

Definitivamente acabou a couve.

Então ouço. O grito agudo da Rainha Gertrude, nossa porquinha-da-índia abissínia, vem da sala de estar. E eu já sei o que aconteceu com minha verdura.

Sinto a raiva ferver dentro de mim como uma garrafa de Coca-Cola que ficou rolando no assoalho do carro, apenas esperando alguém retirar a tampa para explodir de seu confinamento plástico.

É só uma couve.

É só uma couve.

É só um câncer.

Pelo jeito, minha raiva é uma dor disfarçada. Foi isso que o terapeuta disse na única sessão que concordei em fazer quatro anos atrás, quando tive câncer de mama.

Sim, *tive*.

Mas agora acho que minha raiva é apenas da possibilidade de estar com câncer de mama de novo.

Sim, *de novo*.

Quem tem câncer *duas vezes* antes de completar 30? Não é como ser atingido duas vezes por um raio? Ou comprar dois bilhetes de loteria premiados em uma vida? É como ganhar na loteria do câncer.

— Bom dia — Jack entra na cozinha se arrastando e bocejando, com uma camiseta que diz MANTENHA DISTÂNCIA, VOU FAZER UM EXPERIMENTO CIENTÍFICO e a calça verde de hospital. Ele tira do armário acima da pia uma caneca, souvenir de viagem, e a posiciona sob o bico de nossa cafeteira que serve uma pessoa. Coloca o refil na máquina e pressiona o botão para ligar. Puxo o ar profundamente. Mesmo não tomando mais café, adoro sentir o cheiro dele.

— Jack — falo, mudando de minha missão de reconhecimento na geladeira para o balcão onde está o liquidificador. Viro uma xícara de framboesas congeladas dentro do copo de vidro.

— Oi, amor. — Ele vai para trás de mim e planta um beijo onde minha orelha e minha mandíbula se encontram. O estalo reverbera em meu tímpano.

— Benny! — grita ele, ainda perto de meu ouvido, quando nosso terrier vira-lata de três patas entra rapidamente no cômodo. Jack se ajoelha no chão ao meu lado para recebê-lo. — Quegarotobonzinho. Dormiubem? Apostoquevocêtácomfome. Tácomfome, Bennyzinho? — Benny fica batendo o rabo no ladrilho cor de malva do chão de nossa cozinha enquanto recebe os afagos matutinos no nariz e nas orelhas.

Jack se levanta e vai para a despensa pegar uma porção de ração para Benny.

— Você deu a couve que estava na geladeira para a Gertie?

— Ah, sim. — Ele dá de ombros. — O pepino tinha acabado.

Fico ali parada, olhando fixamente para ele enquanto pega uma banana da fruteira sobre a bancada e a descasca. Benny está mastigando seu café da manhã com satisfação.

Jack morde a banana e, finalmente percebendo o peso de meu olhar, volta-se para mim. Em seguida, para o liquidificador. Ele dá um tapinha na testa com a mão que não segura a banana.

— Ah, droga. Desculpe, amor — diz. — Pego mais quando voltar da clínica à noite.

Suspiro e encaixo com força o copo na base, fazendo meu smoothie matutino sem couve.

Respire fundo.

É só uma couve.

E existem crianças famintas em Darfur. Ou sendo assassinadas enquanto dormem. É em Darfur o lance do genocídio? Não consigo lembrar. De qualquer modo, coisas ruins acontecem a crianças do outro lado do oceano; e aqui estou eu, preocupada com uma folhinha verde.

E a possibilidade de retorno do câncer.

Mas Jack não sabe sobre a doença, porque ainda não lhe contei. Eu sei, não deve haver segredos entre os cônjuges, blá, blá, blá.

Mas há muitas coisas que não conto para ele.

Como o fato de que não consigo comprar couve orgânica simplesmente indo ao Kroger no final da rua. O único mercado que vende isso se localiza a mais de 130 quilômetros de distância, quase em Atlanta. E o mercado agrícola onde tenho comprado durante esse período só abrirá na segunda. Há uma pequena banca em Monroe que às vezes tem, mas só abre no sábado. E hoje é quinta-feira.

Jack não sabe nada disso, porque não faz compras no mercado. E não faz compras no mercado, porque uma vez pedi que comprasse detergente para a máquina de lavar louça e um limão, e ele voltou para casa com 125 dólares de coisas de que não precisávamos — como quase um quilo e meio de costela e um pacote com 42 potinhos plásticos de tangerinas em conserva.

— Não se preocupe — digo —, compro mais quando voltar ao mercado. Não tem problema.

Não tem problema.

Não tem problema.

Sirvo meu smoothie rosa-que-deveria-ser-verde em um copo e vou até o balcão onde fica minha lista de afazeres. Pego a caneta ao lado do bloco de papel e escrevo:

4 – Limpar gaveta de verduras.
5 – Ligar para o Monroe e ver se terá couve no sábado.

Então dou uma olhada nos outros três itens da lista de coisas que preciso fazer entre as aulas.

1 – Fazer cartões de resumo para a prova sobre estudos de gênero.
2 – Comprar selante para as janelas.
3 – Trabalhar na tese!

Minha tese. Para a qual ainda não tenho tema. Estou no segundo semestre do mestrado em aconselhamento à comunidade e escolhi, pesquisei e depois descartei seis temas diferentes para minha dissertação.

— Diorama! — grita Jack, arrancando-me de meus pensamentos.

Meus olhos fixam-se nele enquanto me dou conta do que acabou de dizer. Um alívio me inunda, e eu, temporariamente, esqueço-me de tudo que vem afligindo minha mente: couve, câncer, tese.

— Sim! — respondo.

Seus dentes brilham para mim e presto atenção em sua mordida superior descentralizada. Foi a primeira coisa que percebi nele, achei esse defeito extremamente encantador. Foi aí que soube que estava enrascada. Porque, quando você não gosta de alguém, pensa: "ele tem dente torto."

Ainda sorrindo, Jack fez um pequeno sim com a cabeça, obviamente satisfeito por conseguir lembrar a palavra que nos tinha fugido três noites atrás, quando trocávamos de canal e paramos no *Jurassic Park*.

— Nossa, esse é o melhor filme — disse ele.

— O melhor — concordei.

— Gostei tanto que o usei em meu projeto de ciências do sexto ano...

— ...analisando se realmente era possível ressuscitar dinossauros a partir do DNA de mosquitos. E você ganhou o primeiro lugar na feira de ciências do condado de Branton — terminei a frase, revirando os olhos de modo divertido. — Fiquei sabendo.

Meu marido, entretanto, não desistiria de reviver seus dias gloriosos de nerd:

— A melhor parte, porém, foi aquela coisa que construí com todos os modelos de dinossauros em miniatura. Droga, como eles chamam? Nossa, sempre guardei aquilo. Será que meu pai ainda tem aquele negócio?

— Terrários?

— Não, esses têm plantas e coisas de verdade. Aquele era com caixa de sapato e você olhava em uma das extremidades...

— Eu sei do que você está falando. Só não consigo me lembrar... Espere: cicloramas? Não, esses são circulares.

— Está na ponta da língua...

E assim permanecemos por mais alguns minutos, ambos sem conseguir lembrar.

Até agora.

— Diorama — repito, sorrindo.

E não é a liberação resultante de, finalmente, lembrar-se de uma palavra que lhe fugiu da mente que me faz sorrir. É o Jack. Meu marido, que solta palavras completamente fora de contexto no meio da cozinha em uma manhã de quinta-feira. E a nossa conexão enche meu coração de espanto e satisfação. Acho que todos os casais sentem isso em algum momento — que a ligação entre eles é a mais especial, a mais forte, o Maior Amor de Todos. Não sempre, só naqueles poucos-e-espaçados momentos em que você olha para a pessoa que está ao seu lado e pensa: Sim. É você.

Agora é um desses momentos. Eu me sinto aquecida.

— Por que você ainda toma essas coisas? — pergunta Jack, olhando para meu smoothie caseiro. Ele está sentado na bancada à minha frente, sorvendo uma colherada de leite cheia de Froot Loops que tirou de uma tigela de plástico extremamente grande. Jack adora cereal. Ele poderia mesmo comer isso em todas as refeições. — Você teve câncer há quatro anos.

Quero dar-lhe minha resposta pronta quando ele questiona minha dieta sem graça, completamente orgânica, cheia de antioxidantes e sem nada processado: "E eu não quero essa dieta de novo".

Mas hoje não posso dizer isso.

Hoje preciso contar-lhe o segredo que venho guardando dentro de mim por quase 24 horas, desde que desliguei o telefone após falar com o doutor Saunders ontem pela manhã, porque não estava fisicamente apta para dizer as palavras. Elas se prenderam em minha garganta, como uma daquelas casquinhas irritantes de pipoca que arranha o esôfago e faz os olhos lacrimejarem.

Fico vasculhando minha mente à procura do modo certo de lhe contar. Os resultados de minha biópsia estão aí. Não parecem bons.

Então, meu nível de marcador tumoral está alto. Quer almoçar comigo hoje?

Sabe aquela festa que demos em fevereiro para comemorar os três anos em que me livrei do câncer e o fim de meus exames de sangue a cada seis meses? Ooopa!

Mas decido prosseguir de modo simples: a verdade dura e fria. Porque, não importa quanto o médico tente amenizar o golpe com seu "nós só precisamos fazer mais alguns testes" e "não vamos entrar em pânico até sabermos com o que estamos lidando", eu sei que o que ele realmente quer dizer é algo terrível, horrível, nada bom, muito ruim.

Limpo a garganta.

— Então, o doutor Saunders ligou ontem.

Estou de costas para ele, mas o ambiente se torna silencioso e sei que, se me virar e olhar, sua colher estará parada no meio do caminho entre a tigela e sua boca, como se Jack estivesse comendo cereal em um filme e alguém o pausasse para atender ao telefone ou ir ao banheiro.

— E? — pergunta ele.

Viro-me a tempo de vê-lo baixar o talher até a tigela de plástico ainda meio cheia. Ele está em câmera lenta. Ou talvez eu esteja.

— Voltou — falo exatamente na mesma hora em que a vasilha escorrega de sua mão e uma cachoeira de leite e Froot Loops jorra, passando por sua perna até chegar ao chão.

— Droga — diz ele, saltando de onde estava.

Pego o papel toalha do suporte atrás de mim e começo a enrolar folhas até ter um buquê grande o suficiente para absorver a bagunça. Depois me curvo e começo a limpar.

— Deixe que faço isso — diz Jack, ajoelhando-se ao meu lado. Eu lhe passo um maço de papel.

Atacamos a poça em silêncio, espantando Benny, que tenta dar uma lambida no leite docinho, e sei que Jack está assimilando a informação que

acabei de lhe falar. Logo me repreenderá por não dizer antes. Como pude guardar isso por 24 horas inteiras? Então ele me perguntará exatamente o que o doutor Saunders disse. Palavra por palavra. E eu lhe contarei como se passasse adiante fofocas da vizinhança.
    Ele falou.
    Aí eu falei.
    E aí ele falou.
    Mas, até que isso aconteça, Jack irá assimilar. Ponderar. Digerir. Enquanto nós, lado a lado, fazemos o melhor possível para limpar essa grande e ridícula bagunça.

* * *

ANTES DE PARTIR para o hospital veterinário, Jack beijou rapidamente minha bochecha, apertou meus ombros e olhou-me diretamente nos olhos.
    — Daisy. Vai ficar tudo bem.
    Assenti com a cabeça.
    — Não esqueça seu almoço — disse, entregando-lhe o saco de papel marrom que enchi com um sanduíche de atum, barra de cereais e minicenouras. Fui ao banheiro me preparar para meu dia enquanto ele saía pela porta dos fundos da cozinha. A frágil tela rangeu quando foi aberta e se fechou atrás dele.
    O que Jack quis dizer foi: "Você não vai morrer." Eu sei que não vou morrer. Faz apenas um ano desde que tive um bom resultado no exame de sangue, e, quando verifico e aperto o seio esquerdo, nem sinto o tumor encontrado na mamografia. Então, tenho certeza de que o detectaram cedo, como na primeira vez. E os testes que eles querem fazer amanhã de manhã apenas confirmarão que tenho câncer de mama. Mais uma vez. Isso, entretanto, não significa que vai ficar tudo bem.
    Não quero passar novamente por cirurgia. Ou químio. Ou rádio. E não quero ter um ano de minha vida arrancado de mim enquanto suporto esses tratamentos. Sei que estou me comportando como uma criança petulante, batendo o pé e cerrando os punhos, estreitando os olhos para o mundo. Não quero! Não quero! Não quero! Sei que deveria

ser grata. No que se refere ao câncer, relativamente, lidei com ele numa boa, motivo pelo qual me envergonho até mesmo de admitir meu maior medo: perder meu cabelo de novo.

Sei que é fútil e muito insignificante, mas amo meu cabelo. E, embora tenha tentado ser toda "machona careca" da última vez, isso, honestamente, não combinava comigo de modo algum. Algumas pessoas conseguem ostentar a careca. Não sou uma delas. Minha juba cor de chocolate começou a roçar meus ombros novamente — ainda não está tão volumosa e brilhante como antes, mas está comprida. É feminina. E a valorizo mais agora, depois de tê-la perdido uma vez. Às vezes, me pego acariciando meus cabelos, quase cantando como faço quando afago o pelo duro do Benny.

Cabelo bom.
Cabelo lindo.
Fique, cabelo.

Também adoro meus seios, motivo pelo qual não deixei que o doutor Saunders os tirasse da última vez. Muitas mulheres vão em frente. Pode tirá-los! Para que eu fique segura! São apenas seios! Mas eu tinha só 23 anos e não queria ficar sem eles. Por que o câncer não podia estar em minhas coxas ou em minha barriga nunca-suficientemente-chapada? Eu as entregaria de bom grado. Mas, por favor, pelo amor de Deus, deixe meus peitos perfeitos, satisfatoriamente grandes, arrebatados, capazes de fazer a maioria dos homens dar uma segunda olhada.

Não é que eu tivesse tomado uma decisão médica ruim. Saiu um grande artigo na revista *Time* logo depois de meu diagnóstico, divulgando os resultados de um amplo estudo feito em Houston, segundo o qual mulheres que optaram por fazer uma mastectomia dupla preventiva tiveram as mesmas taxas de reincidência do que as que não fizeram. Nunca leio a *Time*. Vi o artigo a caminho de minha aula de sociologia do crime enquanto espiava por cima do ombro de um estudante sentado perto de mim no ônibus. "É um presságio", pensei. E, quando comentei isso com o doutor Saunders, ele concordou que, embora fosse um estudo preliminar, os resultados pareciam sólidos — a escolha era minha. Agora, quatro anos depois, sentada aqui com câncer novamente, uma passada de olhos em uma matéria de revista não se assemelha tanto ao destino como se assemelha ao fato de eu acreditar no que quero acreditar para fazer o que quero fazer. Devia ter deixado que tirassem meus seios. Não deveria ter sido tão fútil.

Termino de escovar meus dentes e dou uma última olhada no espelho.

Meus cabelos.

Meus seios perfeitos.

Inspiro. Expiro.

É só um câncer.

* * *

Gosto da calma da manhã. Estou sozinha em casa, mas me alegro com os lembretes de que não estou sozinha no mundo. Jack se foi, mas sua presença ainda é palpável. A marca na cama, onde seu corpo aqueceu o lençol, acena para mim. "Talvez possa me aninhar nela só por um segundo", penso. O que há de tão tentador em uma cama por fazer? Resisto ao impulso, levanto o edredom e aliso suas rugas. Depois afofo o travesseiro de Jack, apagando as evidências de uma boa noite de descanso, deixando-o novo para o sono profundo de hoje à noite.

Junto do chão, ao lado de nossa cama, recolho três pares de suas meias gastas e as jogo no cesto. Em seguida, dou uma olhada na mala aberta ao lado da cômoda. Todo ano, Jack e eu celebramos no dia 12 de fevereiro — depois de meses de quimio e seis semanas de rádio — a ligação do doutor Saunders, dizendo que eu estava oficialmente livre do câncer. No último ano, para o terceiro aniversário, planejamos um jantar tranquilo com família e amigos em meu restaurante favorito. Jack deveria reservar o espaço privado no Harry Bissett's, mas, na manhã antes da festa, quando liguei para perguntar se podíamos levar nossa própria champanhe, o gerente me informou que não havia registro de nossa reserva. Jack se esquecera. **Sério, Jack? Sem reserva no H.B.? Ligue para todos e diga que a comemoração está cancelada**, mandei-lhe por mensagem, teclando furiosamente cada letra em meu inocente iPhone.

Enquanto chegava à nossa garagem aquela noite, ainda espumando de raiva, mal notei os carros alinhados em nossa rua estreita. Porém, quando entrei pela porta dos fundos, um coro de vozes gritou: "Feliz

Cancerversário!", e meus olhos arregalados captaram o rosto exultante de nossos familiares e amigos. Jack não apenas havia convidado todo mundo para uma festa improvisada de cerveja de barril em nossa casa, como também encomendara algumas bandejas de frango assado do Guthrie e acendera as velas aromáticas da Yankee Candles que só uso quando temos visita.

— Eu te amo — balbuciou ele do outro lado da cozinha, onde servia uma taça de Zinfandel branco para minha mãe, o único vinho que ela bebe.

Assenti com a cabeça, sentindo o calor em minhas bochechas ruborizadas e meu coração cheio de carinho por meu marido distraído que, de algum modo, como um gato, sempre dava um jeito de cair em pé.

Este ano, Jack me surpreendeu ao anunciar que havia planejado uma viagem de uma noite para nós. É raro conseguir passar mais do que algumas horas na companhia exclusiva de meu marido, pois ele é sobrecarregado de trabalho, além de constituir um dos poucos indivíduos de destaque que, ao mesmo tempo, obtém um doutorado e um Ph.D. em medicina veterinária — por isso estou especialmente animada. Partiremos em dois dias, e meu lado da mala está finalizado de modo impecável: suéteres enrolados, jeans dobrados, meias e lingeries espremidas no bolso interno de redinha. O lado de Jack está vazio. Todas as noites desta semana lembrei-o disso, mesmo sabendo que ele esperará até o último minuto, jogará tudo lá dentro no sábado de manhã e assim, inevitavelmente, se esquecerá de alguma coisa importante, como a escova de dente ou sua solução para lente de contato.

Deixo escapar um suspiro audível. Com o canto do olho, noto um copo meio vazio, ainda suado, em cima do criado-mudo de Jack. O pego, limpo com a palma da mão o anel de água que se formou sobre a madeira e levo-o para a cozinha.

Quando fomos morar juntos, recusava-me a aceitar a falta de ordem e limpeza de Jack. Éramos os típicos recém-casados, embora ainda não estivéssemos casados.

— Não sou sua droga de empregada! — disparei durante uma discussão particularmente acalorada.

— Nunca pedi a você que fosse — respondeu ele, seco.

Éramos oponentes em um campo de batalha; ninguém queria perder terreno para o outro. A postura de Jack era a de que caos e desordem não o incomodavam; ele não se opunha à limpeza, apenas não pensava nela. Eu argumentava que, se ele se importasse comigo, pensaria nisso e arrumaria sua própria bagunça. Todo prato sujo pelo qual eu passava e toda jaqueta ou par de sapatos que não voltavam para o armário representavam um insulto tangível. "Eu não te amo! Não me importo com seus sentimentos! Estou deixando de propósito minha xícara de café na pia do banheiro para te dar nos nervos! Ha! *Ha-ha-ha!*"

Mas, como a maioria das pessoas que decidem ficar juntas por um longo tempo, aos poucos aprendi a aceitar que a bagunça dele era só isso: bagunça. Não era um ataque pessoal. E, de vez em quando, Jack fazia um esforço sem muito entusiasmo para dar um jeito na pilha de papel sobre sua mesa no escritório que ameaçava desabar como avalanche no assoalho arranhado de madeira — e, nos dias realmente bons, ele até se lembrava de levar as louças usadas de volta para a cozinha.

Mas elas nunca chegam até a máquina de lavar louça.

Um projeto sensacional me saúda enquanto viro dentro da pia os resíduos do leite multicolorido que sobraram na tigela de cereal improvisada de Jack e a coloco no lava-louças. Olho para a fileira de janelas acima da torneira, admirando sua beleza envelhecida e, ao mesmo tempo, lamentando sua ineficiência. Elas não apenas têm as vidraças originais de 1926, o ano em que nossa casa foi construída, mas a moldura de madeira ao seu redor foi pintada tantas vezes que várias delas não fecham totalmente, deixando frestas por onde o ar entra. Precisamos substituí-las por completo, mas, até conseguirmos pagar por essa solução cara, decidi vedá-las. Trabalho número 37 em minha interminável lista de tarefas: impedir que nosso bangalô espanhol seja declarado inabitável.

Quando estávamos procurando por uma casa, há dois anos, apaixonei--me de imediato pelas portas arredondadas, o telhado de barro vermelho, a varanda em pedra com corrimão de ferro preto e o estuque exterior amarelo. Imaginei-me preguiçosamente comendo pedaços de queijo manchego e bebendo vinho debaixo de uma oliveira no quintal. Jack não se sentia tão encantado.

— Aquilo não é uma oliveira — disse ele, acabando com minha fantasia. — E esta casa precisa de muito trabalho. A casa geminada já está pronta para entrar. Tinta fresca e tudo.

Discordei com a cabeça, pensando no recanto arqueado no saguão e no telefone antigo que encontraria no mercado de pulgas para colocar sobre a prateleira embutida.

— É esta.

— Não vou ter tempo para fazer tudo de que esta casa precisa — disse ele. — Você sabe como é minha agenda.

— Mas eu tenho. Eu tenho tempo. Você não vai precisar mover um dedo. Prometo.

Ele tentou de novo:

— Você viu o jardim? Acho que não há nenhuma folha de grama perdida em toda aquela erva daninha.

— Dou um jeito — respondi rapidamente. — Você vai ver.

Ele suspirou. Jack me conhecia muito bem para saber que, uma vez que colocava uma coisa na cabeça, ninguém me impedia. Ele balançou a cabeça em sinal de derrota:

— Só você.

Sorri e deslizei meus braços ao redor dele, contente com minha vitória.

— Vai ser perfeito — falei.

Mas não foi. Pouco depois de nos mudarmos, percebi o que Jack intuíra primeiro (ainda que eu jamais admitiria que ele estava certo): não era só de um pouco de amor e carinho de que a casa precisava. Era de muito. Depois que pintei todas as paredes do interior e fiz motivos em alto relevo nelas, comprei novos filtros de ar, arranquei as ervas daninhas do jardim, lavei o exterior com a máquina vap, contratei um carpinteiro para construir uma nova escadaria para o deque dos fundos e esfreguei, poli, tirei o pó de tudo que estava à vista, nosso aquecedor explodiu. Em chamas. Cinco meses depois, aconteceu o mesmo com o ar-condicionado. Em seguida, um cano estourou, inundando o porão, e foi aí que descobrimos um problema de umidade escondido por detrás das paredes. E, depois de apagar todos esses incêndios (literalmente, no caso do aquecedor), eu ainda tinha, na porta da geladeira, uma longa lista de pequenas tarefas que precisava completar, como: contratar um eletricista para instalar tomadas, colocar novo painel sobre a pia na cozinha, polir os pisos originais de madeira e, claro, vedar as janelas que não queriam fechar.

Termino de encher a máquina de lavar louça e esfrego todo o balcão. Em seguida, tiro da geladeira um saco de minicenouras junto com o almoço que embalei na noite anterior, pego minha lista de afazeres e coloco tudo dentro de minha bolsa a tiracolo, que passo pela cabeça e cruzo no peito sobre meu vestido-suéter. Esta semana o inverno tem parecido mais um início de primavera; por isso, deixo meu sobretudo preto favorito no armário do saguão.

Saio de casa do mesmo modo que Jack: abrindo primeiro a pesada porta de madeira com a maçaneta que trava e, em seguida, empurrando para fora a porta de tela. Deixo que ela bata atrás de mim, deliciando-me com o barulho da dobradiça enferrujada, como faço todos os dias. Isso tem som de verão, minha estação favorita.

Desço os degraus dos fundos que levam à nossa garagem de vaga única. Quem chega em casa por último estaciona na rua — geralmente o Jack. Olho de relance para a porta ao lado, a casa de Sammy. A luz de sua varanda ainda está acesa. Então, provavelmente ela parou em algum lugar para tomar café depois de seu turno. Sinto-me um pouco aliviada, porque, por mais que eu goste de minha vizinha, ela fala pelos cotovelos e um simples "oi" sempre acaba virando 15, 20 minutos de conversa de um locutor só — ela. E hoje tenho apenas tempo suficiente para dirigir até o campus, estacionar o carro, pegar o ônibus da universidade e chegar ao prédio de Psicologia antes do começo da aula.

Atravesso com meu Hyundai Sonata pelas ruelas de meu bairro arborizado até chegar ao estádio de beisebol. Na primavera, se estamos no quintal, às vezes ouvimos a pancada do couro contra a madeira e nos perguntamos se foi um de nossos Georgia Bulldogs ou um do time adversário que balançou o bastão. Nenhum de nós se importa tanto com esportes a ponto de sempre ir ver quem ganhou. É uma das coisas que mais amo em Jack — que, ao contrário de qualquer outro cara da cidade, não passa os sábados de outono dirigindo perigosamente, enchendo a cara com os amigos e dizendo frases como: "O treinador tem que parar de dar aquela investida todo terceiro *down*."

Como a maioria das universidades do sul, Athens é uma cidade do futebol. Também é uma cidade-universitária em todos os sentidos da definição. Os 35 mil alunos que frequentam a escola superior constituem um terço da população da cidade. Na época do verão, de setembro a maio, os estudantes arrumam as coisas para ir para casa ou estudar no exterior, em Amsterdã ou nas Maldivas, e a energia frenética que costuma encher todas as lanchonetes, paradas de ônibus e bares se dissipa. A cidade parece respirar, deleitando-se com o espaço que tem para esticar os braços, até que a escola volte a funcionar.

Hoje, entretanto, a energia está a todo vapor e presente enquanto passo lentamente de carro pela multidão de jovens que segue trotando para as aulas, enchendo calçadas e atravessando ruas de qualquer maneira. Admiro-me com o quanto eles parecem jovens. Aos 27 anos, estou apenas alguns anos à frente dos formandos. Então, não consigo explicar por que sinto como se fosse uma vida inteira! Será o casamento que me envelheceu? O câncer? Ou a percepção e a aceitação da mortalidade — algo de que o cérebro ainda em desenvolvimento da maioria desses jovens acadêmicos não se deu conta?

Felizmente, não sou a mais velha em meu programa de mestrado. Uma mulher grisalha de 40 e poucos anos, chamada Teresa, senta-se perto de mim nas aulas de teoria avançada de gestão de estresse. Imagino que seja divorciada e que essa seja sua experiência *Comer, rezar, amar*. Ela está de volta à escola! Obtendo seu diploma em aconselhamento! Fazendo alguma coisa da vida! Jack diz que estou sendo injusta. Talvez ela tenha apenas perdido o emprego durante a recessão e tenta uma nova carreira.

Qualquer que seja a razão, imagino que todos tenham uma história que explica por que estão onde estão. A minha, claro, tem a ver com o câncer. Comecei a quimioterapia logo depois de me formar e adiei meu mestrado por um ano. Mas, no outono seguinte, quando meu tratamento já terminara há muito tempo, ainda não estava pronta. Meu corpo estava cansado.

— Tire uns anos de folga — dizia Jack. — Vamos nos casar, nos divertir um pouco.

Foi assim que meu marido me pediu em casamento.

Eu aceitei.

Em seguida, consegui um trabalho em uma central de atendimento de cartão de crédito onde eu usava um fone e virava páginas de revistas médicas de psicologia para passar o tempo. Quando um tom de chamada tocava em meu ouvido, eu dizia alegremente: "Obrigada por ligar para crédito AmeriFunds." Meu trabalho era ajudar as pessoas a realizarem transferência de saldo para um novo cartão de crédito com taxa anual de zero por cento durante 12 meses. "Depois de 12 meses, a taxa vai variar entre quinze-vírgula-noventa-e-nove a vinte-e-três-vírgula-noventa-e-nove por cento de acordo com sua capacidade de obter crédito", explicava para as vozes sem rosto do outro lado da linha.

Mas minha parte favorita do trabalho não fazia realmente parte do trabalho. Ou não deveria fazer. Era quando os clientes me explicavam por que queriam um novo cartão de crédito, dando-me uma rápida ideia da vida deles. Havia o clichê feliz: "Minha filha acabou de ficar noiva. Lá se vai o fundo de aposentadoria." Ou o abruptamente triste: "Meu Herman costumava cuidar desse tipo de coisa. Mas ele se foi." Eu não deveria sair do script, mas, se um supervisor não estivesse rondando, eu iria mais fundo: "Quantos anos tem sua filha?" ou "Quando ele morreu?" Já me ocorreu que a maioria das pessoas só queria conversar. Ser ouvida. Ainda que por uma estranha. Ou, talvez, especialmente por uma estranha. Sentia como se prestasse um serviço público. Ou isso era o que dizia a mim mesma para me sentir melhor sobre meu humilde trabalho de salário-mínimo. De qualquer modo, gostava disso. De ouvir.

Até então, estava passando por todos os passos para me tornar uma psicóloga. Conferia cada item do plano de vida que havia feito quando tinha 13 anos e assisti a *Príncipe das marés* pela primeira vez. Queria ser Barbra Streisand, sentada em uma cadeira confortável, usando diamantes caros, desvendando os mistérios do cérebro dos homens e me apaixonando de maneira irresponsável. Tudo parecia tão adulto e glamoroso. E embora, como a maioria dos de minha idade, já pensasse ter alcançado a primeira condição, queria desesperadamente chegar à segunda.

Dois anos depois, quando meu gerente quis me promover para o outro lado do call center — para aquele que efetivamente fazia ligações, em vez de recebê-las —, decidi que era hora de voltar aos estudos. Não queria ser uma "maldita operadora de telemarketing" (expressão usada por minha mãe). Queria — realmente queria — ser uma terapeuta.

Chego ao estudo de gêneros com cinco minutos de folga. Deslizo para uma mesa e tiro de minha bolsa um bloco de cartões em branco a fim de preenchê-los com os conceitos que preciso memorizar para a prova da próxima terça. Encho-me de prazer, como sempre, ao pensar em riscar algo de minha lista de tarefas. Mas, antes que consiga colocar a caneta no papel, meu telefone vibra.

É Kayleigh, minha melhor amiga, professora do jardim de infância e que, tecnicamente, não deveria usar o celular durante o horário escolar enquanto as crianças estão em sua aula. Kayleigh, entretanto, não dá a mínima para isso. Na verdade, quando ela morrer, tenho 90% de certeza de que em sua lápide será lido: "Eu não dou a mínima."

Silencio meu telefone, mandando Kayleigh para a caixa de mensagem não apenas porque me importo, mas também porque minha professora, a doutora Walden, uma mulher pequenina que mede um metro e meio em um dia bom, tomou posição à frente da sala e limpou a garganta. Sorrio, antecipando qual será a mensagem de Kayleigh. Provavelmente, uma crítica severa a um jogador de basquete de 19 anos, da Universidade da Geórgia, com quem ela está inapropriadamente dormindo, ou uma superfofoca sobre Pamela, sua colega de profissão boazinha, que usa pérolas e suéteres com estampa de bicho. Franzo a testa, pois tenho aquela sensação lá no fundo do estômago de que estou me esquecendo de alguma coisa. Será que desliguei o fogão? Lembrei-me de pegar meu almoço na geladeira? A troca de óleo de meu carro está atrasada?

Então minha ficha cai, e não consigo acreditar que tenha me esquecido, mesmo por um segundo.

Meu câncer voltou.

dois

Não sou indecisa. Se alguém pedir a Jack que escolha quatro adjetivos de uma lista de características que me descrevam, esse não será um deles. Teimosa? Sim. Organizada? Extremamente. Independente? Com certeza. Indecisa? De jeito nenhum. Por isso é frustrante que ainda não tenha me decidido sobre o tema de minha tese de mestrado. Culpo minha orientadora.

— Escolha algo que lhe interessa — aconselhou-me ela enquanto eu tentava decidir se lhe dizia ou não que havia batom em seus dentes manchados de café. — Você vai comer, dormir e respirar isso durante um ano.

Em vez de me ajudar, isso me paralisou. Muitas coisas me interessam, mas o suficiente para prender minha atenção por um ano? Como faço para escolher?

Naquela noite, estou pensando no assunto, ao que parece, pela milésima vez. Sentada no sofá, devoro um prato de raízes comestíveis assadas enquanto tomo conhecimento, pelo noticiário *NewsHour*, na PBS, de que um soldado condecorado, que voltou do Afeganistão para casa em Wisconsin com uma perna a menos, por salvar a vida de dois garotos afegãos e o cachorro deles, foi preso após balear a esposa e a irmã dela na cabeça, três tiros em cada uma. Enquanto Judy Woodruff entrevista um psiquiatra sobre os efeitos do transtorno de estresse pós-traumático, paro no meio da mastigação. Isso pode ser um assunto interessante para a tese. TEPT em soldados? Não, não tenho interesse especial em militares. Mas TEPT e seus efeitos no desenvolvimento cognitivo de crianças? Talvez. Gosto de crianças.

O rangido familiar da porta dos fundos interrompe meus pensamentos. Benny, aninhado junto à minha coxa no sofá, solta um latido, mas logo baixa a cabeça novamente, muito confortável para cumprimentar o intruso.

— Jack? — Ele raramente está em casa durante o noticiário e meu coração salta como o de uma menininha ao pensar que posso vê-lo hoje à noite antes do esperado.

— Não, sou só eu — ouço antes de ver os cachos rebeldes e os ombros caídos de Kayleigh encherem a moldura da porta da sala. Kayleigh dificilmente bate à porta, ainda que eu já tenha lhe dito que qualquer dia desses ela vai se arrepender.

— Por quê? — perguntou ela. — Posso surpreender você e o Jack esfregando o chão da cozinha com os corpos nus?

— Talvez — respondi.

Na verdade, fizemos sexo na cozinha uma vez. Eu estava fervendo água para o chá, e Jack veio procurando por um lanchinho. Foi logo depois que nos mudamos, e ele brincou que, como proprietários do imóvel, era nosso dever consagrar todos os cômodos de nossa casa.

— Você não quer dizer consumar? — perguntei a ele. Jack sorriu, deslizando a mão sobre a frente de meu jeans. E eu deixei, não mais ligando para o vocabulário ou a chaleira apitando no fogão.

— Ui! — Ela enrugou a testa como se também pudesse ver a memória que se repetia em minha mente. — Quando o carro dele estiver aqui, eu bato.

Porém, entre as aulas, a clínica e o serviço voluntário, o carro dele raramente estava aqui.

— Ah — digo, colocando meu prato vazio na mesa de centro. — Ei.

— É bom ver você também. — Ela se joga ao meu lado no sofá e apoia os tornozelos finos ao lado de meu prato sujo. Tudo em Kayleigh é geométrico, desde o cabelo cilíndrico aos cotovelos com ângulos retos e as pernas retas como varas paralelas. No ensino fundamental, quando curvas brotavam em meu corpo como fungos indesejados, invejei o peito ainda liso e os ossos salientes do quadril dela.

Ficamos sentadas em um silêncio confortável que apenas pessoas que se conhecem a maior parte da vida podem compartilhar, enquanto as notícias mudam para uma história sobre vacinas.

— Você tem pipoca de micro-ondas? — pergunta Kayleigh durante um comercial.

— Você está falando sério? — Olho para ela. — Sabe o quanto essas coisas são terríveis para você?

— Ah, nossa, lá vamos nós — responde, revirando os olhos.

— Tem uma química, diacetil, que causa fibrose pulmonar. E os que trabalham onde se fabrica isso? Por ficarem perto da fumaça o dia todo, eles adquirem uma doença chamada pulmão de pipoca.

— Não tenho a intenção de fungar o negócio — argumenta, fazendo um não com a cabeça. — Você vê notícia demais.

— Tanto faz. Ei, você ainda vai poder cuidar do Benny e da Gertie no final de semana?

— Sim! Você já me perguntou isso três milhões de vezes. Prometo que não vou esquecer. — Ela pega o controle remoto e desliga a TV. — Olha só, você não vai acreditar no que a Pamela fez hoje.

— Tirou toda a roupa e correu de classe em classe gritando "os britânicos estão vindo!".

— Não.

— Então você está certa. Nunca vou adivinhar.

— Você tem uísque?

Aponto com a cabeça para o bar no canto da sala.

— Sirva-se.

Ela se levanta e vai pisando com leveza até o armário de bebidas, renunciando o Dewar pela boa garrafa de Glenlivet de Jack, e depois começa a falar sobre o último delito de sua colega de trabalho:

— A Pamela descobriu conferências no Kansas sobre esse método de ensino com o qual está toda obcecada. Reggius? Reggio. Sei lá. E ela sugeriu ao Woods que todos os educadores do jardim de infância fossem. Ao Kansas. Para que porra eu quero ir ao Kansas? Por que essas conferências não podem ser em algum lugar legal? — Ela toma um pequeno gole de uísque. — Tipo Las Vegas. Eu iria fácil para Vegas.

Enquanto ela fala, sento-me na que Jack chama de minha pose de terapeuta e imagino se Kayleigh está projetando: a teoria de Freud sobre rejeitar seus traços negativos de personalidade e atribuí-los aos outros. Mas os traços de personalidade de Pamela não parecem tão negativos assim. Ela faz o tipo empreendedora. Talvez um pouquinho puxa-saco, com certeza. Mas é entusiasmada e obviamente ama seu trabalho. Claro que não vou dizer nada disso a Kayleigh, porque Kayleigh a odeia, o que indica que eu também, em nome da solidariedade, devo odiá-la.

Isso é algo para o qual Kayleigh leva jeito. Não odiar pessoas, mas ser leal. Na segunda série, quando tive catapora, ela ficou comigo e assistiu a *Karatê Kid* uma vez atrás da outra, até que a mãe dela a chamou e a fez voltar para casa. Era verão, o que significava que Kayleigh poderia estar na rua, andando de bicicleta ou deitada em seu quintal tentando mudar sua pele fantasmagoricamente pálida para rosa e depois para vermelho (ela nunca fica bronzeada), mas estava enfurnada comigo e Ralph Macchio. Depois, quando tive câncer, lá estava ela de novo. Enquanto a maioria de meus amigos sumiu durante os tratamentos — exatamente como os livros e blogs sobre câncer haviam me alertado —, Kayleigh se fez ainda mais presente, munida de revistas de fofocas e detalhes de seus últimos casos ardentes para manter minha mente longe da dor.

Droga.

O câncer.

— Kayleigh.

— Eu sei, eu sei, poderia ser pior. Poderia estar desempregada, a grama do vizinho é sempre mais verde, blá, blá, blá...

— Meu nível de marcador tumoral está elevado — digo. Depois rio um pouco, porque é como se estivesse no jogo da "Pirâmide valendo 25 mil dólares", e a resposta fosse "De quantas maneiras diferentes você pode dizer às pessoas que está com câncer".

Ela vira rapidamente a cabeça em minha direção.

— O quê? — As palavras saem de sua boa como um dardo.

— Eles acham que voltou.

— Sério?

— É.

— Espere, eles *acham*? Então pode não ser, né?

— Bem, acredito que eles saibam. Só não... quanto. Tenho mais testes amanhã.

— Nossa.

— É.

— O que eu posso fazer?

— Na verdade, nada — respondo, e então, como nenhuma de nós nunca foi boa em demonstrações melosas de emoção, pego o controle.

— Posso assistir ao meu programa agora?

— A-hã, claro — responde ela, virando mais uísque no copo vazio. Esse movimento me conforta. Significa, como sempre, que ela está aqui para ficar.

* * *

— Minha nossa — diz Jack, esticando seus braços longos sobre a cabeça enquanto entra em nosso quarto. — Estou exausto.

— Aposto que sim. — Dou uma olhada no relógio em minha mesa de cabeceira. — É meia-noite.

Kayleigh saiu há uma hora e fui para a cama ler e esperar Jack chegar em casa.

Coloco um marcador entre duas páginas para indicar onde parei e deixo o livro ao meu lado sobre o edredom. Jack entende isso como um convite para se arrastar pela cama e se deitar bem em cima de mim, com o peso de seu corpo todo distribuído sobre o meu.

— Você está me esmagando — digo, voltada para o lado de seu rosto que me arranha. Inalo seu cheiro da noite, basicamente Jack misturado com seu persistente desodorante silvestre, um nítido contraste com sua fragrância matutina, que é toda fresca e ensaboada e irrita meu nariz. Prefiro o Jack da noite, mesmo quando ele realizou alguma cirurgia e fica com um leve aroma de antisséptico.

— Bom — sua resposta sai abafada e sua respiração está quente em meu pescoço. — Tôcomfome.

— Você jantou?

Ele fica em silêncio e sei que está pensando nisso.

— Sério, Jack. Não sei como você se esquece de comer. Seu estômago não ronca? — Empurro seus quadris, pesando sobre minhas coxas. Eles não se mexem. — Sai. Vou esquentar alguma coisa para você.

— Não, está tudo bem — responde, rolando para sair de cima de mim. — Estou muito cansado para comer.

Ele se senta e começa seu ritual noturno de tirar as meias, uma a uma, antes de empurrar os pés para debaixo das cobertas e enrolá-los bem apertados no lençol, como um burrito.

— Que horas é sua consulta amanhã?

— Às 10h — digo e, antes que ele possa oferecer, acrescento: — Você não precisa ir.

Embora não tenha certeza se ele teria oferecido. Jack está no segmento de cirurgia ortopédica em seu turno na clínica esta semana, e amanhã ele vai assistir a uma substituição de quadril em um pastor alemão. Só que, quando ele me contou sobre isso na segunda, soou mais como: "E EU VOU ASSISTIR A UMA SUBSTITUIÇÃO DE QUADRIL EM UM PASTOR ALEMÃO."

— Eu posso ir, se você quiser.

— Não — respondo. — Você tem aquele negócio no quadril.

— É um cachorro. Posso ver isso qualquer hora.

— Não subestime a coisa. Sei que você está animado — digo. — Além disso, será só um longo dia de ficar sentada na sala de espera durante os exames, e nem vou pegar os resultados. Confie em mim. Será um verdadeiro tédio.

— Bem, posso ir e entreter você com meu senso de humor e intelecto fascinantes — retruca, sorrindo.

Reviro os olhos para ele, mas não posso deixar de devolver o sorriso.

— De verdade, não vai ser nada demais — falo, reiterando o que venho dizendo a mim mesma desde que encerrei o telefonema com o doutor Saunders ontem.

Ele me encara por um instante e seu olhar se torna sério. Sei que está tentando decidir se deve forçar mais um pouco. Ele não força.

— Tudo bem — diz, curvando-se e fungando bem abaixo de minha orelha. Ouço enquanto aspira minha pele com o nariz e fico me perguntando se meu cheiro de manhã e à noite é diferente também, e qual será que ele prefere. — Se você mudar de ideia, largo tudo e vou direto para lá.

— Não largue tudo — retruco. — E se você estiver segurando o cachorro?

— Ha, ha — responde, afastando-se de mim para apagar a luz sobre o criado-mudo. Então, quase como se reconsiderasse, vira a cabeça em minha direção e enruga a testa.
— Você ligou para sua mãe?
Meu corpo fica tenso. Cheguei a pensar nisso. Não, é mentira. Fiz tudo o que podia para ignorar isso, sério.
— Daisy — Jack me repreende.
— Eu sei! Eu sei! Eu vou.
Clique. Ele desliga a luz e eu deito em meu travesseiro tentando não pensar em minha mãe ou na reincidência de meu câncer.
Não consigo evitar nenhum dos dois.

* * *

HÁ SETE RACHADURAS entre os grandes blocos quadrados de cimento na calçada que leva à porta automática de vidro no Athens Regional. Em quatro anos, nunca pisei em nenhuma delas. Hoje não é exceção. Passo pela porta silenciosa e viro à esquerda em direção ao centro de câncer. Quase dou de cara com uma senhora enrugada, em quem se apoia um senhorzinho, enquanto seguem pelo corredor.
— Perdão — digo, desviando-me.
Ela me olha com ternura, depois volta a atenção para o marido vacilante. "Isso é amor", penso. E, por uma fração de segundo, desejo que Jack estivesse comigo.
Uma nova recepcionista me cumprimenta na recepção. Aceno com a cabeça para ela assim que entro.
— A Martha está de férias? — pergunto.
— Ela se aposentou. Comprou uma moto com o namorado, e os dois vão cruzar o país.
— Bom para ela. — Tento imaginar a gentil avó grisalha, que por muito tempo foi meu contato para tratar da papelada, questões de seguro e agendamento de consulta, sentada na garupa de uma Harley.
Escolho uma cadeira vazia na sala de espera e me instalo ali, evitando contato visual com outros pacientes. É algo que faço desde minha primeira vinda, quando, acidentalmente, encontrei o olhar de um homem e ele me presenteou com 45 minutos sobre sua "jornada contra o

câncer". Ao fim, convidou-me para seu grupo de apoio semanal. Em toda a minha vida, sempre participei de tudo. No ensino médio, foi a Sociedade de Honra, o Clube de Teatro, a ECDD (Estudantes Contra Decisões Destrutivas), a Equipe de Dança. Na faculdade, a fraternidade acadêmica Phi Kappa Phi, Estudantes Unidos por um Tibete Livre, futebol de salão e treinamento LeaderShape. Mas esse — a galera do câncer — era um clube do qual eu não queria fazer parte.

Revistas bagunçam as mesas laterais, mas fico olhando diretamente para o relógio, desejando que o tempo passe mais rápido. Quero avançar para amanhã, meu encontro romântico de fim de semana com Jack, quando posso fingir que estou livre do câncer pela última vez antes de receber minha sentença na segunda-feira. Enquanto minha mente está no futuro, os dedos de minha mão esquerda começam a procurar traços do passado — a cicatriz irregular que se estende do vinco de meu cotovelo direito ao meio de meu bíceps. A ferida já sarou há muito tempo, mas sinto como se a pele tivesse sido costurada muito apertada. Coça frequentemente e nas horas mais inoportunas, como quando estou fazendo uma apresentação na aula ou esperando o sono me dominar à noite.

É um bom jeito de puxar conversa nas festas. "Ah, isso? É um corte de 15 centímetros que salvou minha vida." Espero por suspiros indispensáveis de minha audiência e depois um "como?".

"Fico feliz por você ter perguntado. Foi na semana de provas finais do ano em que ia me formar; estava em meu apartamento, com um grupo, estudando para a aula de um professor que era famoso por incluir em seus testes detalhes ridiculamente minuciosos sobre a vida de teóricos do desenvolvimento cognitivo. Planejava fazer uma enchilada de frango, a melhor comida para confortar durante os estudos. Alcancei a prateleira no topo do armário da cozinha, onde guardo minhas caçarolas de vidro, e BAM! Uma avalanche de pirex e porcelanas desabou sobre mim. Uma louça deve ter se quebrado no ar, porque, quando entrou em contato com meu braço estendido, abriu um corte grande, como um pescador destripando uma truta."

"No pronto-socorro, quando conferia a chapa do raio-X para se assegurar de que não havia fraturas, o médico notou algo, não em meu braço, mas em meu seio, que foi capturado no canto da imagem. 'Está vendo essa pequena massa?', perguntou, apontando para a chapa que segurava contra a caixa de luz. 'Provavelmente não é nada, mas você deve fazer uma biópsia, só para garantir." No fim das contas, não era nada. Era câncer. Durante a cirurgia de remoção do tumor, eles descobriram que ele já se espalhara para meus nódulos linfáticos. Felizmente, nada que um pouco de químio e rádio não dessem conta. Mas, se eu não houvesse quebrado a louça que cortou meu braço e que me levou ao raio-X, talvez nunca tivessem descoberto a tempo."

Enquanto conto minha história, não menciono os três ataques de pânico que sofri enquanto esperava pelos resultados da biópsia. Não menciono as duas cirurgias que tive de aguentar — graças a uma margem positiva (que soa como uma coisa boa, mas não é) e a uma grande quantidade de células cancerosas no linfonodo sentinela depois da primeira lumpectomia. E também não menciono que a químio e a radioterapia eram, na verdade, minhas únicas opções de tratamento, graças ao meu diagnóstico de câncer de mama triplo-negativo, significando que apresentou resultados negativos para os três receptores que respondem aos tratamentos de terapia hormonal bem conhecidos e muito eficazes, como tamoxifeno e trastuzumabe. Quando o assunto é câncer, as pessoas gostam do final feliz, não dos detalhes sem graça.

Quando termino de contar minha história, a resposta do público varia. "Impressionante." "Deus é bom." "Falando em destino..." "Essa é uma cicatriz da sorte." Não sei ao certo quem está certo — se foi destino, sorte ou alguma intervenção divina. Mas ainda bem que, quando minha mãe estava me ajudando a desempacotar as coisas da cozinha em meu novo apartamento, ignorei seu conselho de colocar travessas na parte de baixo do armário, e não na de cima.

"Elas são muito pesadas. É perigoso estarem tão no alto. E se caírem?", perguntou.

— Daisy Richmond. — Uma grande mulher negra, com uma prancheta, chama meu nome.

Ela me conduz a uma sala de exame e eu hesito na porta. É exatamente a mesma sala onde o doutor Saunders me deu a má notícia quatro anos atrás, usando sua caneta vermelha apagável em um quadro branco para detalhar a posição do tumor em meu seio, para explicar a lumpectomia que o oncologista cirúrgico realizaria e para me ensinar sobre as sessões e como a radioterapia funcionaria. Quando terminou a palestra, o quadro sangrava com seus rabiscos, diagramas e sua caligrafia não tão bonita assim.

Isso é um mau presságio? Deveria pedir uma sala diferente?

Sento-me na mesma cadeira azul desconfortável perto da porta e fixo os olhos no quadro branco pendurado na parede à minha frente.

Meu celular vibra no bolso de fora da bolsa, anunciando uma mensagem de texto. Tiro-o da bolsa. É de Kayleigh.

Tem certeza de que não quer que eu vá para aí depois da escola?

Eu estou bem!, quero gritar. *São apenas alguns testes. Nada demais.* Mas sei que ela está apenas sendo uma boa amiga. E sei que essa ínfima demonstração de preocupação não é nada comparada com o que minha mãe estaria fazendo agora. Ainda que Jack estivesse certo, e eu devesse ter ligado para ela, fico feliz por não ter feito isso. Afinal, não importa quantas vezes lhe dissesse: "Mãe, essa é toda a informação que tenho até agora", ela ainda me bombardearia com, pelo menos, quarenta perguntas para as quais eu não teria resposta, depois ficaria exageradamente dramática e chorosa e faria de imediato a viagem de uma hora e meia de Atlanta a Athens para poder se sentar ansiosa ao meu lado o dia inteiro, perguntando-me a cada 15 minutos como eu me sentia. Às vezes é melhor estar sozinha.

"Tenho", digito para Kayleigh. Assim que aperto o botão de enviar, a porta para a sala de exame se abre e o doutor Saunders aparece.

— Daisy — diz calorosamente, e me sinto à vontade no mesmo instante.

Se houvesse um guia de médicos, como o Zagat, o doutor Saunders ganharia cinco estrelas pelo modo como trata os pacientes. Embora ele tenha me ligado para falar de cada resultado de exame, nunca mais o vira desde que terminei a radioterapia, há três anos. Foram as enfermeiras que tiraram meu sangue e apertaram minha mama entre as placas de metal frias. Percebo, estranhamente, que senti saudades dele.

Conforme envolve minha mão em sua aconchegante pata de urso, logo avalio as discrepâncias entre minha memória dele e a carne e osso diante de mim. O doutor tem um pouco menos de cabelo no alto da cabeça e um pouco mais de perímetro na cintura, mas suas sobrancelhas são exatamente como eu me lembrava: grandes e furiosamente rebeldes, como duas taturanas cinza e pretas repousando acima da armação de metal de seus óculos bifocais.

— Não aguentou ficar longe, né? — Ele põe uma pasta na mesa ao lado de minha cadeira e começa a folheá-la.

— Foi tão divertido da última vez que quis fazer tudo de novo.

Ele ri, depois desvia os olhos de meus gráficos e bate a palma das mãos.

— Certo, então, como lhe disse por telefone, a biópsia daquele pequeno tumor que encontramos na mamografia foi positiva. Mas seus marcadores tumorais e enzimas hepáticas estão um pouco mais elevados do que eu gostaria de ver para uma massa tão pequena. Por isso vamos prosseguir e fazer uma tomografia por emissão de pósitrons e uma ressonância magnética só para termos certeza de que está confinado à mama. Você não comeu nem bebeu nada hoje, certo?

Concordo, afirmando que segui as ordens que me foram dadas, e depois, como nunca fui boa em esperar por coisa alguma, pergunto:

— Vou ter que fazer químio de novo?

Ele põe a mão em meu ombro.

— Vamos ter certeza de que sabemos com o que estamos lidando antes de discutirmos o tratamento.

— Ah, vi uma coisa sobre um teste que estão fazendo no Canadá que reduz a radioterapia a apenas uma semana, em vez de seis. Eu seria uma boa candidata para algo desse tipo?

— Pelo jeito, ainda procurando conselho médico na internet. — Sua boca se torce para o lado. Sua mão ainda está em meu ombro e me dá um tapinha tranquilizador. — Uma coisa de cada vez, Daisy. Alguma outra pergunta?

Só um milhão. Mordo meus lábios e balanço a cabeça, negando.

— Ótimo. Rachel e Lativia vão cuidar de você. — Ele toca meu ombro uma última vez. — Vejo você na segunda.

Temo mais a ressonância. Por isso fico contente quando a enfermeira diz que faremos esse procedimento primeiro. Mantenho os olhos fechados durante todos os 45 minutos em que estou deitada na cápsula e finjo que posso me sentar e sair dali quando quiser. Quando o ímã faz seu *bang, bang, bang* em cima, tento abafá-lo passando, na cabeça, minha lista de afazeres.

> Preço para restaurar o assoalho de madeira.
> *Bang!*
> Tirar o salmão do freezer para o jantar de domingo.
> *Bang!*
> Lavar lençóis e toalhas.
> *Bang!*
> Comprar selante.
> *Bang! Bang! Bang!*

Cerro os dentes. Não tive chance de comprar selante ontem. Quando liguei para o mercado agrícola perguntando sobre a couve, o cara disse que tinha alguns pés e que eu não precisaria esperar até sábado. Assim, depois de minha última aula, fui de carro até Monroe e, por causa da hora em que cheguei a Athens, tive de ir direto para casa, deixar o Benny sair e fazer o jantar.

Depois da ressonância magnética, a minúscula sala de exame parece absolutamente cavernosa, e não ligo de esperar duas horas para o próximo. Uso o tempo para rever meus cartões sobre estudos de gênero. Finalmente, uma enfermeira entra na sala com uma seringa e me pede que levante a manga da blusa.

— É uma solução de glicose para a tomografia.

Concordo com a cabeça. Lembro-me da última vez. "Vai nos ajudar a ver onde quaisquer células cancerígenas podem estar concentradas." Sigo-a para outra sala e me deito pela segunda vez em uma máquina, esta muito mais aberta e bem menos assustadora que a primeira.

Então, ao final de um longo dia, estou livre. Marco com a nova recepcionista minha consulta para segunda.

— Pode ser às 16h30? A agenda dele está supercheia até esse horário.

E saio para o ar frio. O sol está se pondo detrás dos pinheiros que cercam o estacionamento, lançando longas sombras sobre a calçada. Deixo meus olhos se ajustarem ao crepúsculo antes de me dirigir ao carro, a fim de não pisar acidentalmente em nenhuma rachadura ao sair.

* * *

QUANDO ENTRO NO quarto naquela noite, depois do *NewsHour* e bem antes de Jack chegar, a mala que aguarda nossa viagem de uma noite ainda está no chão, perto da cômoda. O lado de Jack permanece vazio. Resisto à tentação de guardar as coisas para ele e me arrasto para cama, exausta com o dia.

três

No SÁBADO DE MANHÃ, posso ouvir minha respiração enquanto saio correndo pela porta da frente para pegar o jornal jogado de qualquer jeito na grama orvalhada. É como se o inverno decidisse que ainda não estava completamente acabado e, com uma cotovelada, tirasse do caminho o breve descanso de primavera. Tremo em minha calça de pijama de algodão e minha camiseta de manga comprida e volto correndo para casa, ainda que não esteja muito mais quente lá dentro por causa das janelas um pouco rachadas.

Aconchego-me no sofá, puxando para cima de meus ombros uma manta de crochê que comprei em um brechó. Ponho os pés com as pantufas sobre a mesa de centro, fazendo as pernas dela encostarem no chão no lado direito. Uma protuberância significativa percorre toda a extensão do piso da sala, transformando a mesa de centro em uma gangorra — se um lado encosta no chão, o outro paira a quase um centímetro e meio acima dele. Quando vimos o imóvel pela primeira vez, Jack se preocupou com a ideia de que fosse um dano causado por água, empenando a madeira, mas o inspetor nos assegurou de que era apenas uma sedimentação normal do alicerce em uma casa dessa idade.

Tiro o jornal do saquinho plástico e abro a primeira página. Jack zombou de mim quando liguei solicitando o serviço de entrega do jornal *Athens Banner-Herald* pouco depois de nos mudarmos. "Você sabe que todas essas histórias estão on-line, né? De graça?" Tentei explicar que me aninhar no sofá com meu computador não surtia em mim o mesmo efeito calmante. Que eu gostava da mancha cinza do papel em meus dedos. Que o cheiro ligeiramente ácido e um pouco mofado das páginas me lembrava dos finais de semana de minha infância, os quais passei copiando a lápis as tirinhas em uma folha de caderno enquanto minha mãe lia a coluna humorística de Dave Barry e rolava de rir. Se era algo realmente engraçado, ela o recortava com a boa e velha tesoura e o prendia na porta da geladeira com um ímã, onde permanecia até o papel amarelar e as pontas enrolarem. Jack não entendia nada disso. Ele só balançava a cabeça diante de minha compra. "Só você", dizia.

— Vamos sair em 45 minutos — anuncia Jack da porta entre a sala de estar e a cozinha.

— Sim, sim, capitão — respondo sem tirar os olhos das notícias que estou examinando com cuidado.

Benny pula para cima da almofada ao meu lado e coço suas orelhas. Para Jack, 45 minutos não significam 45 minutos de verdade. Por isso não tenho pressa em sair do buraco que formei em nosso sofá gasto.

— Daisy.

Dessa vez levanto os olhos. Vejo que Jack está nu. Segurando uma caneca cheia de café quente. Tenho um ataque de riso. Ele se apoia no batente, desconcertado, cruzando o tornozelo direito sobre o esquerdo.

— Feliz Cancerversário — diz com um sorriso maroto.

Agito-me ao ouvir a letra "C". Ontem à noite eu estava dormindo quando ele chegou em casa. Por essa razão, ao acordarmos pela manhã, logo me interrogou sobre a ida ao médico e meus exames, como se pudesse, de alguma forma, juntar os resultados incertos com cada detalhe que obtivesse. ("O doutor Saunders pareceu esperançoso ou preocupado?" "Como foi que o técnico olhou para você depois do exame?") Finalmente, quando Jack já não tinha mais perguntas, concordamos que, durante o fim de semana, não falaríamos sobre meus testes nem sobre os possíveis resultados para que isso não atrapalhasse nosso tempo juntos. Entretanto, a ironia de que o objetivo da viagem era celebrar minha vitória contra o câncer, não passou despercebida para nenhum de nós. Com a mão esquerda, ele leva a caneca à boca e toma um gole do café. O vapor embaça seus óculos.

— Jack, está um gelo aqui!

Com a mão vazia, coça despreocupadamente a parte de trás de seu couro cabeludo desgrenhado, e percebo que já passou da hora de ele cortar o cabelo. Meu marido boceja.

— É por isso que ia tomar um banho quente. Pensei que alguém pudesse me ajudar.

— Pensou?

Jack e eu raramente tomamos banho juntos. É bom na teoria, mas um dos dois sempre acaba de fora do fluxo de água, parecendo um cachorro molhado no ar gelado. Mas, com rapidez, descarto o aspecto negativo da prática, porque Jack está diabolicamente bonitinho.

— Você deve estar *muito* sujo — digo, entrando no jogo.

Seu sorriso se abre ainda mais.

— Você nem imagina.

Ele cruza os braços de forma descontraída e, ao fazer isso, espirra café quente na barriga nua. Posso jurar que ouvi o chiado do líquido quente tocando sua pele, mas ele nem se encolhe.

Engulo uma risada.

— Isso deve ter doído muito, né?

— Muito — responde, ainda não cedendo à dor.

Levanto-me e caminho em sua direção com os olhos fixos nele. Quando ficamos frente a frente, estendo a mão para tocar sua pele, agora vermelha, e delicadamente limpo os pingos de café de seu abdômen. Em seguida, aproximo-me de seu rosto, tão perto que até consigo ver a penugem macia em suas bochechas, e sussurro em uma rápida explosão:

— O primeiro a chegar ao banheiro fica embaixo do chuveiro.

Disparo como um tiro e posso ouvir as pisadas fortes de Jack atrás de mim. Assim que chego à porta do banheiro, seus braços envolvem minha cintura, desequilibrando-me, e grito. Caímos no chão, ambos rindo, com o estalo do traseiro nu de Jack batendo no assoalho duro de madeira. Sem fôlego e ainda rindo, ele se inclina para me beijar. Minha camiseta passa voando sobre minha cabeça, e a mão de Jack envolve meu seio esquerdo. Ele passa a ponta do polegar na pequena cicatriz.

E, embora não acredite em percepção extrassensorial, sei que ambos temos o mesmo pensamento: em algum lugar aí tem outro tumor. Um, dois, três, salvo. Pode sair de onde estiver.

Então seu dedo desliza devagar para meu mamilo e inspiro fortemente, grata pela distração.

Mais tarde, quando estou sozinha no banheiro, puxando meu cabelo para cima em um rabo de cavalo a fim de criar um coque bagunçado, ouço Jack praguejando no quarto ao lado.

— Você viu minha calça jeans?

Ele tem três jeans, mas sei que está se referindo à única que usa em público, uma de lavagem azul-escuro, da American Eagle. Uma compra que ele fez quando eu, finalmente, o arrastei para o shopping depois de meses tentando lhe explicar que calça rasgada e esburacada podia ter sido legal no ensino médio, quando ele ouvia "Smells Like Teen Spirit", do Nirvana, em fita cassete, mas agora isso o fazia parecer um sem-teto.

— Na secadora — respondi.

Encolho-me de medo ao pensar nas gavetas que tenho certeza de que ele revirou e deixou parecendo uma bancada de produtos vendidos pela metade do preço em uma loja. Impressiono-me com o fato de nunca ocorrer a alguém tão esperto como Jack verificar vários lugares da casa quando está procurando algo. A lavanderia não é o próximo lugar lógico se não conseguimos encontrar uma peça de roupa no armário?

Jack passa de samba-canção pela porta do banheiro e esbraveja ao descer os degraus de madeira bambos até nosso porão, que parece uma masmorra, à procura de sua calça. Dou uma última olhada no espelho, depois vou para o quarto e começo a dobrar novamente todas as roupas reviradas. Poucos minutos depois, ele volta, vestindo seu jeans recém-lavado.

— Amor, para — diz quando me vê. — Eu faço isso. Relaxa.

Toma a camiseta de minha mão, e me seguro fisicamente para não arrancá-la dele. Jack não dobra camisetas. Ele, mais ou menos, enrola-as como se fossem sacos de dormir e as enfia de qualquer jeito na cômoda.

Eu me viro e me sento em nossa cama king size, tentando ignorar o método impreciso de Jack.

— Você pegou sua gilete? — pergunto.

— A-hã.

— Cuecas?

— A-hã.

— E seu...

— Daisy — me corta. — Peguei tudo. Você se preocupa demais.

Depois de colocar as meias e meter os pés em um par de botas marrons gastas que tem desde que o conheço, ele se inclina para beijar-me a bochecha.

— Vou levar nossas coisas para o carro. Está pronta para ir? Me encontre lá fora.

Ele se abaixa para fechar a mala e sai do quarto erguendo-a.

Assim que ouço o rangido da porta dos fundos se abrindo e fechando, pulo da cama e abro a cômoda em que as camisas estão socadas uma ao lado da outra, como balas de caramelo amontoadas. Rapidamente pego cada uma e vinco no exato centro, realizando, depois, uma série de dobras, quase como um origami, até que cada uma forme um embrulho de algodão perfeitamente retangular. Satisfeita, fecho as gavetas e apanho minha bolsa no gancho do guarda-roupa. No corredor, paro ao chegar ao banheiro, então me enfio lá dentro e puxo a cortina do chuveiro. Dou uma olhada na banheira, no toucador, e depois abro o armarinho. E é quando avisto algo. Jack lembrou-se da escova de dentes e da gilete, mas a solução para lentes de contato permanece lá, como um soldado sozinho, abandonado no campo de batalha. Guardo-a no bolso lateral de minha bolsa e grito "Tô indo!" ao ouvir meu marido me chamar na porta dos fundos.

* * *

— VOCÊ VAI me dizer para onde estamos indo? — pergunto no banco de passageiro do Ford Explorer que Jack dirige desde que tirou a carta de motorista, há 13 anos.

O ventinho que vem das saídas de ar ainda não está aquecido. Por isso escondo as mãos frias sob minhas coxas.

— É uma surpresa.

— Você conseguiu uma cabana em Ellijay?

Ele ri.

— Ok, talvez não seja uma surpresa.

— Você deixou a página na internet aberta umas semanas atrás. — E, ainda que houvesse prometido a mim mesma que não perguntaria, que confiaria todo o planejamento a Jack, pergunto: — O que vamos comer?

Ele bate os polegares no volante, acompanhando a batida da música que sai dos alto-falantes. Alguma dos Lumineers.

— Daaaaa-isy — responde, esticando o "a" como faz quando me provoca. — Está sob controle.

Seu BlackBerry, acomodado no porta-copos entre nós, faz um zumbido. Ele baixa o volume no botão no painel do CD player.

— Alô. Aqui é o Jack — atende, segurando o telefone no ouvido.

Meus ombros enrijecem ao reconhecer a formalidade no tom profissional de Jack. *Por favor, que não seja uma emergência*, imploro em silêncio. É a primeira vez em meses que tenho meu marido todo para mim e não quero que nada estrague isso.

— Ela está de bruços? Ok, segure o focinho dela com a mão... Agora comece a esfregar o dorso. Ela está sugando? — Jack suspira. — Bom. Agora, se ela espirrar, você vai precisar limpar a fórmula que sairá do nariz. Significa que ela está comendo muito rápido... Certo. Me ligue se precisar de alguma coisa.

— Está tudo bem? — pergunto.

— Sim, era a Charlene. Expliquei ontem à tarde, passo a passo, como alimentar Roxanne. Literalmente *acabei* de explicar para ela. Não entendo como chegou tão longe no programa.

Jack pertence à Equipe de Tratamento da Vida Selvagem, um grupo voluntário de estudantes veterinários da universidade. Quando ele estava de plantão no final de semana passado, alguém levou até eles um pequeno guaxinim após acidentalmente matar a mãe do filhote com o carro. Jack logo a apelidou de Roxanne e tem cuidado para ela se tornar saudável no hospital veterinário — alimentando-a a cada três horas, pesando-a diariamente e mantendo sua temperatura com almofada aquecida. Passei rapidamente por lá uma noite dessas para levar-lhe o jantar e, ao vê-lo com a mamadeira, embalando aquela criaturinha, senti meus ovários doerem.

— Bem, foi simpático da parte dela assumir o comando enquanto estamos fora — digo, ansiando por um ar, agora quente, que assopra diretamente em mim.

— Só espero que ela não estrague tudo.

Depois de dirigir por algumas horas, Jack vira o carro no estacionamento todo rachado de uma fila de lojas que precisam desesperadamente de reforma. Ele para em uma marcação diante de uma porta de vidro com um letreiro em que se lê: Aluguel de Cabanas Céu Azul. O freio grita ao ser apertado por seu pé; então ele se vira para mim e aponta na direção de uma porta inglesa:

— Quer entrar e comprar umas coisas enquanto faço o check-in e pego as chaves da cabana?

— Ah! — respondo, livre de culpa. — Deveria ter suspeitado que "sob controle" significava que eu providenciaria a comida.

Jack sorri e inclina-se em minha direção, dando-me um beijinho no nariz.

— É só porque você leva jeito para isso.

Suspiro, pois não posso negar a verdade.

Enquanto empurro o carrinho de compras estridente, cheio de peitos de frango duvidosos, legumes meio murchos e um pacote com quatro rolos de papel higiênico — quem sabe o que a cabana tem ou não? —, xingo Jack em voz baixa por não me avisar antes. Assim, teria preparado e embalado, adequadamente em uma caixa térmica, minha comida orgânica e saudável. No corredor das bebidas, pego uma garrafa empoeirada de *pinot noir*. Parece que nesse lugar não se bebe muito vinho de qualidade. Tiro o pó com a manga da roupa e coloco a garrafa no carrinho ao lado das únicas três abobrinhas que não estavam emborrachadas quando as toquei.

— Daisy!

Dou um pulo e fico feliz de ter acabado de acomodar o vinho; do contrário, ele teria caído.

— Quê, Jack? — pergunto com irritação.

— Não fique brava.

— Ah, minha nossa. O que foi?

— Promete que não vai ficar brava?

— Tudo bem. — Coloco a mão na cintura para expressar, sem palavras, que minha promessa de fato não significava nada.

— Eles não encontram nossa reserva.

— *O quê?* — vocifero. — Por que não?

— Bem. — Ele baixa a cabeça e desvia os olhos dos meus. — Eu posso, tipo, ter me esquecido de fazê-la.

Abro a boca para falar e logo a fecho. Não estou brava. Estou furiosa. São dois anos seguidos que ele se esquece de fazer a reserva em meu Cancerversário, mas agora estamos a duas horas e meia de casa, em uma cidade montanhosa no meio do nada, sem legumes orgânicos, sem carrinhos de compras lubrificados e — o mais importante — sem um lugar para dormir. Olho para Jack e, em silêncio, pergunto-me se ele consegue ver a fumaça saindo de minhas narinas.

E é aí que percebo que ele está rindo.

— O. Que. É. Tão. Engraçado? — Cerro os dentes com tanta força que quase sinto o esmalte saindo deles.

— Meu, você devia ter visto sua cara. — Ele segura as chaves da cabana na altura de meus olhos e as chacoalha. — Daisy, estou brincando. Está tudo acertado. Não acredito que você caiu nessa.

Baixo a cabeça e ergo uma sobrancelha para ele. A tensão sumiu de meu corpo, mas meu estômago ainda está embrulhado.

— Certo, acho que não era tão inacreditável — murmura.

Embora as árvores estejam como esqueletos nus por causa da letargia do inverno, a vista das montanhas Blue Ridge, aqui da parede fria de janelas da cabana, ainda é impressionante. Jack está agachado em frente à lareira, revolvendo repetidamente as brasas quentes com o atiçador de metal. As chamas cospem parcamente de entre os pedaços de madeira.

— O que será que estou fazendo errado? — pergunta-se, meio baixinho.

Ele segura o BlackBerry na palma da outra mão, estudando a tela de sua pesquisa no Google sobre "como fazer fogo".

Detrás de sua cabeça frustrada, sorrio do sofá, onde me sento sobre os pés, servindo uma taça de vinho. Muitas vezes me divirto com a incapacidade de Jack de compreender tarefas tão simples do cotidiano, porque sua inteligência avançada me intimidou muito quando nos conhecemos. Tanto que, enquanto me preparava para nosso terceiro encontro, pratiquei mentalmente um solilóquio completo, baseado em uma pesquisa da doutora Helen Fisher sobre a ciência do amor que eu acabara de estudar em minha aula de psicologia da sexualidade humana. Queria desesperadamente que Jack encontrasse em mim sua parceira intelectual.

"É mesmo fascinante", comentei. Estávamos sentados perto um do outro em um sofá de veludo gasto de uma cafeteria pequena, nossa porcelana desigual se encostava na mesinha à nossa frente, ao lado de um muffin de cranberry meio comido. Sua coxa estava pressionada contra a minha, e isso me deixava ainda mais nervosa da melhor maneira possível. "Usando imagens da ressonância magnética funcional, ela estudou o cérebro de pessoas apaixonadas e descobriu que é, na verdade, só essa mistura inebriante de elementos químicos. A dopamina inunda o *dorsato caudal* posterior..."

"Caudado dorsal", Jack me corrigiu, dando seu sorriso torto.

Senti um calor no rosto. "Isso, foi o que eu quis dizer. E, hum, o córtex pré-frontal." Fiquei aturdida com meu erro e comecei a procurar as palavras certas, determinada a impressioná-lo. "É, na verdade, uma motivação, ou sistema de recompensa, não uma emoção. Como o vício das drogas. Na realidade, a química no cérebro dos apaixonados é a mesma no dos usuários de cocaína. Ela estimula os mesmos *neurotransmitivos*."

"Transmissores", disse ele gentilmente.

"O quê?"

"Neurotransmissores."

Que droga. Por que o diploma dele tinha de ser em biologia? E, afinal, o que eu fazia em um encontro com um estudante de doutorado duplo? Eu era uma humilde estudante do penúltimo ano de psicologia — e havia percebido que a maioria das pessoas decidia por essa carreira quando não sabia o que mais fazer, porque parecia algo bom — e nem sabia exatamente o que era um neurotransmissor.

Tomei um gole de café, esperando que minha mão trêmula não me entregasse e derramasse o líquido quente, embora já estivesse certa de que havia arruinado qualquer chance de um quarto encontro. Enchi-me de coragem e respirei fundo. "Eu bem que poderia terminar meu discurso", pensei. Não tinha como causar mais estrago. A não ser pelo fato de que, quando procurei em meu cérebro outros termos científicos e factoides interessantes que memorizara, eles não se encontravam mais lá. Minhas bochechas, com certeza, pegavam fogo a essa altura. Por isso eu apenas acenei com a mão e concluí minha minipalestra frustrada com um "Então, basicamente, não é real, sabe".

Jack inclinou a cabeça, obviamente entretido — e confuso — com minha estupidez. "O que não é real?", perguntou.

"O amor." Não consegui olhar para ele quando disse a palavra. Tive medo de que a definição dela estivesse estampada em meu rosto.

Ele ficou em silêncio, e eu senti, mais do que vi, seu corpo se inclinando para perto do meu. Jack tinha cheiro de clínica, como alguém que passa o dia inteiro bem próximo a formaldeído, e percebi que era inebriante. Dei uma olhada para ele e pensei loucamente por um segundo que iria me beijar. Meu estômago se contorceu diante da mera expectativa. Nosso segundo encontro terminou com um beijo, e eu estava ansiosa para continuarmos de onde havíamos parado. Mas dessa vez ele parou a centímetros de meus lábios. "Você está com um farelo", disse ele, limpando com o polegar o canto de minha boca. Jack voltou a se acomodar em seu lugar, e eu coloquei os dedos no lugar onde ele tocara.

"Obrigada", falei fracamente. Olhei para ele, e vi um sorriso largo, como se estivesse curtindo uma risada secreta à minha custa. Meu constrangimento veio à tona e um "*Que foi?*" irritado saiu de meus lábios.

"Nada", respondeu, balançando a cabeça. "Só acho que a doutora Fisher talvez não saiba do que está falando."

"Por quê?", perguntei, ainda irritada.

"Porque", respondeu, dando uma mordida no muffin que dividíamos, uma avalanche de migalhas descendo por sua camiseta em forma de cascata. Entretanto, em vez de concluir o pensamento, ele mudou o assunto para alguma coisa que havia estudado naquele dia — gripe em peixes ou algo igualmente ridículo — e me deixou zonza com a ideia de que eu acabara de estragar tudo com ele. Somente alguns meses depois Jack confessou que foi naquele momento que soube que me amava.

Minha barriga se aquece com a lembrança, e chamo meu marido para se sentar comigo.

— Deixe isso pra lá. Está bem aconchegante aqui.

Ele não se vira, e sei que não me ouviu. Como um homem das cavernas, seu único foco é vencer o fogo.

Mais tarde, à mesa de pinho na cozinha, quando me sinto um pouco tonta por causa de meus dois copos de vinho e de tanto tempo única e exclusivamente com meu marido, Jack interrompe nosso silêncio confortável.

— Você está preocupada? Com o câncer?

O ar abandona o ambiente, como se Jack houvesse anunciado "Voldemort!" no meio de Hogwarts.

Fito-o, e temos uma pequena conversa com os olhos.

Então, vamos falar sobre isso?, os meus perguntam.

Estamos falando sobre isso — os dele respondem.

Respiro fundo.

— Um pouco — digo, e estou aliviada por admiti-lo, uma vez que passei os últimos três dias fingindo que não.

— Eu também.

Ele passa o dedo indicador ao redor da borda de sua taça com vinho e fica olhando para o líquido cor de ameixa. Espero e deixo que ele coloque os pensamentos em ordem. Quando se trata de um assunto sério, Jack não gosta de falar antes de saber exatamente o que vai dizer. Ele respira fundo.

— Eu sei que a lumpectomia não é grande coisa, mas e se você precisar fazer químio de novo? Em três meses eu me formo e pensei que nós, finalmente, iríamos começar a tentar ter um... — limpa a garganta e olha para mim — um filho.

Talvez Jack consiga me surpreender, ao final das contas.

— Você pensou?

— É. Eu queria um pirralhinho para quem eu pudesse comprar telescópios e kits de foguetes e fazendas de formiga.

— Ou uma pirralhinha — digo, erguendo as sobrancelhas para ele.

— Ou pirralha — admite, suspirando pesadamente.

Solto uma risada e o som todo vem direto de minhas entranhas.

Um filho. Jack e eu sempre falamos de nos tornarmos pais daquela maneira vaga, comum à maioria dos casais — "Um dia, quando tivermos filhos..." —, mas nunca marcamos uma data. Imaginei que ele não pensasse de fato nisso. Achei que já estivesse ocupado demais fazendo seu doutorado e seu Ph.D. simultaneamente. E depois pensei que, quando se formasse, teria outra lista de desculpas para adiar a paternidade

— Deixe-me apenas conseguir meu certificado em medicina. Talvez você devesse terminar os estudos. Vamos esperar e ver como fica o tumor. Ou talvez essas desculpas sejam minhas.

A questão é que, sentada de frente para Jack e vendo a doce ânsia em seus olhos, os motivos justificáveis para não termos filhos se desfazem, e tudo o que consigo ver é um pimpolho imaginário com os pés chatos de Jack e com minhas mechas irregulares cor de chocolate; o anseio em Jack de rir e meu anseio em alinhar carrinhos em filas paralelas.

— Parece... perfeito — digo. — Quero dizer, tudo menos a fazenda de formigas.

E ficamos sentados, sorrindo um para o outro, como duas crianças trancadas em uma fábrica de brinquedos durante a noite.

Fazemos amor mais uma vez depois do jantar em uma cama queen size, bem embaixo da cabeça de um cervo assustado. Depois, enquanto escovo os dentes na pia do banheiro, Jack fuça em nosso nécessaire compartilhado.

— Sua solução para lentes? — pergunto, já sabendo o que ele procura.

— É.

— No bolso lateral de minha bolsa.

Ele abre um sorriso e, de brincadeira, dá um tapa em meu traseiro nu ao passar por mim.

— Você será uma ótima mãe.

quatro

Comprar selante. Sublinho a frase sete vezes para destacá-la bem na folha. Agora, quando olho para minha lista, ela grita para mim: *Compre a porcaria do selante!* Calma, digo em silêncio. *A vida é boa. Vou comprar o selante.*

Mas você tem câncer, diz o papel.

Uau. Cuide da sua vida. Coloco a lista novamente em minha bolsa e tiro meu iPhone. Estou sentada no Centro Estudantil Tate, matando o tempo livre entre minhas aulas de segunda. Abomino esses sessenta minutos — são muito curtos para sair do campus e realmente fazer algo produtivo.

Pesquiso no Google por empresas de piso em Athens e ligo para a primeira que aparece. Um homem, que soa como quem havia fumado mais tempo do que eu vivera, diz que pode ir à nossa casa na terça-feira à tarde para fazer um orçamento gratuito. Agradeço e desligo, depois marco o compromisso em meu aplicativo de calendário.

Após resolver isso, coloco o telefone no case e tiro da bolsa meus cartões de resumo. Fico olhando para minha escrita em caixa alta no cartão índice: Teoria da Transubjetividade Matricial. O nome do psicanalista rapidamente me vem à mente: *Ettinger.* Mas me deu um branco quanto aos detalhes. A única coisa que meu cérebro parece querer se lembrar é do fim de semana com Jack. Ainda estou inebriada e extasiada com meu marido, que agora também quer ser pai. E o único obstáculo no caminho para o resto de nossa vida é uma consulta médica.

Consigo chegar ao final das aulas — com uma energia nervosa que escapa de meu corpo pelos dedos dos pés que não param de bater ou pelo joelho que não para de se mexer — e me encontro, ao fim do dia, sentada novamente na desconfortável cadeira azul da sala de exame à espera do doutor Saunders. Engulo a culpa de não ter deixado Jack vir comigo também.

— Se você for, significa que esperamos que seja algo ruim — argumentei na cama com ele na noite passada.

— Isso é ridículo — respondeu. — Você nem é supersticiosa.

— Não é superstição! — protestei. — É como naquele livro, *O Segredo*? Devemos lançar no Universo o que queremos que aconteça. Se eu for sozinha, estarei anunciando ao mundo que não é nada demais. Estarei evocando bons resultados.

— Agora você é wiccana? Sério, Daisy, eu vou.

Mudei de tática.

— Você não pode faltar na clínica. Se faltar muitos dias, Ling não deixará você se formar e não vou carregar essa culpa.

Isso, pelo menos, era parcialmente verdade — fazia sete anos que Jack trabalhava em seu título duplo, e eu estaria ferrada se fosse o motivo de ele não se formar a tempo. Porém, o verdadeiro motivo de lutar contra ele com tanta força é que eu odiava ser vista como fraca, especialmente por ele. Por isso não deixei ninguém ir comigo nas sessões de químio da primeira vez, e por isso preferia ficar sozinha quando vomitasse no vaso sanitário ou no balde de plástico ao lado de minha cama, caso não conseguisse chegar ao banheiro. "Feche a porta!", eu gritava entre ânsias de vômito para quem estivesse com a obrigação de cuidar da paciente doente, fosse Jack, Kayleigh ou minha mãe.

— Acho que Ling vai entender — respondeu.

Voltei ao meu argumento inicial, dizendo-lhe que, se fosse comigo, ele estaria basicamente afirmando que queria que os resultados fossem horríveis.

— Você é inacreditável — disse, mas eu sabia que conseguia enfraquecê-lo.

Dei de ombros.

— É como me sinto.

Nesse momento, ainda que Jack estivesse certo e eu não acredite de fato em *O Segredo* ou em superstição, repito em silêncio os pensamentos positivos que tenho abrigado.

Tumor pequeno.
Sem químio.
Tumor pequeno.
Sem químio.

Meu estômago ronca, mas, antes que eu consiga alcançar minha bolsa para pegar as cenouras que levei, a porta se abre. Levanto os olhos. Em vez de taturanas peludas, vejo as sobrancelhas perfeitamente arqueadas e feitas da enfermeira que realizou minha tomografia. Em seu crachá de identificação, lê-se: LATIVIA.

— Venha comigo — diz ela. — O doutor Saunders quer conversar com você no consultório dele.

Isso é estranho, porque nunca fui ao consultório do doutor Saunders. Dessa vez, ele não deve precisar do quadro branco na sala de exames, o que só pode significar que as coisas estão melhores do que o esperado. Pessoas doentes têm de ficar nas salas de exames. Pessoas saudáveis sentam-se em consultórios. Mas, se é isso mesmo, por que me sinto como se atravessasse um ar tão espesso quanto a lama, como se tivesse 9 anos e fosse chamada à diretoria da escola?

Lativia para em frente à porta aberta do consultório. A placa na parede ao lado anuncia:

Dr. Robin Saunders
Oncologista de radiação

Paro, porque nunca havia percebido que o primeiro nome do doutor Saunders era de mulher. Em seguida, entro sem a enfermeira, que fecha a porta atrás de mim. O doutor Saunders está sentado em uma grande poltrona de couro. Ele não olha para mim.

— Daisy — diz ele, tirando os óculos e colocando-os sobre a mesa.

— Doutor Saunders — respondo, sentando-me de frente para ele.

Então seus olhos fazem contato com os meus e percebo que estão tristes. Estão tristes do mesmo modo que os olhos de outras pessoas ficam azuis, castanhos ou verdes. Os olhos do doutor Saunders têm a cor da tristeza. É assim que sei o que ele vai dizer antes mesmo que fale alguma coisa.

— Não é bom.

Sinto-me pesada, como se todas as roupas em mim estivessem encharcadas de água.

Ele vira a tela do computador para mim.

— Esta é uma tomografia normal — diz ele.

A imagem na tela parece um travesseiro de pescoço azul-escuro com algumas manchas amarelas, verdes, roxas e laranja. É como o teste de Rorshach, conhecido popularmente como "teste do borrão de tinta". O doutor Saunders pega um lápis sobre a mesa.

— Imagine o corpo humano como uma fatia de pão, a tomografia nos mostra basicamente imagens de cada pedaço. Esse, por exemplo, é um corte transversal dos pulmões. — Ele usa o lápis para indicar. — Aqui estão a medula espinhal, os pulmões, os seios. — O doutor bate em alguns botões no teclado à sua frente, e a imagem muda. — Podemos nos deslocar para cima e para baixo pelo corpo, seção por seção. Vê como o coração está brilhando aqui? Todas as células do corpo normalmente comem algum tipo de açúcar. As mais famintas comem mais. Por isso as moléculas de açúcar que injetamos em seu corpo se concentram onde estão as células mais famintas, como coração, rins e qualquer outra área em que haja tumor ou células cancerígenas. — Ele para e olha para mim a fim de se certificar de que estou acompanhando. Não digo nada.

— Então, como eu disse, essa é uma tomografia normal. O coração é laranja e amarelo, mas não há muito nos pulmões, fígado, cérebro etc. — Ele manipula as teclas novamente e outra imagem aparece. — Esta é sua tomografia.

Fito a tela. Parece que está pegando fogo.

— Daisy, o câncer está por todo o lado. Você tem metástase no fígado, um pouco nos pulmões. Nos ossos. E até... — Ele hesita por um instante, e esse pingo de emoção me faz lembrar de que ele está dando a notícia para mim, sobre mim, e não é apenas uma aula expositiva sobre tomografia. Ele respira fundo, digita um pouco mais, e a imagem muda para um corte transversal claro de um cérebro. Há uma grande esfera brilhando na parte inferior da imagem. — Você tem um tumor do tamanho de uma laranja na parte posterior do cérebro.

Minha mão toca a parte de trás de meu crânio. Apalpo a pele embaixo dos cabelos, procurando por um pedaço de fruta. Não sinto nada.

— Não entendo — digo de modo lento. Minha boca parece estar mascando melado. — Só faz um ano. Todos os meus exames semestrais estavam limpos.

Ele encolhe os ombros e balança a cabeça lentamente, fazendo um não.

— Sinto muito, muito mesmo. Infelizmente às vezes isso acontece. Um paciente passa de check-ups semestrais para anuais e o câncer se esconde. O seu é particularmente agressivo.

Agressivo. A palavra desperta aquele grito antes de um jogo de futebol, e não consigo deixar de repetir silenciosamente como se fosse um canto: *Sejam! Agressivos!* Vocês têm que ser *agressivos*!

O cérebro é engraçado dessa forma. As memórias que ele evoca. Os tumores que ele cultiva.

— Daisy, sei que é muita coisa para assimilar, mas não é tudo ruim. Você está assintomática, o que é bom. Significa que está se sentindo bem, e é possível que continue se sentindo assim.

O doutor está errado. Não estou me sentindo bem.

— E o tumor está em um bom local. Fácil de remover. Claro, a neurocirurgia tem seus perigos. Por isso você vai querer conversar com o cirurgião e pesar os riscos. Depois, se desejar, poderemos fazer radioterapia para termos certeza de que eliminamos qualquer outra célula cancerígena no cérebro. Quanto ao resto, podemos tentar químio, ver se alguma delas responde a isso. Vamos examinar estudos clínicos...

— Você está dizendo que posso ser curada, que você pode curar — falo indicando a tela brilhante — tudo isso?

Ele coloca de volta sobre a mesa o lápis com o qual estava brincando.

— Eu não... — Ele para. Tenta novamente. — Não estou... — Outra pausa. Ele soa como um disco pulando. — Não. — Examina sua mesa com os olhos, como se as palavras que deseja dizer estivessem escritas em um pedaço de papel em algum lugar e ele precisasse apenas encontrá-lo. — Estou dizendo que podemos... prolongar as coisas.

— Prolongar as coisas. — Virei um papagaio. — Por quanto tempo?
— É difícil dizer.
— Quanto tempo eu tenho se não fizer nada?
— Difícil dizer.
— Deve haver estatísticas.
— Não trabalho com estatísticas. Você não é uma estatística.
— Doutor Saunders. — Espero que ele me olhe nos olhos. — Me diga, quanto tempo?

Ele respira fundo e coloca os óculos de novo.

— A taxa de sobrevivência conhecida para o estágio quatro é de 20%. — Interrompe, olha para mim e logo volta a olhar para sua mesa. — Seu caso está bastante... avançado. Se eu tivesse de arriscar um palpite... — Torna a olhar para mim.

Faço um sim com a cabeça.

— Quatro meses. Talvez seis.

Faço as contas depressa. Junho. Ou agosto.

— Mas, ouça, as pessoas podem viver por anos. Não é inédito. E, claro, há o complemento das terapias, dietas, meditação...

Levanto-me, ele para de falar. Preciso sair dali, mas, de uma hora para outra, sinto minhas pernas ocas, parecendo dois canudinhos segurando uma batata, e não acho que vão suportar meu peso. Sento-me novamente.

Fico olhando para as sobrancelhas furiosas do doutor Saunders, enquanto as duas últimas palavras que ele proferiu giram em minha cabeça. Dietas. Meditação. Dietas. Meditação. Dietas. Meditação. "Já tentei isso", desejo dizer-lhe, mas não tenho voz. Então, em vez disso, penso. Listo todas as coisas que fiz nos últimos quatro anos para evitar um momento exatamente como este. Ioga. Odeio ioga. Assar, grelhar, refogar, fritar levemente no óleo todos os legumes conhecidos pelo homem. Odeio legumes. Exercícios de respiração. Preparar 1.467 smoothies. Mais ou menos. Beber 1.467 smoothies. Mais ou menos. Comer mirtilos. Comer romãs. Beber chá verde. Beber vinho tinto. Tomar óleo de peixe. Tomar coenzima Q10. Evitar fumo passivo a qualquer custo.

E, mesmo assim, aqui estou eu.

Levanto-me novamente sobre meus palitinhos. O doutor Saunders também se levanta. Estende a mão para mim.

— Preciso sair — digo.

— Daisy, deixe-me ligar para alguém. Jack. Você não deveria ficar sozinha agora.

Nego com a cabeça. Jack. Neste exato momento, não há espaço suficiente nem para ele em meu cérebro. Por isso afasto seu nome e tento me focar nas informações que tenho à mão.

Uma laranja.

Quatro meses.

Sinto muito, muito mesmo.

— Daisy. — Ele tenta de novo. Agora, em pé, apanha o telefone.

— Não — peço. Olho para meu relógio. São 17h52. O dia está quase acabando, mas ainda há tanta coisa que preciso fazer. Mentalmente, realizo um esforço sobrenatural, ergo o queixo e jogo minha bolsa a tiracolo sobre meu peito. Depois, meus olhos encontram os do doutor Saunders, e eu digo:

— Tenho que comprar um selante.

* * *

Abafo uma risadinha durante todo o trajeto até o estacionamento, e, quando finalmente me sento no banco da frente do carro, solto uma gargalhada. Mesmo olhando para o volante, posso ver o rosto do doutor Saunders — as sobrancelhas espessas formando meias-luas acima de suas órbitas oculares esbugalhadas, a boca no formato de um perfeito "o". O semblante dele estava divertidamente congelado. Chocado em silêncio com minha declaração.

Ele pensou que eu tinha dito "brochante" em vez de "selante".

A palavra pairou no ar, e, ao perceber a fonte da confusão que o deixou aturdido, murmurei algo sobre minhas janelas que não queriam fechar, apesar de serem muito bonitas, mas definitivamente nada práticas, e saí rápido de seu consultório, fechando a porta ao passar por ela.

Meus ombros começam a tremer incontrolavelmente, e sinto um rio de lágrimas correndo em linha sinuosa por minha face. Isso desencadeia outra onda de risos, porque estou chorando, mas não chorando de fato. Não como tenho certeza de que a maioria das pessoas choraria após receber a notícia que recebi.

O mal-entendido com brochante/selante me levou à exata definição de histérica.

E tudo em que consigo pensar é: "Mal posso esperar para contar para Jack".

* * *

AQUI ESTÁ ALGO que até hoje eu não sabia: A Home Depot oferece uma variedade indescritível de selantes. Fico de frente para a prateleira, encarando os rótulos.

> Para Todos os Fins
> Látex Acrílico
> Portas & Janelas Limpas
> Silicone para Cozinha & Banheiro
> Janelas & Portas Brancas
> Silicone Supremo

Se eu olhar fixamente para eles, talvez um dos tubos pule em minha mão. Ou se revele para mim em um sussurro quieto, porém urgente: *Daisy! Eu sou o certo para você!* Quando se torna evidente que isso não acontecerá, começo a me irritar. Qual é a diferença na composição de cada selante que garante um produto e uma marca totalmente novos? Eu me sinto da mesma forma quando vou comprar pasta de dente. Por que há tantas drogas de opções?

— Posso ajudá-la, senhorita? — Um homem com um avental laranja está olhando para mim. Ele tem rugas em torno dos olhos e um pacote completo de barba e bigode. Meu pai também tinha um pacote completo de barba e bigode, antes de ser atingido por uma picape em um cruzamento enquanto pedalava sua bicicleta Cannondale. A colisão fez sua cabeça esfregar o asfalto, removendo-lhe o capacete mal ajustado e, depois, a maior parte da pele e dos pelos faciais. Eu tinha 3 anos quando ele morreu. Uma vaga lembrança dele reaparece às vezes: um homem afagando meu pescoço, o familiar hálito azedo, o bigode rijo arranhando meu queixo.

Olho para o rosto desse homem e me pergunto se sua barba teria o mesmo efeito sobre minha pele. Dou um passo em sua direção. Em seguida me detenho.

— Preciso de selante — digo.

— Perdão?

Registro a expressão de seu semblante como a de alguém confuso e fico me perguntando se ele também acha que eu disse "broxante".

Depois me dou conta de que não disse "selante" coisa nenhuma. Na verdade, disse: "Preciso de pasta de dente".

E pode ser que tenha acrescentado "papai". Como: "Preciso de pasta de dente, papai". Uma risada irrompe de minha boca e aperto minha mão sobre ela.

— Tudo bem, senhora?

Considero a pergunta. Não. Não estou bem. E me sinto constrangida a lhe dizer a razão. Explicar meu comportamento esquisito.

— Estou com fome.

* * *

QUANDO PARO NA entrada às 20h37, o carro de Jack ainda não está lá. Meu telefone tocou sete vezes — oito? Dez? Na verdade, perdi as contas — desde que saí do consultório do doutor Saunders, mas deixei a melodia tocar, balançando a cabeça conforme o ritmo, como se fosse apenas uma canção conhecida tocando no rádio. Piso fundo no freio, saio para a noite gelada e vazia e ando até o porta-malas, no qual o empacotador da Kroger me ajudou a esconder mais compras do que Jack e eu conseguiríamos consumir em um mês.

Há um movimento no arbusto à minha esquerda.

Examino, tentando distinguir o formato de um esquilo ou gambá, mas a luz da varanda cega meus olhos e não consigo enxergar na completa escuridão intocada por seu brilho.

Em seguida, um vulto gigantesco aparece e levo um susto.

— Daisy.

— Puta merda, Sammy. — Coloco a mão sobre meu coração disparado. — Você me deu o maior susto.

— Desculpe. Achei que tivesse me visto quando parou o carro.

— O que você está fazendo aqui fora no escuro? — pergunto, notando que sua casa está envolta em sombras. Nenhuma luz acesa.

— Acabei de chegar do meu turno — responde, e, agora que meus olhos se ajustaram, posso ver sua bicicleta brilhante presa na grade da escada para sua varanda. — Devo ter me esquecido de deixar uma luz acesa. Estava tão apressada quando saí de manhã, porque mamãe ligou e ficou falando, falando, falando. Nunca consigo me livrar dela no telefone. Por fim, eu estava tipo: "Manhê! Preciso trabalhar". Ela ainda falou por, pelo menos, uns dez minutos ou mais. Por sorte, o chefe não estava no escritório quando finalmente cheguei na estação.

Ela se aproxima alguns passos e percebo seu uniforme — calça cargo azul índigo, sapatos pretos, camisa cinza de mangas curtas com uma aplicação em tecido no braço na qual se lê: Departamento de Polícia do Condado de Clarke-Athens. Um cinto ajustado marca sua cintura, e ela parece um boneco de neve cinza e azul: três segmentos esféricos empilhados um em cima do outro para criar uma pessoa. Sammy é policial. Bem, uma policial de bicicleta. Não sei se isso significa que ela é uma policial plenamente habilitada ou uma subalterna — como um lobinho que ainda não se graduou para o grupo de escoteiros. Nunca tive coragem de perguntar. Ela passa a maior parte do tempo multando universitários bêbados e prendendo-os se forem menores de idade. Uma vez perguntei como ela transportava alguém para o posto policial após algemá-lo. Sammy disse que chamava um carro de patrulha para dar reforço, mas tudo o que consegui imaginar era ela, de alguma maneira, prendendo com violência esses jovens embriagados em seu guidão e os conduzindo perigosamente até a prisão. A cena cômica ficou em minha cabeça.

— Vão ter visita no fim de semana? — pergunta, observando as sacolas plásticas de mercado quase transbordando em meu porta-malas aberto.

— Não. — Estudo a compra e não consigo me lembrar de uma única coisa que tenha comprado, como se tivesse tomado um sedativo e feito as compras dormindo. Tento achar uma explicação. — Fui ao mercado sem lista. — Ao dizer isso, dou-me conta de que nunca vou às compras sem um pedaço de papel ditando o que pegar. Nunca. Essa pequena rebelião me estremece.

— Ah — comenta, assentindo com a cabeça. — Também cometo o mesmo erro quando vou ao mercado com fome, o que parece acontecer toda vez que vou. Donuts, frango frito, aqueles pequenos pretzels recheados com manteiga de amendoim... simplesmente compro tudo o que vejo pela frente. — Gesticula apontando para sua figura fofinha e abre um sorriso largo. — É óbvio.

Com frequência Sammy faz comentários sobre seu peso, como quem aprendeu aquela técnica de sobrevivência quando era uma criança gorducha no playground: faça a piada antes que os outros façam. Normalmente, essa sua autodepreciação me intimida. Nunca sei o que dizer — devo rir junto com ela? Acalmá-la com negação? Habituei-me a apenas mudar de assunto para amenizar qualquer constrangimento que eu sinta.

Hoje só sorrio de volta.

— Então, quebrei as duas regras cardinais de compras no mercado.

Ela engancha o polegar na cintura da calça e puxa de um lado para outro, ajustando o caimento. É um movimento que suas mãos fazem inconscientemente e com frequência, do mesmo modo que afago meu cabelo.

— Te ajudo a levar para dentro — diz ela, seus dedos em forma de salsicha já apanhando várias sacolas, como o palhaço daquele fliperama agarrando bonecas de pelúcia. — Então, você sabe que eu estava ouvindo aquele barulho de algo arranhando minhas paredes à noite?

Pego as alças de algumas sacolas e conduzo minha vizinha pelos degraus dos fundos de minha casa enquanto ela embarca em uma história sobre esquilos voadores. Pelo menos acho que é sobre isso que ela fala. Só presto meia atenção. Descanso minha parte no alto da escada e procuro minhas chaves na bolsa. Ouço Benny ganindo e arranhando a porta do outro lado e percebo, com culpa, que ele não saiu desde a manhã, quando fui para a aula.

Quando abro a porta, uma bola de pelo dispara por nós, descendo os degraus.

Sammy faz uma pausa em sua história para comentar:

— O carinha é rápido naquelas três pernas — e logo retoma seu relato.

Um grito estridente, vindo da sala de estar, assusta nós duas. Coloco as compras no balcão e pego minha bolsa, procurando as cenouras que embalei de manhã, mas não comi. Vou até a sala e passo as cenouras por entre as barras da gaiola de Gertie. Sei que fui rude, saindo bem no meio da história de Sammy, mas há uma desconexão entre essa percepção e a emoção que deveria acompanhá-la.

— Aqui está, garota — falo delicada e calmamente. — Trouxe uns pepinos também. Seus favoritos.

Ela contorce as orelhas em gratidão e começa a roer uma cenoura. Com seu guincho silenciado pela comida, a casa se torna quieta e imagino, por um momento, quanto tempo posso ficar exatamente como estou, sem fazer barulho. Talvez Sammy já esteja indo embora. Talvez já tenha ido.

Quando retorno à cozinha, entretanto, Sammy está passando pela porta com outras sacolas de mantimentos, Benny em seu encalço. Ela parece não se incomodar com meus maus modos e continua com sua história, provavelmente de onde parou. Precisamos de mais duas viagens para trazer todas as coisas do carro, e as sacolas cobrem quase todo centímetro de piso e balcão.

— E aí o exterminador vem me dizer, olha só!, que eles não voam de verdade. Não como morcegos ou qualquer outro. Eles não têm asas ou nada disso. Eles planam. "Deveriam ser chamados de esquilos planadores", ele me diz. E digo que não me importo com o nome que ele dá para eles, só não quero eles na minha casa, sabe?

Sua gargalhada profunda faz os cantos de minha boca se levantarem superficialmente. Pareço-me o cachorro de Pavlov. Alguém ri, sorrio em retorno.

Mas Sammy não está vendo minha reação. Já começou a tirar as compras das sacolas, abrir armários, despensa, geladeira, guardar coisas em lugares aleatórios onde acha que deveriam ficar. Quando ela coloca uma bandeja de isopor com frango na terceira prateleira da geladeira, abro a boca para lhe dizer que carne vai na gaveta acima do compartimento para legumes. Em seguida, desisto. Não tenho energia.

Tiro de uma sacola no balcão uma caixa de salgadinhos de queijo Cheez-Its. A foto dos biscoitinhos artificialmente alaranjados no papelão vermelho acena para mim. Eu adorava Cheez-Its. Deslizo o dedo sob a aba na parte superior da caixa e abro o saco plástico de dentro. Fico em pé no meio de minha cozinha, comendo um biscoito após o outro, enquanto Sammy trabalha à minha volta.

— Não sei como você come tudo isso e continua magrinha assim — diz ela.

Levanto os olhos e vejo que está segurando um pacote de Oreo e uma lata de chantilly. É a guloseima favorita de Kayleigh: comer os dois juntos. Já a vi esguichando com cuidado o creme espumante sobre cada uma das bolachas e enchendo o bucho com a combinação, pelo menos, um milhão de vezes, enquanto eu torcia o nariz para essas tranqueiras processadas, cheias de açúcar, aditivos e químicas.

— Eu ando muito — respondo. Deveria lhe dizer que normalmente não como essas coisas. Não quero que ela pense que sou uma daquelas garotas que joga o cabelo e diz: "Ah, é que eu tenho uma genética boa." Em vez disso acrescento:

— E faço ioga.

Sammy arranca o pensamento de minha cabeça:

— Deve ser genético. — Coloca os Oreos em uma prateleira na despensa e depois dá um puxão no cós da calça. — Porque ando de bicicleta todos os dias e parece que não perco nem um quilo.

Mastigo outro salgadinho e finjo pensar no assunto. Mas, na verdade, estou olhando para os seios dela e pensando no quanto se parecem com dois travesseiros fofos e macios, e sua barriga, uma nuvem. De repente, sinto-me cansada. Ah, muito cansada. E fico imaginando se posso me deitar nela. Só por um minuto.

— Daisy? — Sammy está olhando para mim de modo estranho. — Tudo ok com você?

Queria que as pessoas parassem de me perguntar isso. O que significa ok? Nem é uma palavra de verdade. É inaceitável nas palavras-cruzadas do Scrabble.

— Só estou cansada — respondo.

— Ah, coitadinha. E eu aqui falando sem parar. Vou parar de te encher. Além disso, tenho que acordar cedo. Falei para o Carl que faria o turno dele amanhã de manhã; ele tem uma reunião da Associação Nacional de Rifles ou alguma outra coisa. De qualquer modo, ele vai ficar com o meu sábado à noite. É um prazer negociar com ele. A garotada universitária é o diabo nos fins de semana.

Fico me perguntando vagamente se eu deveria saber quem é Carl.

Depois de Sammy sair, percebo que me esqueci de lhe agradecer pela ajuda com as compras. Esse descuido me deixou indescritivelmente triste. Ela foi tão amável. Fico pensando se deveria sair outra vez e bater à sua porta para lhe agradecer, mas os 40 passos que separam nossa casa parecem quilômetros.

Coloco a caixa de Cheez-Its de volta no balcão. Quase metade dela está agora em meu estômago, mas ainda me sinto esfomeada. Então me lembro dos bifes que comprei na seção do açougue. Chuletas grandes e vermelhas com uma faixa branca grossa de gordura. Fico com água na boca. Não consigo me lembrar da última vez em que comi carne vermelha. Abro a geladeira e removo o pacote de papel branco que Sammy colocara na segunda prateleira, não no compartimento de carne.

Com um *clique, clique, clique,* o bico de gás se transforma em uma chama, e o cubro com uma frigideira de ferro fundido. Deixo os bifes chiar e estourar na panela quente e vou para a sala de estar. Quero música e vodca. Não necessariamente nessa ordem. Vodca era minha bebida antes de me formar. Vodca com Red Bull. Vodca com suco de cranberry. Vodca com Rainbow Sprite. Mas hoje vou virar a Absolut que guardamos para visitas direto em um copo alto de vidro com um R gravado. Ganhamos o conjunto com quatro desses copos como presente de casamento da tia de Jack.

Encho a boca com o líquido claro, tusso e cuspo enquanto ele desce pela garganta queimando tudo.

— Daisy?

Jack está parado na porta arqueada entre a cozinha e a sala de estar. Não o ouvi entrar.

— Você está fazendo bife?

Faço que sim com a cabeça, os olhos ainda lacrimejando por causa da vodca.

Ele parece decepcionado, e tudo em que posso pensar é: ele sabe. Não sei como, mas deve saber o que me aconteceu hoje. A terrível tomografia. Os quatro meses. Todos os salgadinhos que acabei de comer. Talvez seja porque nossa conexão é profunda; nosso vínculo, forte. E sinto um alívio, porque, até aquele momento, não havia pensado em como lhe contaria. Mas já não preciso pensar nisso, porque ele sabe.

— Ceeerto — Ele franze a testa. — O que o médico iria dizer? Liguei para você durante as últimas três horas.

Ele não sabe.

Dou outra tragada na bebida. Dessa vez formiga menos.

Ele fica olhando para mim, e sei que tenta juntar as peças do quebra-cabeça no qual se meteu — por que sua esposa, que não come carne vermelha há quatro anos, de repente está fritando chuletas às 22h de uma segunda-feira? É o que seu cérebro pergunta. Está sempre trabalhando, tentando entender as coisas. Seu cérebro é a razão pela qual ele ganhou o primeiro lugar no Simpósio de Pesquisa Científica de Medicina Veterinária nos últimos três anos consecutivos. Seu cérebro é bom com números, raciocínio e cálculos. Meu cérebro, ao que parece, é bom em cultivar tumores.

Enquanto penso em uma resposta, de repente me lembro do erro de comunicação broxante/selante e lhe conto a história.

Ele ri, como eu sabia que faria.

Então, depois de uma longa pausa, conto-lhe as outras coisas que o doutor Saunders disse. Ou talvez eu esteja errada. Talvez não tenha feito pausa alguma. Ele para de rir.

E, além do silêncio provocado pelo choque, nossa casa se enche do cheiro de carne queimada. Eu me esqueci dos bifes.

cinco

Acordo de madrugada, às 2h58, com a impressão de estar com a boca cheia de algodão e com uma terrível dor aguda atrás do olho direito.
Água. Preciso de água.
Levanto-me da cama e vou tateando no escuro até a cozinha, procurando encontrar com as mãos o puxador da geladeira. Quando abro a porta, a luz brilhante me cega por um instante.
Olho com os olhos meio fechados, minha cabeça começa a latejar mais ainda.
Maldita vodca. Bebi outros dois copos enquanto Jack me fez repetir três vezes tudo o que o doutor Saunders disse, palavra por palavra. Meu marido nunca se deparou com um quebra-cabeça que não pudesse resolver. Por isso, sabia que ele estava tentando juntar todas as partes da equação para que descobrisse a solução para y.
— Bem, é claro que você vai fazer a cirurgia — disse, mais para si mesmo do que para mim. — E depois a quimio. O que o médico disse mesmo sobre os estudos clínicos? Quais são os específicos?
Quando comecei a responder com palavras inarticuladas, Jack finalmente parou de conversar e abriu os braços para mim no sofá. Arrastei-me para eles, deitei a cabeça em seu peito e fechei os olhos. Jack cheirava a guaxinim.
Bebo de uma vez um copo cheio de água e depois o encho com o líquido da jarra de plástico na geladeira. Coloco-a novamente na prateleira de cima e depois solto a porta. Ela se fecha lentamente com um *pááááá*.

Embora haja uma corrente de ar na cozinha e eu esteja apenas com uma camiseta longa e calcinha, sinto-me insuportavelmente quente. O piso me chama como se fosse uma piscina em um dia quente de verão, deixo meu corpo afundar. Estico-me e encosto a bochecha no ladrilho frio.

Salmão. Essa é a cor que a corretora de imóveis deu para o piso. "Muito autêntico para o design espanhol", disse ela. "Não é um Saltillo, mas é uma boa imitação." Jack riu quando voltamos para nosso apartamento naquela noite. "A cozinha é rosa. Estamos comprando uma casa com uma cozinha rosa", disse ele.

As janelas acima da pia filtram a luz da Lua. Fico olhando para a fenda escura sob os armários, onde sujeira, flocos de cereal antigos e tufos de pelo de Benny se acumulam até que eu os elimine com minha vassoura uma vez por semana. Vejo um Froot Loop laranja. Jack deve tê-lo deixado cair hoje no café da manhã.

Laranja. Cautelosamente toco a parte de trás de minha cabeça, onde o doutor Saunders disse que um tumor do tamanho de uma laranja está alojado. Talvez ele tenha dito um Froot Loop laranja e eu apenas não ouvi. Ou talvez tenha sido isso que ele quis dizer e, acidentalmente, omitiu as palavras "Froot Loop". Eu seria capaz de acreditar que tenho um tumor do tamanho de um cereal, mas um do tamanho de uma fruta? É inacreditável. E não falo isso de modo leviano. Acho que a palavra "inacreditável" é usada de forma exagerada. As pessoas dizem "Isso é inacreditável!" para coisas que realmente não são. Como o Skype. Minha mãe acha *inacreditável* você ver alguém do outro lado do mundo, em tempo real, enquanto conversa com essa pessoa. "É como nos Jetsons!", ela escreveu em um e-mail para mim quando descobriu o sistema de conversa por vídeo quatro anos após todas as pessoas do país. Mas o Skype era apenas o próximo passo lógico no avanço da tecnologia. Não era implausível ou algo que veio do nada.

Eu? Com um tumor do tamanho de uma fruta cítrica e câncer por todo o corpo? Essa é a verdadeira definição de inacreditável.

Improvável.

Absurdo.

Surreal.

Inacreditável como enredo-de-novela-com-bebês-trocados-na-maternidade.

Meu cérebro faz uma pausa, pensando nisso.

Bebês *são*, de fato, trocados na maternidade às vezes. Na verdade, médicos cometem erros o tempo todo. Alguns meses atrás, li uma história no jornal *Athens Banner-Herald* sobre um homem de Atlanta processando o Fulton Memorial por amputar o pé errado. Seu pé direito deveria ser arrancado por causa de uma infecção bacteriana, mas, em vez disso, as enfermeiras acidentalmente prepararam o pé esquerdo. Quando entrou na sala de operação, o cirurgião não conferiu a prancheta e simplesmente seguiu em frente com o procedimento.

Sento-me reta.

Se algo dessa proporção pode acontecer, então, com certeza, alguns resultados de exame podem facilmente ser misturados. Certo? *Certo?* Certo.

Deve ser isso. O doutor Saunders me mostrou a tomografia errada. E a ressonância. E uma de suas pacientes deitou a cabeça no travesseiro esta noite pensando ter apenas um pequeno tumor no seio que será tratado com uma simples lumpectomia.

Sinto algo deixar de apertar meu peito e dou um profundo suspiro de alívio. Deveria acordar Jack para contar a ele.

Esforço-me para ficar de pé, mas o peso do que acabei de descobrir me empurra para baixo. Minhas mãos começam a tremer e as pulsações em minha cabeça aceleram seriamente. O suor atravessa meus poros. Sou tomada pela tristeza por aquela pobre mulher que dorme felizmente, sem consciência desse erro que vai mudar sua vida.

Vou ligar para o doutor Saunders pela manhã. Ele vai se atrapalhar com as palavras. "Não faço ideia de como isso foi acontecer, Daisy." Dessa vez suas desculpas serão diferentes no final, com uma exclamação de alegria, em vez de uma sentença sombria. "Sinto muito, muito mesmo!" E, então, ele também ficará quieto ao perceber o que isso significa para a paciente que nunca conheci, mas com quem agora estou interligada por causa de uma terrível reviravolta. E nós dois pensaremos a mesma coisa: ainda que a notícia seja maravilhosa para

mim, em algum lugar aí fora há uma mulher que está do outro lado da droga da lei de Newton. Para toda ação há uma reação de força equivalente em sentido contrário.
Vou viver.
O que significa que ela vai morrer.

* * *

JACK TEM UM sono pesado. Volta e meia eu o provoco, dizendo que, se um tornado à la *O Mágico de Oz* erguesse a nossa casa, ele roncaria o tempo todo. Mas hoje à noite, assim que toco em seu braço, seus olhos se abrem.
— Daisy.
Sua pele está aquecida por causa do sono, e deixo a mão em seu ombro enquanto sussurro:
— E se foi um erro?
Assim que as palavras saem de minha boca, percebo o quanto soam infantilmente desesperadas. E a convicção que senti no piso da cozinha me abandona com a mesma rapidez com que falta ar a um boxeador atingido no estômago.
Jack faz um esforço para se sentar, e, quando suas costas se firmam contra o painel branco da cabeceira que comprei em uma venda de garagem pouco depois de nos mudarmos para cá, ele estende a mão para mim:
— Vem aqui.
Aconchego-me em sua axila pela segunda vez esta noite. E, uma vez que conto praticamente tudo para Jack, conto-lhe minha teoria.
O pé amputado.
Bebês trocados na maternidade.
A outra mulher, dormindo em paz.
Quando acabo, ele me abraça apertado.
— Pode ser — sussurra em meu cabelo, mas não porque pense que talvez seja verdade. Diz isso porque... o que mais resta para dizer?
E percebo que, ainda que não acredite nisso — não mesmo —, quero desesperadamente que Jack acredite. Quero que ele pule, bata palmas e confirme com um *Sim! Claro!* Tudo não passa de um erro terrível. Não

um do qual riríamos daqui a dez anos. Nossa, não. Mas um do qual nos lembraríamos quando acontecessem coisas terríveis conosco, como quando fôssemos demitidos, nossos dois carros quebrassem na mesma semana ou o porão inundasse (de novo); aí ele olharia para mim e diria: "Poderia ser pior. Lembra-se daquela vez em que pensamos que você iria *morrer*?".

Disfarço minha decepção e forço uma risadinha:

— Valeu a tentativa.

E então, apesar de Jack e eu não sermos muito chameguentos à noite, não me mexo em seu abraço — mesmo quando meu braço começa a dormir; mesmo quando um molhado de suor se forma entre meu pescoço e seu ombro nu; mesmo quando o sol começa a atravessar as persianas da janela.

* * *

ACORDO SOZINHA NA cama; o relógio digital marca 10h37 com grandes números vermelhos. Tonta e confusa — nunca durmo até depois das 7h —, chamo por Jack, com o som ressoando pela casa em silêncio.

Surpreendo-me quando ele responde.

— O que você ainda está fazendo aqui? — grito, sentando-me e jogando as pernas sobre a beirada da cama. — Você está atrasado!

Ele aparece na porta do quarto.

— Não vou hoje.

— *Quê?* E a clínica? E Rocky?

— Daisy — diz, e a dor em seus olhos me faz lembrar do doutor Saunders, e tudo volta aos gritos para mim como um trem de carga.

— Ah. Certo. — E, de repente, desejo que o doutor Saunders tivesse me dado um panfleto, como o que ganhei do dentista quando fui diagnosticada com gengivite: "Você Tem um Monte de Câncer. Aqui Está o que Tem de Fazer Agora."

— Bem, o que devemos fazer? — pergunto a Jack. — Não podemos simplesmente ficar sentados pela casa. E os estudos? — Droga. Os estudos de gênero. — Tenho uma prova hoje. E você? Está quase se formando. Não pode faltar à clínica.

Ele vem se sentar ao meu lado na cama e põe a mão em minha coxa. Parece pesada. Ele diz que eu deveria mandar um e-mail a meus professores. Diz que já ligou para o doutor Ling, diretor da clínica veterinária, e que ele entendeu. Diz que vai tirar o resto da semana de folga, enquanto resolvemos as coisas. E fico pensando se meu câncer não é algo que apenas foi colocado na pilha errada em uma venda de garagem.

* * *

A PRIMEIRA COISA que vejo ao entrar na cozinha é a caixa meio vazia de Cheez-Its sobre a bancada. Tremo. Não acredito que me permiti comer esses biscoitos artificiais, processados. Pego a caixa, vou até a lata de lixo e jogo-a dentro do saco plástico, fazendo um barulho satisfatório.

Abro a geladeira e quase perco o fôlego. Todas as compras que fiz por um mau impulso me encaram. Elas descansam caoticamente nas prateleiras, como um grupo de crianças que, durante o semestre inteiro, tinham seu lugar determinado e, de repente, ganham rédeas soltas em sala de aula. Franzindo o nariz, alcanço atrás de um pacote com seis caixinhas de gelatina com sabor artificial de cereja o suco orgânico de cranberry. Fecho a geladeira. Vou organizá-la depois.

Enquanto viro o líquido vermelho em um copo, meus olhos são atraídos para o Froot Loop laranja fugidio embaixo do armário. Deveria pegar uma vassoura e varrê-lo, mas não tenho energia. É o câncer? Eu começaria a sentir os sintomas tão rápido? Não, isso é ridículo. E, para provar isso a mim mesma, pego a vassoura no armário do corredor e a levo para a cozinha e, agressivamente, dou punhaladas com ela embaixo dos armários, transformando o Froot Loop e outros detritos em um belo monte que levo para o centro do chão de ladrilhos.

Coloco a sujeira na pá e deposito-a no lixo, ficando, em seguida, parada no meio da cozinha. Viu? Estou bem. Usei a vassoura da mesma forma que alguém que não tem um Monte de Câncer usaria. E aquele pensamento persistente e esperançoso se enfia em minha mente mais uma vez. Talvez, só talvez, eu não tenha esse Monte de Câncer.

Olho para o balcão onde plugo meu celular na parede toda noite, mas não há nada na ponta do cabo branco. Devo tê-lo deixado na bolsa. Atravesso o corredor em direção ao nosso quarto e ouço o barulho de água. Jack está no banho. Ando mais rápido. Provavelmente consiga ligar para o doutor Saunders antes que ele saia do banho e, assim, ele nunca precisará saber.

Tiro meu telefone do *case* e vejo que há três chamadas perdidas e duas mensagens de texto de Kayleigh. Uma delas diz: **Você está viva?**

Mudo a tela e digito o número do escritório central do centro de câncer. Quando chama, meu coração bate forte no peito. *Tá-tum, tum tum. Tá-tum, tum tum.*

— Athens Regional Cancer Center — atende uma voz de mulher.

Peço para falar com o doutor Saunders.

— Quem deseja falar com ele?

— Daisy Richmond.

— Um momento, por favor.

Há um clique na linha, e uma música floreada enche meu ouvido. Depois de alguns minutos, a voz do doutor Saunders interrompe:

— Daisy, que bom que você ligou!

Estou um pouco surpresa por ser o doutor. Não esperava de fato que conseguisse falar com ele apenas perguntando pelo doutor Saunders. Há algo de arredio nos médicos, quase como no caso das celebridades. É possível falar com seus assistentes e eles estabelecerão um tempo determinado para você estar na presença deles, mas você não consegue ligar diretamente para eles quando quiser. Médicos são muito importantes para isso. Entretanto, o doutor Saunders sempre foi um pouco diferente. Mais acessível.

— Sim, bem, tenho uma pergunta...

— Você pode vir esta tarde? — interrompe. — Gostaria de falar com você sobre algo.

Seguro o telefone mais apertado. Ah, meu Deus. Talvez o diagnóstico esteja mesmo errado e ele já notou isso. Talvez queira me contar a novidade pessoalmente, ter certeza de que não tenho intenção de processar o hospital pelo estresse mental. As batidas de meu coração aceleram. *Tá-tum-tum-tum-tá-tum-tum-tum.*

— Daisy?

— É, sim. Claro, hum... Você não pode simplesmente me falar pelo telefone?

Você fez asneira. Diga. *Diga.*

— Sinto muito, preciso me apressar. Tenho pacientes. Fique na linha. A Martha vai marcar um horário.

Martha? "A Martha nem trabalha mais para você", quero gritar, quando a música clássica começa de novo. Então meu ataque de irritação se converte em autossatisfação. Estou absolutamente convencida. Afinal, se o doutor Saunders não consegue nem se lembrar de que sua recepcionista se aposentou, então é bem possível que ele tenha feito confusão com alguns resultados de exames.

A recepcionista sugere 14h30 e eu concordo, pois meu dia está inconcebivelmente desprovido de atividades. Ao desligar, Jack entra no quarto, uma toalha em volta da cintura, o cabelo ainda molhado. Ele treme.

— Quem era?

— O doutor Saunders. Ele quer que eu vá lá à tarde.

— Ele disse para quê?

Nego com a cabeça. E então, em vez de contar a Jack meu sucesso com a vassoura ou a incapacidade do doutor Saunders de se lembrar de que Martha já não trabalha para ele, saio do quarto, porque, de repente, me transformei em uma criança de 7 anos que não quer ouvir de Jack que Papai Noel não existe.

* * *

A ÚLTIMA VEZ que Jack e eu estivemos juntos no estacionamento do Athens Regional foi logo depois do final de meu tratamento com radioterapia, há mais de quatro anos. Ele me surpreendeu com um número irritante de balões — tantos que pensei que ele pudesse ser levado para o céu se batesse um vento forte. "Perdeu sua hora no circo?", perguntei.

"Acho que não", respondeu ele, indicando com a cabeça para minha careca. "Você não é o Homem Forte?"

"Muito engraçado", eu disse. Ficamos parados ali, sorrindo um para o outro. Na época, só conhecia Jack havia dois anos, mas ele me apoiou durante todo o processo do câncer, e conseguimos vencer tudo. "Acabou", falou ele. "Acabou", concordei. Jack soltou o punho que segurava os balões e eles começaram a flutuar para o alto. Depois estendeu as mãos para mim. "Vamos."

Hoje nos dirigimos à entrada em silêncio. Deslizo minha mão para a sua, e atravessamos a porta de vidro, seguindo pelo corredor até a pesada porta de madeira do centro de câncer. A não Martha ergue os olhos quando me aproximo.

— Hoje o doutor Saunders está alguns minutos atrasado — diz.

Faço um sinal de cabeça e vou me sentar ao lado de Jack.

Ele pega uma *Sports Illustrated* e eu começo a folhear uma *Highlights for Children*, revista destinada a crianças, mas é óbvio que nenhum de nós realmente lê as palavras nas páginas a nossa frente. Estou mentalmente praticando o que vou dizer ao doutor Saunders quando ele admitir seu erro. Tento raiva: "Como você *tem coragem*? Sabe o quanto fiquei apavorada?" Ou poderia estar felizmente surpresa: "Sério? Tem certeza? Ah, graças a *Deus*!" E depois, é claro, o tipo compreensivo: "Essas coisas acontecem." Faria um sinal com a cabeça. "Só fico triste pela outra mulher. Coitadinha."

Lativia finalmente chama meu nome, e ambos nos levantamos e a seguimos pela porta da sala de espera e pelo corredor até o consultório do doutor Saunders. Antes de entrarmos, decido fazer o tipo compreensiva, porque, sério, gosto do doutor Saunders, e é apenas uma situação trágica para todos.

Ele se levanta atrás de sua mesa quando entramos e estende a mão para Jack.

— Faz alguns anos, hein?

— Sim, senhor — responde Jack, apertando a pata de urso do doutor Saunders.

— Que bom ver vocês, embora preferisse que fosse em melhores circunstâncias — diz, dirigindo-se a nós dois.

Inclino a cabeça em um movimento que, espero, revele uma empatia melancólica, para que ele saiba que estou pronta para gentilmente aceitar sua notícia. Jack e eu nos sentamos nas cadeiras em frente a ele e esperamos.

O doutor Saunders tira os óculos e os coloca sobre a mesa entre nós.

— Daisy, sei que não faz nem 24 horas que você saiu daqui, e isso não é muito tempo para processar a informação que lhe dei, mas gostaria de começar com as perguntas que você talvez tenha.

Olho para ele, confusa. Sinto como se o doutor Saunders e eu fôssemos atores em uma peça, e ele, embaraçosamente, se esquecesse de suas falas. Preciso relembrá-lo.

— Tenho uma pergunta — digo, dando uma olhada para Jack. — Você tem certeza de que aqueles são meus resultados? Acho que eles podem ter sido trocados com os de outra paciente.

Ele não espera nem um segundo antes de responder, e sinto que não sou a única pessoa a ter pensado isso.

— É, sinto muito, Daisy, mas não. Nós temos um sistema. Somos muito cuidadosos com esse tipo de coisa.

Abro a boca para perguntar como ele tem certeza, mas Jack limpa a garganta e se senta na ponta da cadeira, cortando meu pensamento.

— Então qual é o plano? Daisy disse algo sobre cirurgia cerebral.

O doutor Saunders inclina-se para frente e junta as mãos como se fosse rezar, os cotovelos apoiados na mesa.

— Posso encaminhá-los para um neurocirurgião. Ele vai querer ver as imagens e discutir os riscos. Só recomendo isso, no entanto, se você for até o fim do tratamento: químio, rádio. Algumas pessoas na, bem, situação de Daisy optam por não ir adiante.

Ele continua em tom monótono, repetindo mais ou menos a informação que me dera no dia anterior, e Jack faz uma pergunta aqui e ali. Ouço a conversa, de um lado para o outro, como uma partida de tênis, mas eles poderiam também estar discutindo sistemas de irrigação em países de terceiro mundo, tão pequena é a impressão que tenho de que a conversa deles se refere a mim. E permaneço sentada em minha cadeira, cozinhando em banho-maria. A teoria de que os resultados não são meus é perder tempo e tenho a inexplicável vontade de insistir com ela. O doutor Saunders nem mesmo fingiu conferir os exames. Assim como o cirurgião na sala de operação que não conferiu a prancheta antes de decepar o pé errado. Médicos burros, arrogantes; pensam que são infalíveis, mas não são. Cometem erros o tempo todo, droga, e precisam começar a admitir isso.

— VOCÊ NEM SABIA QUE A MARTHA TINHA SE APOSENTADO! — As palavras irrompem de algum lugar profundo de minhas entranhas. E então a sala se torna completamente silenciosa. O doutor Saunders e Jack se viram e olham para mim. Minhas costas estão tesas como uma vareta e minhas mãos agarram os braços da cadeira com tanta força que os nós de meus dedos ficam brancos. Não tenho ideia do que dizer em seguida.

O doutor Saunders quebra o silêncio:

— Sei que é difícil — fala com a voz suave. — Mas hoje, realmente, não há nada sobre você diferente do que havia na semana passada ou no mês passado. Você só tem agora essa nova informação. E, como estava dizendo, se decidir por esse estudo clínico, isso pode lhe dar outros seis meses, um ano, talvez até mais.

Ergo os olhos.

— Que estudo clínico?

— Daisy — diz Jack, colocando a mão sobre meu braço. — Aquele sobre o qual o doutor Saunders falava.

Fico vermelha.

— Não estava ouvindo.

Calmo, o doutor Saunders repete. Ele diz que um professor em Emory está pesquisando uma nova droga, BC-4287, que em um laboratório encolheu tumores em ratos tomados pelo câncer. Ele diz que, como ela está em fase de teste em seres humanos, eu seria uma candidata perfeita. Mas acrescenta que eu não poderia buscar outro tratamento enquanto fizesse esse.

Tudo o que ouço, entretanto, é "outros seis meses". Percebo que deveria ficar feliz com isso — em êxtase por minha expectativa de vida poder pular de quatro meses para possíveis doze —, mas só consigo pensar no seguinte: que negociação de merda! Quero cinquenta anos e tudo o que consigo são alguns meses extras? É como pedir ao chefe um aumento de cinco mil dólares e ele concordar e dizer: "Posso te dar dez centavos."

— Vamos pensar nisso — diz Jack, levantando-se; a deixa para me indicar que a conversa acabou.

* * *

JACK SÓ DIZ uma frase no caminho para casa:

— Vamos procurar uma segunda opinião.

O resto do tempo ele gasta me lançando olhares demorados com o canto dos olhos, como se fosse um guarda do zoológico e eu, um elefante que pudesse ter um ataque nervoso a qualquer momento e esmagá-lo com um tronco áspero de árvore em uma patada. Ou talvez esteja apenas me olhando para ter certeza de que ainda estou ali. Sinto-me grata por não ser a única preocupada com a possibilidade de me desintegrar abruptamente, tendo pedaços de mim flutuando em direção ao céu como aqueles balões há muitos anos.

Quando chegamos em nossa rua estreita, uma caminhonete marrom ocupa o espaço em frente à nossa casa, onde Jack costuma parar. Ao manobrar o carro para a folga atrás dela, leio o logotipo na porta traseira: "Preços tão baixos que seu queixo ficará no *chão*."

Droga. O orçamento do piso.

Saio do carro e ando do lado da caminhonete, chegando à porta do motorista, pronta para me desculpar pelo atraso; o assento, entretanto, está vazio. Olho em volta, mas Jack e eu somos os únicos à vista na rua. Então ouço nossa porta da frente abrindo-se e me viro para a casa. Um homem robusto com braços peludos, usando uma camiseta branca encardida que deixa um dedo de sua pança exposta, caminha em nossa varanda de pedra. A mesma varanda que pouco a pouco se separa da casa por causa do peso da água de chuva que se acumula nela e que precisa de um novo dreno instalado em seu centro. Está na minha lista de afazeres.

Uma série de perguntas me passa pela cabeça de uma só vez. Deixamos a porta de casa destrancada? E, mesmo que tenhamos deixado, que tipo de prestador de serviço simplesmente vai entrando? O peso desse cara fará nossa varanda ceder de uma vez por todas? As pessoas gordas não sentem frio nenhum? O cara parecia confortável de manga curta, e eu, enfiada em minha parca preta, ainda tremia de frio.

Sammy aparece à porta, atrás do cara do piso. No início, fico igualmente surpresa em vê-la, e então algumas respostas se encaixam.

Dei a ela uma chave assim que nos mudamos, porque ela nos deu uma de sua casa e depois ficou olhando para mim até eu não ter outra escolha senão a de retribuir.

— Aí está você — diz ela, agitando os dedos com formato de salsicha em minha direção. — Esse cara estava em pé na sua varanda, nesse frio congelante. Pensei em deixá-lo entrar. É isso que eu amo nas cidades pequenas. Você não? A vizinhança. Jamais conseguiria viver em Atlanta ou Nova York. Caramba, mesmo Savannah se tornou grande demais para o seu tamanho. Um primo vive lá; diz que tem mais gente atirando do que emprestando açúcar hoje em dia. — Ela engancha o dedão na fivela do cinto e dá uns puxões para um lado e para o outro.

Jack e eu chegamos aos degraus da varanda.

— Vou deixar o Benny ir para a rua — diz ele, espremendo-se para passar entre Sammy e o homem do piso. Ele desaparece dentro da casa.

— Bem, onde vocês dois estavam? Nunca vejo o senhor Veterinário Sabichão durante a luz do dia. Achava que ele era um vampiro quando vocês se mudaram. — Ela ri da própria piada. Ajusta a calça novamente.

— No médico — respondo, depois me viro para o cara do piso. — Me desculpe pelo atraso. Você conseguiu tirar todas as medidas de que precisava para fazer o orçamento?

Ele abre a boca para responder, mas Sammy o corta:

— No médico? — Seus olhos brilham e ficam radiantes. — Não me diga. Vocês dois... ah, eu não deveria perguntar. Não é da minha conta.

Minha mente ainda está confusa, e é por isso que demoro um segundo para entender horrorizada o que ela estava pensando.

Não diga. *Por favor*, não diga.

Ela diz, suas bochechas rechonchudas se levantam em um sorriso.

— É um bebê?

Congelo, percebendo apenas agora a outra implicação do Monte de Câncer. Jack não comprará a fazenda de formigas. Não me tornarei mãe.

Lentamente faço que não com a cabeça, e o cara do piso se aproveita do silêncio. Ele diz que mediu todos os cômodos. Diz que não vê com frequência assoalho original de madeira da década de 1920. Diz que os pisos são lindos. Diz que pode facilmente restaurar tudo com um polimento de alto-brilho, por 1.875 dólares, incluindo materiais e mão de obra, mas não o imposto sobre venda. Depois me pergunta se notei a protuberância que se estende da sala íntima até a cozinha.

— Pode ser um problema estrutural — diz.

Olho para ele.

— Sabe? Alguma coisa errada com a fundação? Precisaria verificar. Não vão querer que a casa inteira desmorone em cima de vocês enquanto dormem. — Dá uma risadinha.

Ele estende seu cartão de visita.

Eu o pego.

Em seguida, começo a chorar.

* * *

JACK NÃO COZINHA. A primeira vez que passei a noite com ele, lembro-me de que se ofereceu para preparar o café da manhã para mim. Os ovos estavam líquidos, as torradas, queimadas e o bacon, mastigável. Empoleirada em uma banqueta junto à ilha de granito, garfo na mão, eu estava pronta para lhe dizer que parecia delicioso, mas que não sentia tanta fome assim. Ele deu uma mordida no pão preto, crocante, e colocou-o de volta no prato. Olhou para mim e perguntou: "Waffle House?"

Sorri, aliviada, e rapidamente marquei em minha lista mental o que aprendera sobre Jack nas últimas 24 horas: bom de cama. Não tão bom na cozinha.

Por isso, naquela noite, quando Jack diz que está preparando meu jantar, não me surpreendo quando ele me apresenta uma tigela bem quente de sopa de frango com macarrão. Mesmo não sendo orgânica e estritamente contra minha dieta, guardo algumas latas no fundo da despensa para quando fico doente. Na verdade, estou ansiosa pelo caldo salgado, o frango borrachudo e o macarrão mole. É o que costumavam preparar para mim quando não ia para a escola e ficava febril em casa, e sinto a nostalgia como um abraço caloroso quando mais preciso.

Sentada no sofá, fitando a tela azul da TV, mas não assistindo para valer, meto minha colher na tigela e acabo descobrindo que a textura está gelatinosa — mais para um mingau do que uma sopa. Algo se irrita em mim. Ergo os olhos para Jack, posicionado ao meu lado, como um *maître* de um restaurante caro, pronto para suprir qualquer necessidade que eu tenha.

— Você tem um Ph.D., tenha dó! — estouro. — Como você não sabe que se deve *acrescentar água* à *sopa enlatada*?

Então começo a chorar de novo.

Não é meu melhor momento.

Naquela noite, Jack me abraça até cair no sono, roncando baixinho em meu ouvido. Quando tenho certeza de que ele está dormindo, saio de fininho de seus braços e me deito de costas, fitando o ventilador no teto. Parece uma estrela do mar: meu teto, o fundo do oceano.

E penso na morte.

No ensino médio, eu me deitava à noite e ficava acordada, apreensiva com a ideia. Não era a ideia de realmente morrer que enchia meu coração de pavor, mas o que vinha depois disso: o não ser. Não existir. A Grande Expansão do Nada no Grande Além. O pânico acelerava meu coração até poder senti-lo palpitar em meus ouvidos, e eu precisava me sentar e acender a luz, livrar meu quarto das densas trevas que me deixavam com dificuldade para respirar.

Em meu último ano no ensino médio, algumas garotas de minha escola morreram em um acidente de carro envolvendo um motorista bêbado. A caminhonete delas bateu em cheio em um carvalho. Eu não conhecia nenhuma das meninas, apenas reconheci vagamente os rostos como uns dos que encontrava no corredor. Mas a forma rápida com que morreram me arrasou. Em um minuto, elas estavam aqui e, no próximo, tinham ido embora. Um truque mágico catastrófico.

E agora fico me perguntando: Será que é melhor assim? Sem saber? O que teriam feito de diferente se alguém desse um tapinha no ombro delas e dissesse: "Vocês vão morrer amanhã?" Provavelmente nada, porque quem acreditaria? Uma coisa é considerar a morte quando ela constitui algo intangível, um evento em um futuro distante. Mas e quando ela está fungando em seu cangote? Impossível.

Tenho um Monte de Câncer e vou morrer. Repito isso em minha cabeça, curiosa por saber quando começarão o pânico, a dor, a aceitação de meu destino. As batidas de meu coração, entretanto, permanecem sem pressa. E sei que isso é mais do que negação. É darwinismo. Meu instinto de sobrevivência foi despertado do sono. Você está pronto, diz meu cérebro. Ele entra em ação e ruge.

Não posso morrer.

Não vou morrer.

Então examino Jack no escuro. O edredom sobe e desce no ritmo de sua respiração lenta. E, por mais que queira manter o pensamento longe, arrancá-lo de minha cabeça enquanto admiro meu marido dormindo, ele consegue se esgueirar lá para dentro, como um ladrão experiente.

Mas e se eu morrer?

seis

Quarta-feira de manhã, minha lista de coisas para fazer tem apenas três itens:

1 — Pesquisar opções
2 — Marcar horário com engenheiro estrutural para vir ver a protuberância no piso
3 — Encontrar médico para segunda opinião

Enquanto pressiono a caneta no papel para sublinhar a terceira tarefa, Jack entra na cozinha.

— Marquei uma consulta no Centro de Câncer do Nordeste da Geórgia para amanhã. Eles podem fazer todos os exames e dar os resultados até o fim do dia.

Em vez de sublinhar, risco o item.

Minha lista de afazeres só tem dois itens.

— Posso fazer alguma coisa para você? — pergunta, com a testa fixa no que agora parece ser uma ruga permanente de preocupação. Sua atenção constante nas últimas 24 horas foi agradável, mas começa a parecer uma gola alta muito apertada no pescoço.

— Estou bem — respondo de modo um pouco ríspido. Concentro-me em suavizar minhas palavras. — Por que não tenta terminar algum trabalho? Tenho certeza de que você tem muita coisa para fazer, não quero que se atrase.

Ele me estuda por um minuto e depois concorda.

— Vou estar por aqui, se precisar de mim — diz, apontando para o escritório no final do corredor, e me esforço para não dar a resposta sarcástica na ponta de minha língua. *Onde mais você estaria?* Suspiro. Sei que não é com ele que estou irritada.

Uma vez que ouço a porta do escritório se fechar, acomodo-me no sofá, apoio o notebook em seu braço e abro-o. Por força do hábito, checo minha caixa de e-mails primeiro.

Assunto: Quarta-feira

Oi, meu bem,

Não tive notícias suas essa semana. Recebeu as fotos do gato? A tia Joey as encaminhou para mim. Achei engraçadas! Também não compre mais suco de maçã. É cheio de arsênico! Veneno!! Passou no *Today Show*. Mixxy está com saudade de você!! Deixaram um passarinho morto na minha varanda hoje de manhã. Só um pardal!! Nada emocionante. Preciso correr para o trabalho!! Abraços no Jack.

Com amor,
Mamãe

Se tivesse de descrever minha mãe em algumas frases, seriam estas: Ela faz mau uso de pontos de exclamação. Ainda usa calças com pregas. E passa muito tempo com um par de binóculos gasto no pescoço, espiando criaturas com penas em seu quintal e depois registrando as espécies que encontra no eBird, uma comunidade on-line de observadores de aves, fundada por pesquisadores da Cornell, sobre a qual Jack cometeu o erro de comentar em uma reunião de Ação de Graças. Ao falar com estranhos, ela normalmente superestima a contribuição que tem feito para a ciência.

E ela chora. Muito. Em minha infância, a maior parte de seu choro acontecia em seu quarto; uma atividade solitária que ela achava que conseguia esconder de mim. "Fofinha", dizia, saindo do quarto com os olhos inchados e um sorriso fingido que não se encaixava em seu rosto, como um par de cílios postiços. Muitas vezes me perguntei se havia em sua gaveta de maquiagem uma coleção de sorrisos ao lado das paletas de sombras e dos batons comprados na farmácia.

Agora, entretanto, ela chora escancaradamente, e não apenas quando está triste.

Avanço, diz a terapeuta que existe dentro de mim. Ela está vencendo sua batalha de muitas décadas contra a depressão, aceitando a vida e todas as emoções confusas que vêm com ela. Mas a filha que existe dentro de mim se encolhe — tanto diante da demonstração excessivamente expressiva quanto de meu desejo egoísta e secreto de que ela volte a fazer isso a portas fechadas.

Clico em "responder" e depois fico olhando para o cursor perpendicular piscando na tela branca. Foi um reflexo, mas é óbvio que não posso responder. Como assim? Vou falar por e-mail para minha mãe que meu câncer voltou? *Ah, e mande lembranças a Mixxy.*

E isso me faz lembrar de que, da primeira vez em que tive câncer, aprendi que só há uma coisa pior do que realmente ter câncer: contar às pessoas que você tem câncer. Não se incomode com os familiares próximos, como uma mãe que vai chorar de forma tão incontrolável a ponto de fazer você pensar que ela vai desmaiar pelo esforço.

Mas é para os conhecidos, aqueles que estão em sua vida por causa das circunstâncias — colegas de trabalho, vizinhos, sua cabeleireira —, que é mais difícil dar a notícia. Piedade, na certa. Em seguida, entretanto, vêm os conselhos. E sempre começam com "Ethel, minha tia-avó" ou "o primo do marido da minha melhor amiga" —, porque todo mundo conhece alguém com câncer. E aí você se senta e aguenta as histórias do Monte de Câncer deles e de todos os tratamentos aos quais se submeteram. Todo mundo, de repente, torna-se especialista. Isso cansa.

Meu celular abruptamente revive na mesinha de centro, arrancando-me de meus pensamentos.

Kayleigh. É a milésima vez que ela me liga esta semana e sei que não posso mais adiar.

— Daisy — sussurra em meu ouvido quando atendo. — Por *onde* você andou?

Seguro o telefone perto da orelha, esforçando-me para ouvi-la.

— Por que você está falando baixo?

— Estou dentro da salinha de artesanato — responde.

Imagino a cena: ela se debatendo entre prateleiras com palitos de picolé, latas de tinta têmpera nas cores primárias e tesourinhas redondas com cabo de plástico. E então, como se imaginar isso me transportasse de volta à escola primária, começo a ouvir vagamente vozes de crianças cantando.

— As crianças ainda estão aí?

— Sim — sussurra. — A Pamela está fazendo um círculo. Disse a ela que tinha uma emergência com papel machê.

— O que aconteceu?

— Com o papel machê? Nada, está tudo bem.

— Não, com você. Por que está me ligando no meio de um dia de aula?

— Ah. Pois é. O Harrisson deu uma passada aqui. Na escola. Acho que ele está me perseguindo.

Não falo nada, tentando lembrar quem é Harrisson.

— O cara de 19 anos? Jogador de basquete — lembra Kayleigh.

— Ah, nossa. Claro que ele está te perseguindo. Uma papa anjo que roubou a virgindade dele.

— Ele não era virgem! — Pausa, e eu sei que está roendo uma unha. Um tique nervoso que ela tem desde que a conheço. — Acho que não. Enfim, por onde você esteve? E como foi com o médico? Estou tentando te ligar a semana toda.

A normalidade de nossa conversa faz eu me envolver, por um breve segundo, com um universo alternativo. Um universo pré-segundo-round--do-câncer onde eu podia respirar sem uma placa de aço pesando sobre meu peito. Mas sua pergunta estoura a bolha, e eu despenco de volta para a realidade.

Conto-lhe como foi com o médico.

— Que merda! — diz em voz baixa.

— É — respondo.

Essa é uma coisa que sempre gostei em Kayleigh: sua honestidade sucinta.

* * *

DEPOIS DE DESLIGAR, viro para o computador e abro o Google.

Digito: *câncer de mama estágio quatro*.

Minha garganta se fecha quando a primeira página em que clico reitera o que o doutor Saunders já havia me dito: *Não tem cura*.

Ouvir isso me deixou aturdida, ver foi como levar um soco violento no estômago.

Prossigo. De acordo com o site WebMD, químio e rádio são opções, mas têm mais sucesso no início do estágio quatro, quando o câncer se espalhou para apenas *um* lugar fora do seio. Conto as partes de meu corpo para as quais o tumor se espalhou. Cérebro, pulmões, osso, fígado. *Quatro.*

Então um link atrai meus olhos. Uma história no *New York Times* sobre uma mulher que viveu por 17 anos com um câncer de mama estágio quatro. A esperança surge. Clico no link e examino o artigo. O câncer dela havia se espalhado somente para os ossos. E a terapia hormonal funcionou. Meu câncer de mama triplo negativo não responde à terapia hormonal. A esperança desaparece.

Passo o resto do dia navegando pela emaranhada teia de informações na internet sobre câncer de mama. Leio blogs muito pessoais de indivíduos que estão morrendo. Fico arrasada quando percebo que a última vez que entrei em meu favorito tem mais de dois anos. Leio atentamente histórias de milagre nas quais pessoas afirmam que foram curadas por infusões de vitamina C, câmaras de oxigênio hiperbárico, uma dieta de cevadinha chinesa. Anoto tudo para perguntar ao doutor Saunders depois. Examino centenas de artigos de revistas médicas e estudos clínicos em andamento.

Ao anoitecer, minhas costas estão rijas e meus olhos, embaçados, e estou emocionalmente acabada. Há tanta pesquisa sobre câncer que eu poderia passar dez anos lendo sobre ela, e seria o equivalente a dar um passo em uma maratona. Rio de minha arrogância. Milhares de cientistas dedicam a vida a encontrar curas, salvar vidas. E eu aqui achando que, depois de uma rápida pesquisa no Google, a resposta para minha situação difícil simplesmente apareceria na tela? Ah, é *isso* que vai dar um jeito em você. *Essa* é a resposta.

Sei que Jack está fazendo o mesmo esforço inútil. Quando não está ao telefone com o doutor Ling ou os colegas estudantes de veterinária, tentando indiretamente ficar por dentro do que perdeu naquele dia ou tendo notícias da Rocky, ouço-o teclando em seu computador no escritório.

Quando fecho meu notebook e o deslizo sobre a mesa de centro, ouço Jack no corredor. Seus passos param na porta. Levanto os olhos.

— Permissão para entrar?

— Concedida — respondo, esticando os braços sobre a cabeça.

Ele se senta ao meu lado no sofá, curva-se para pegar minhas panturrilhas e coloca minhas pernas em seu colo para massagear meus pés com meias. Deixo escapar um pequeno gemido e deito minha cabeça na almofada atrás de mim, fechando os olhos.

— Você jantou? — pergunta.

Nego com a cabeça.

— Acho que não vai querer sopa.

Solto uma risada que soa como um ronco, abro os olhos. Os parênteses nos cantos de sua boca se aprofundam, e só consigo pensar nisto: amo seu rosto. Saiu um estudo há alguns anos citando a simetria como o fator decisivo na atração. Os pesquisadores examinaram e avaliaram o rosto das celebridades em uma edição de uma revista sobre as pessoas mais bonitas. A única coisa que tinham em comum? Simetria facial. Jack não tem isso. Seu olho direito é um pouco maior que o esquerdo. Quando está curioso, só levanta a sobrancelha esquerda. Ele não consegue ter uma barba cheia. Na vez que tentou, simplesmente não nasceu pelo em partes de seu rosto, dando a impressão de que ele havia sofrido um derrame enquanto se barbeava. Além disso, há sua mordida fora do lugar. Mas todas essas imperfeições resultam em algo magnético. O rosto de Jack é discretamente irresistível. E, apesar de ter estudado cada centímetro dele durante os anos em que estamos juntos — memorizado cada linha, sarda e imperfeição —, seu rosto ainda é capaz de me aquecer como o sol; desfruto seu brilho.

— Por que você me atura? — pergunto, levantando a cabeça da almofada e enterrando-a em seu peito.

— O ronco — diz, apertando-me contra si. — É terrivelmente sexy.

* * *

MAIS TARDE, QUANDO Jack leva Benny para passear, sei que é a hora; já adiei por muito tempo.

Pego meu celular e, em vez de procurar o nome na agenda, teclo cada número que sei de cor, os toques rápidos de meu dedo aproximam-me cada vez mais da conversa que tenho sentido medo de enfrentar.

Ela atende na primeira chamada.

— Mãe? — digo.

— Fofinha! — responde. — A coisa mais incrível acaba de acontecer. Esse falcão, enorme, devia ser um gavião-de-asa-larga ou talvez um falcão-ferruginoso, não consegui saber ao certo, pousou na coluna da cerca do quintal. Olhei bem para ele. Tentei pegar minha câmera, mas ele voou para longe assim que fui apanhá-la. Envergadura mais linda. Por isso acho, sim, que pode ser um gavião-de-asa-larga.

Faço um sim com a cabeça, embora ela não consiga me ver, depois respiro fundo e conto sobre o câncer. Que está de volta. E que está em todo lugar.

Ela fica em silêncio por tanto tempo que me pergunto se perdi a conexão, mas, assim que começo a afastar o telefone do ouvido para conferir, ouço sua pergunta: "Onde? Em todo o lugar?", como se eu fosse, de alguma maneira, responsável pela posição do câncer.

Eu lhe conto.

— Não é possível — sua voz soa uma oitava mais alta e está no precipício da histeria. Abaixo meu tom para contrabalancear. Ela me enche de perguntas, e eu respondo, tentando me concentrar na parte positiva.

— Neste exato momento, é assintomático. Então pelo menos estou me sentindo bem! O doutor Saunders realmente acredita que esse estudo clínico pode funcionar.

Mas nada que eu diga consegue parar a onda de emoção que desencadeei.

Então, por fim, paro de falar e seguro o telefone com tanta força que os nós de meus dedos se tornam doloridos enquanto espero.

E espero.

E espero mais um pouco.

Até minha mãe parar de chorar.

sete

— Você realmente está se sentindo bem? Sem dor de cabeça? Não percebeu falta de energia?

Jack e eu estamos sentados em frente a um esbelto homem negro de jaleco, aparentemente não muito mais velho do que nós. Ainda que o consultório seja no lado oposto da cidade, se comparado com o do doutor Saunders, podiam muito bem ser salas vizinhas, tão similares que são. A luz reflete em sua careca brilhante e em seus grossos lábios separados enquanto fita o resultado de minha segunda tomografia e ressonância. Ele nem tentou esconder o espanto quando olhou para mim.

Nego com a cabeça. Ele imita o movimento, como se brincássemos daquele jogo de espelho da aula de teatro, e continua a me examinar como se eu fosse algum milagre médico. Talvez seja. Talvez seja a primeira pessoa a ultrapassar a taxa de sobrevivência esperada para aqueles com um Monte de Câncer. Talvez meus tumores formem algum tipo de relação simbiótica, em vez de parasita, e nós todos viveremos felizes para sempre.

Ele tenta de novo:

— Sem nenhum tipo de dor ou desconforto?

Ele está tão incrédulo que começo a desconfiar. *Senti* alguma dor e só não consigo lembrar? Ou atribuí isso a alguma outra coisa? E então me lembro de um especial que vi há alguns anos no Discovery sobre uma garota que não sentia dor. Ela podia colocar a mão sobre o fogão quente e deixá-la ali, a pele fervendo e formando bolhas, mas não sentia nada.

Talvez eu tenha isso, penso.

E logo me lembro de bater a mão na porta do carro quando tinha 5 anos, do excruciante *crack* quando torci meu tornozelo no ensino médio, das feridas brancas abertas em minha garganta durante a químio, das duas unhas do pé que se desprenderam completamente e da dor de cabeça dois dias atrás no chão da cozinha. Sinto dor, sim.

— É um bom sinal? Que ela não tenha sintomas? — pergunta Jack.

— Isso não significa que a condição seja menos grave, se é o que quer saber. E é um pouco lastimável, porque ela poderia ter vindo uns meses atrás, caso uma dor incomum a levasse a procurar uma opinião médica.

— Então o que você recomenda? Químio? Rádio?

Ele olha para Jack.

— Francamente? — E então pausa, como se esperasse mesmo que Jack respondesse: "Sim, por favor, seja franco."

Quase rio de toda a cena beirando à comédia de Abbott e Costello.

— Acho que seria uma perda de tempo. Simplesmente há... muita coisa.

Em seguida, pergunta se procuramos assistência complementar e nos dá um cartão com o número de um serviço de cuidados paliativos e um panfleto intitulado "Lidando com o câncer terminal".

No Zagat dos médicos, esse cara ficaria sem nenhuma estrela.

* * *

EM CASA, JACK joga as chaves sobre o balcão da cozinha. Elas deslizam pelo laminado e param a poucos centímetros antes da cuba da pia. Ele vai até a geladeira e abre a porta com um puxão. Pega o suco de cranberry, toma três goles direto da embalagem, coloca-o em um espaço vazio na porta, estritamente dedicado a temperos e molhos para salada, e bate a porta.

Ele está indignado. Isso acontece com tanta raridade que apenas permaneço olhando para ele, como se fosse uma coisa curiosa — a moça de três cabeças ou o garoto-jacaré em uma exposição itinerante. Uma vez lhe perguntei se ele já havia ficado furioso, se já ficara tão transtornado a ponto de atirar objetos ou berrar de raiva. Ele deu de ombros: "Sou do centro-oeste."

Ainda está de costas para mim, sua mão descansa sobre o puxador da geladeira. Gentilmente pego as chaves e penduro-as no gancho junto à porta.

Ficamos ali parados, em silêncio, sem nos mexer, como crianças tocadas no jogo de pega-pega congela.

E então Jack fala:

— Aquele médico é um idiota. — Sua voz está rouca, cansada.

Concordo com a cabeça, embora ele não consiga me ver.

O silêncio volta e paira no ar entre nós. Uma cortina de privacidade para esconder nossos verdadeiros pensamentos.

Jack quebra o silêncio mais uma vez:

— Estarei no escritório — diz, mas a palavra "escritório" se parte no meio de uma maneira que me faz prender o fôlego.

Concordo novamente com a cabeça, embora ele ainda não consiga me ver.

Ele deixa o cômodo e espero até ouvir seus passos sumindo no corredor, a porta de seu escritório se fechando. Então, vou até a geladeira, abro-a e coloco o suco de cranberry de volta na prateleira superior, onde é seu lugar.

* * *

Depois de reorganizar cada item na geladeira e atirar na lixeira minhas compras por maus impulsos, sento-me à nossa mesinha de cozinha para duas pessoas. Bato os dedos na superfície de vidro, deixando marcas borradas que terei de limpar mais tarde. Bom, penso. Isso vai me dar algo para fazer.

E é então que começo a perceber que, pela primeira vez na vida, não tenho *nada* para fazer, não tenho um plano. Na primeira vez que tive câncer de mama, tudo passou muito rápido. Havia um senso de urgência — pegamos, vamos tirá-lo, químio, rádio, vamos acabar com ele. Vamos! Vamos! Vamos! Mal tinha tempo para pensar, processar o que acontecia. Agora, há tempo de sobra. E o que está acontecendo é algo em que não quero pensar.

Sei que há decisões que devem ser tomadas, mas ninguém está me pressionando para tomá-las. E percebo que isso ocorre porque minhas opções assemelham-se a perguntar a uma pessoa no corredor da morte se ela prefere morrer pelo pelotão de fuzilamento ou pela cadeira elétrica. Foi efetivamente o que disse hoje o médico que me deu uma segunda opinião. Você pode fazer químio e rádio, e morrer. Ou você pode apenas morrer.

Agora o modo como o doutor Saunders estava me incentivando para o estudo clínico faz mais sentido. Ele me dava uma terceira opção — a única em que morrer não tinha de ser um efeito colateral imediato.

Morte.

Um riso surge no canto de minha boca. É isso que estou fazendo? A própria ideia parece absurda. Morrer é para gente velha, para crianças órfãs na África com barriga distendida e para pais tingidos por carros enquanto passavam de bicicleta pelo cruzamento errado, na hora errada do dia. Não é para mim, uma mulher de 27 anos, que acabou de se casar e quer ter filhos e se sentir apta e saudável e sem um tiquinho de dor. Sinto como se estivesse em um restaurante e o garçom me trouxesse o prato errado. Morte? Não, obviamente há um engano aqui. Não pedi isso.

Mas não posso mandá-lo de volta. E agora estou olhando para os quatro meses ou seis meses ou um ano, e o que eu deveria fazer com isso?

Em nosso quarto encontro, Jack e eu fomos à Barnes & Noble e passeamos pelas prateleiras sem pressa, acariciando o braço um do outro como só duas pessoas que acabaram de se apaixonar fazem. Realizamos um jogo bobo no qual nos revezávamos pegando um livro aleatório e lendo a primeira linha dele — ou inventando uma de nossa cabeça. Aí o outro tinha de adivinhar se o texto era real ou não. No meio da brincadeira, deparamos com um livro intitulado *Se...: Perguntas para o jogo da vida*. Sentados no meio de um corredor, disparamos perguntas um para o outro durante horas. Coisas como: *Se você tivesse de se livrar de um de seus membros, qual escolheria?* (Jack: perna esquerda. Eu: braço esquerdo.) *Se você só pudesse comer uma coisa todos os dias pelo resto da vida, qual seria?* (Jack: o espaguete apimentado da mãe dele. Eu: guacamole.)

Há uma, entretanto, em que não consigo parar de pensar, mesmo não conseguindo lembrar quem realmente realizou a pergunta: *Se você* soubesse que iria morrer no próximo mês, o que faria? Eu disse algo como: *Faria as malas, pegaria um voo transatlântico, alugaria uma casa na Costa Amalfitana e encheria a cara com um monte de massa e vinho italianos.*

Tudo em que penso agora é: que ambição ingênua de minha parte. Sinto-me um pouco envergonhada por aquela moça autoconfiante de 21 anos que não deixava a perspectiva da morte lhe pôr para baixo. Ela só vai *carpe diem!* com uma garrafa de tinto até dar seu último suspiro. Garota bobinha. O que ela sabia?

Mas há algo que admiro nela: pelo menos a garota tinha um plano.

* * *

NA SEXTA, o engenheiro estrutural que vem inspecionar a protuberância em nossa sala íntima não tem notícias muito melhores.

— Tem uma falta *d'suporte* — diz, mastigando um palito de dente.

— Aquela viga central no seu porão parece que foi instalada uns cinco, dez anos atrás. Só uma gambiarra.

— Mas o inspetor da casa disse que a protuberância não era nada, apenas uma sedimentação normal de uma casa dessa idade — digo.

Ele dá de ombros, ignorando o ganido incessante de Benny aos seus pés, pedindo uma coçadinha na cabeça.

— 'Cê tem uma ruim. Acontece.

— O que fazemos, então? — Curvo-me para pegar Benny com uma das mãos, e ele me retribui com lambidinhas ásperas por todo o queixo.

— 'Cê precisa dumas sete ou *talveiz* oito vigas novas. — Tira o palito da boca e o segura entre dois dedos, como um cigarrinho. — Mas *num* é barato.

— Quanto?

— Cada viga é uns 200, então 1.400, 1.600 pratas.

Agradeço-lhe, fecho a porta e depois apoio minhas costas contra ela. Coloco Benny, contorcendo-se, de volta no chão e ele dispara em direção ao escritório do Jack. Se minha mãe estivesse aqui, recitaria um de seus típicos mantras, como: "Desgraça pouca é bobagem" ou "Depois da tempestade vem a bonança". Por que todo ditado para quando algo ruim acontece tem relação com o clima? Será que há algum sobre tsunamis? Porque essa parece ser a condição meteorológica mais apropriada para minha vida agora.

Olho para meu relógio.

9h32.

Preciso passar selante nas janelas.

Preciso descobrir como vamos pagar pelas novas vigas para o porão.

Preciso ligar para o doutor Saunders e ver como entro naquele estudo clínico.

Respiro fundo, abandono meu posto na porta e atravesso o corredor de madeira desgastado. Viro à direita, no quarto, com toda a intenção de esticar o edredom, alisar as fronhas e deixar nosso quarto arrumado para começar o dia.

Em vez disso, arrasto-me para cima do colchão, vou para debaixo do cobertor e rapidamente pego no sono.

O fim de semana passa como um borrão em que me encontro olhando principalmente para três coisas: o ventilador estrela-do-mar no teto, a cara preocupada de Jack me espiando da porta do quarto e a parte de trás de minhas pálpebras. Às vezes acordo e encontro sobre meu criado-mudo pedaços de frutas — maçãs, bananas, laranjas — que Jack deixa para mim como oferendas à Pomona. Eu as como sem sentir o sabor apenas para afastar os barulhos no estômago. Em um de meus momentos mais lúcidos, noto o panfleto dado pelo médico da segunda opinião, próximo a um cacho de uvas. Não consigo me lembrar se eu mesma o deixei ali ou se foi Jack quem o colocou. Um pouco irritada, afofo um travesseiro atrás das costas para me sentar um pouco e folhear o panfleto enquanto mastigo as bolinhas verdes de fruta.

O título "Lidando com o câncer terminal" está sobre a imagem de uma nuvem de tempestade, por onde o sol mal se revela. A literal bonança. Reviro os olhos.

Dentro, ele anuncia que existem sete fases de sofrimento. Minha irritação diminui quando vejo que está em formato de lista. Listas, eu aceito. Listas, eu entendo. Leio o primeiro item.

Choque & Negação

Sim! Experimentei tanto choque quanto negação. Sinto-me como uma adolescente de 14 anos respondendo a um questionário da revista *YM*. Tive esta resposta: correta! Próxima.

Raiva e Barganha

Raiva, sim. Barganha?

> *Talvez você tente em vão negociar com os detentores do poder: "Se você curar meu câncer, vou passar o resto da vida trabalhando como voluntário e retribuindo em obras de caridades."*

Hum. Incorreta! Pulo essa, o que me causa desconforto, porque não gosto de deixar coisas por fazer. Decido voltar depois a ela. Prosseguindo.

Depressão

> *Essa fase talvez só comece meses depois do diagnóstico, mas é normalmente acompanhada de um longo período de triste reflexão e isolamento. Você pode se sentir apático e talvez nem queira se levantar da cama.*

Agora estou completamente orgulhosa. Fui diagnostica há menos de uma semana e já estou na fase três. Sou uma Sofredora Avançada. Se houvesse uma disciplina em sofrimento, seria uma aluna A+.

Coloco o impresso novamente sobre o criado-mudo, viro-me e volto a dormir.

No sábado à noite — pelo menos acho que é sábado à noite —, o familiar som metálico de talher batendo em uma tigela vem da cozinha, e sei que Jack está jantando cereal. Tenho vontade de me levantar e preparar uma refeição decente para ele, mas a vontade passa com a mesma rapidez com que veio. Fecho os olhos mais uma vez e caio no sono pela quinta ou sexta vez. Perdi as contas.

No domingo de manhã, a ideia de me sentar não acaba comigo. Por isso me sento. Depois me levanto. Minhas pernas estão um pouco bambas e o sangue corre muito rápido para minha cabeça, mas acho bom me esticar. Sigo pelo corredor enquanto cheiro minha axila azeda quando Jack vem em minha direção segurando uma clementina. Faz uma pausa no meio do caminho quando me vê.

— Está de pé — diz.

— Preciso de um banho.

— O banheiro fica por aqui — responde, apontando com a mão esquerda. Está com um sorriso largo ridículo.

— Quero beber água primeiro.

Ele vai para a direita, bloqueando meu caminho.

— Eu pego para você. Vá para o chuveiro.

— Qual é? Sai — digo, esbarrando nele. — Não sou uma inválida.

Entro na cozinha com Jack e Benny atrás de mim e, quando paro abruptamente para respirar o ar, Jack, atrás de mim, quase me derruba.

— Daisy... espere.

Chamar a cozinha de um desastre não lhe faria justiça. Examino o ambiente da esquerda para a direita e de cima para baixo, percebendo tigelas, potes de plástico e canecas salpicados pelos balcões, contando pingos de leite e pedaços de cereais inchados, e vários níveis do que imagino ser café, agora frio, tufos de pelo do Benny rolando como bolas de feno sobre o falso piso Saltillo, a caixa quadrada de papelão com manchas de gordura e as palavras "Pizza quente e fresquinha" ao lado, sobre a mesa de vidro. Não preciso erguer a caixa para saber que os borrões deixados na quinta-feira por meus dedos ainda mancham a superfície abaixo dela.

A primeira pergunta que me vem à mente é: "Por quanto tempo eu dormi?".

Dou voz à segunda:

— Por que as portas do gabinete abaixo da pia estão abertas?

Jack suspira.

— Estava tentando consertar.

— Consertar o quê?

— Tem um cano entupido em algum lugar — responde, coçando a nuca. — Está tudo entupido.

E é então que percebo o mau cheiro. E os trapos sujos e as ferramentas espalhados pelo chão rosa em frente à pia.

Jack é muitas coisas, mas faz-tudo não é uma delas. Quando tentou colocar o ventilador no teto de nosso quarto, esqueceu-se de desligar o disjuntor e levou um choque. "Era só um zumbidinho", diz sempre que o incomodo sobre isso. "Nada demais." Chamei um eletricista para terminar a instalação.

Fecho os olhos.

Preciso chamar um encanador.

Preciso acrescentar isso à minha lista.

Mas a lista está no balcão, lá do outro lado da cozinha.

E eu vou voltar para a cama.

* * *

O MOVIMENTO DO colchão afundando sob o peso do corpo de Jack me acorda mais tarde naquela noite.

— Que horas são?

— 23h. — Ele tira meu cabelo emaranhado da testa. — Desculpe. Não quis acordar você.

— Tudo bem. — Sento-me um pouco.

Ele vem para debaixo das cobertas e vai enrolando suas meias desde os tornozelos peludos até tirá-las dos pés, uma por vez. Depois retira o par de debaixo dos lençóis e joga-o ao lado da cama.

— Liguei para o doutor Ling e informei a ele que também não vou esta semana — diz, e alcança a corrente da luminária sobre sua mesa de cabeceira. Puxa-a e o quarto fica escuro. Inclina-se para mim, e seus lábios pousam em algum lugar entre meu nariz e minha bochecha. — Boa noite — sussurra.

Fico ali deitada por um minuto, paralisada. Jack está a menos de quatro meses de receber um diploma pelo qual trabalhou mais de sete anos. Ele já abriu mão de uma semana inteira de clínica em seu último semestre enquanto eu estava completamente absorta em minha (ainda que adiantada) sétima fase no processo de sofrimento, sem considerar quanto meu Monte de Câncer o havia afetado.

Procuro pela correntinha de minha luminária e dou um puxão nela. A luz enche o quarto novamente.

— Você precisa ir — digo. — Você precisa se formar.

— Daisy — mantém os olhos meio fechados, erguendo a mão para fazer sombra sobre eles —, não vou deixar você.

— Você não vai sair voando pelo país afora. Ainda estará aqui.

Ele não fala nada.

— Jack, sério. Você trabalhou duro por isso. *Nós* trabalhamos duro por isso. Eu quero que você se forme.

E então, com uma voz mais baixa, digo:

— Eu preciso.

E, ao dizer isso, percebo que é verdade. O fato de Jack continuar a clínica, se formar, significa que a vida segue normal. A constância no ritmo de nossos dias pode ser retomada, como um casal que dança em um salão durante uma competição e comete um deslize, mas prossegue com a valsa. Na última semana, nós tropeçamos, mas agora precisamos ir em frente.

— Certo — responde, resignado. — Eu vou.

— Obrigada. — Faço um sim rápido com a cabeça e estico o braço para puxar a corrente de novo.

— Mas só se você for também — diz.

Minha mão para no ar.

— O quê? — Imagino-me seguindo o Jack pelo hospital escolar veterinário, como um dos animais em uma coleira. É uma ideia tão ridícula que quase desato a rir.

— Você deve voltar aos estudos também. Amanhã.

Ah. *Meus* estudos.

Isso desencadeia uma enxurrada de questões: Meu diploma. Minha prova de estudos de gênero. Minha tese. Minha *carreira*. Coisas sobre as quais não pensei nem um pouco na semana inteira, desde que estava sentada no consultório do doutor Saunders. Mas, agora que penso nisso, sinto um desejo esquisito de rir e chorar ao mesmo tempo. Tudo parece tão... sem sentido.

— Não foi isso que o doutor Saunders disse da primeira vez? Que você devia continuar a trabalhar, fiel à sua rotina diária? Isso ajuda.

— Jack, não é como na primeira vez — falo baixinho.

Ele cruza os braços sobre o peito.

— É o meu trato — diz. — Vou se você for.

Considero. Tenho certeza de que, se continuar a argumentar, posso vencê-lo. Ele obviamente não ponderou sobre o assunto — a quantidade de aulas que perderei por causa de consultas médicas e a apatia que sinto (que *ninguém* mais sentiria) em relação a me esforçar por um diploma que provavelmente nunca vou usar. Mas estou muito cansada. E, sério, o que mais vou fazer com meu tempo? De repente, a vasta quantidade de horas e dias desocupados e não planejados que tenho pela frente parece insuportável, ainda que restem apenas quatro ou seis meses.

— Tudo bem — respondo.

Os olhos de Jack arregalam-se, e percebo que ele não esperava que eu desistisse tão facilmente. Estico o braço para apagar a luz e deixo que ele desfrute sua vitória no escuro.

O colchão se mexe conforme Jack se enrola em seu burrito de cobertores, e, depois de alguns minutos, ouço sua respiração lenta e profunda. Essa é umas das coisas nele que me deixam louca — como consegue cair no sono depois de apenas segundos com os olhos fechados. Uma vez tentei fazer com que me ensinasse isso. Queria aprender o segredo para vencer minha insônia excessivamente frequente. "Não sei", disse ele. "Eu só, tipo, deixo minha mente vagar e, quando vejo, estou dormindo."

Quando deixo minha mente vagar, sono é a última coisa que acontece comigo.

Hoje, enquanto estou aqui deitada, meus pensamentos voltam-se a Jack de beca e capelo, um grande sorriso de orgulho no rosto. Meu marido, duas vezes doutor. E o orgulho que sinto por ele naquele momento é quase suficiente para superar a perda que sinto de meus próprios sonhos não realizados. Quase. E então surge uma ideia em meu cérebro e, por mais que tente deixá-la de lado, ela cresce como erva daninha, engolindo toda imagem feliz que evoquei: *e se eu não estiver aqui para ver?*

Engulo em seco. Respiro. Vou estar. Claro que estarei aqui. Tenho de estar. *Por favor. Por favor, que esteja aqui para ver Jack se formar. Farei qualquer coisa.*

Não sei com quem estou falando: deuses, destino, algum ser divino que acredita em mim, ainda que não acredite nele (não é isso que aqueles crentes sempre dizem?), ou apenas comigo mesma. Mas me sinto melhor, mesmo porque minha jornada de sofrimento está mais completa agora: estou barganhando.

Jack se vira para meu lado e resmunga.

— Daisy? — sussurra, com a voz grossa do sono.

— Oi?

— Coça minhas costas? — Seu rosto está meio enfiado no travesseiro, e eu demoro um minuto para registrar o que ele me pede.

Estendo o braço e procuro seu corpo no escuro. Minha mão roça a pele quente, encaroçada dele — Jack tem um caso moderado de acne nas costas. Comprei para ele o Proactiv corporal, do comercial de TV, há mais de um ano, mas acho que ele não usou nem uma vez. A embalagem está cheia no chuveiro, ameaçando formar um anel em torno da base se eu não esfregar embaixo dela uma vez por semana.

Passo minhas unhas lentamente sobre suas costas, próximo de sua coluna saliente.

— Para a esquerda — murmura.

Tudo bem.

— Mais para cima.

Movo minha mão para logo abaixo de sua omoplata.

— Um pouquinho para baixo.

Satisfaço-o.

— Ah. — Uma inspirada aguda de ar. — Aí.

Após encontrar o X do mapa do tesouro em suas costas, coço o local como faria na barriga de Benny, com um vigor gentil. Depois de alguns segundos, Jack murmura algo como "obrigado" e sinto seu corpo relaxar à medida que volta à sua posição de dormir.

Coloco as mãos entre minha cabeça e o travesseiro, espalmando meu crânio, e me deito de costas, bem acordada. Algo se soltou dentro de mim, como uma linha puxada em um suéter que ameaça desfiar a barra inteira, mas não posso colocar meu dedo nisso.

Tem algo a ver com Jack, eu sei. Talvez ainda esteja em choque com o pensamento de não estar aqui para sua formatura. Mas não, não é só isso.

Então minha ficha cai.

Estou em choque com o pensamento de não estar aqui — de fato.

E não por causa de meu prolongado medo da morte existencial no ensino médio. Não tem relação com o que vai acontecer comigo.

Com repentina clareza, percebo que meu medo, lá no fundo, tem a ver com o que acontecerá com Jack.

E com as meias sujas no assoalho ao lado de nossa cama.

No começo do nosso relacionamento, perguntei-lhe por que não as colocava na cômoda próxima dali, onde ele ficava em pé removendo as outras camadas de roupa do dia e colocando-as no cesto, onde é o lugar de roupas sujas. Ele disse que não gostava que seus pés esfriassem. Por isso ficava com as meias até aconchegá-los bem embaixo de nosso edredom, para aquecê-los. Uma vez, no Natal, comprei-lhe pantufas, esperando que ele fosse com elas até a cama e deixasse as meias sãs e salvas no cesto, porque, sério, há algo mais desanimador do que um homem nu usando apenas meias? Suas pantufas continuam novas no fundo do guarda-roupa.

Não é isso, entretanto, que me incomoda. Pela manhã, Jack deixa suas meias com a sola cinza apodrecendo no chão e, por fim, juntando-se com o outro par de meias usadas naquela noite. E isso continua até que o mau cheiro ou a visão de tantas meias me motivem a tomar uma atitude e, junto toda a bagunça encardida, jogo tudo no cesto para lavar. Às vezes Jack faz uma menção improvisada a ela, sobretudo se a pilha era particularmente incontrolável: "Obrigado por juntar tudo aquilo. Teria feito isso, mais dia, menos dia."

Entendo que "mais dia, menos dia" significa "quando minhas meias acabarem". Embora algo me diga que, mesmo nesse caso, Jack iria a uma loja da Target e compraria vários e vários pacotes de Fruit of the Loom em vez de lavar as que ficam ao lado da cama.

Agora me pergunto — não só com uma pontinha de pânico — o que aconteceria se deixassem Jack fazer o que quisesse? Imagino a pilha de meias aumentando de maneira exponencial em direção ao teto até balançar perigosamente e se espalhar como um fungo para cada canto do quarto. Toda noite Jack pegaria no sono em um mar de meias, até que, uma noite, se asfixiaria e engasgaria com o odor nocivo e, por fim, sufocaria sob o peso opressivo de milhares desses pares de malha.

É isso que acontece quando deixo meus pensamentos vagarem. E é por isso que meu coração está batendo de maneira frenética, como as asas de um passarinho que acabou de ser enxotado do ninho, e por isso que sinto meu rosto quente e o ar seco, preso em meus pulmões, incapaz de entrar ou sair.

Se eu morrer, quem vai juntar as meias?

Se eu morrer, quem vai aliviar a coceira logo abaixo da omoplata de Jack?

Quando eu morrer, quem vai aplicar selante nas janelas e ligar para os prestadores de serviço e varrer o chão e embrulhar o almoço e encontrar o jeans e encher a máquina de lavar louça e ir ao mercado e arrumar a cama e cuidar para que Jack não coma aquele *maldito* cereal em toda *maldita* refeição?

Fico rapidamente ereta na cama, o pânico total zumbindo em meus ouvidos agora.

Tenho um Monte de Câncer. Vou morrer. E então — então — o que vai acontecer com Jack?

Respire, Daisy.

Preciso fazer uma lista. Tenho pelo menos quatro meses, talvez seis. Talvez até um ano, se o estudo funcionar. Isso é tempo suficiente para pôr a casa em ordem, talvez ensinar Jack a cozinhar. Eu poderia fazer uma tabela de limpeza para ele.

Sinto meu coração apertado. Não, ele nunca seguiria isso.

Eu poderia contratar uma empregada.

Mas ela provavelmente não faria sua salada favorita de atum com ovos cozidos para o almoço. Ou não seria capaz de lhe dizer onde está seu uniforme médico quando ele estivesse correndo, vinte minutos atrasado para o trabalho. Nem coçaria suas costas no meio da noite.

Os cantos de meus olhos ardem ao imaginar Jack sozinho em nossa cama. Em nosso minúsculo quarto escuro que, de repente, parece cavernoso, vazio e triste. Esse pensamento é suficiente para me quebrar no meio. Para me matar bem antes que o câncer.

Jack precisa de mim.

Faço que não com a cabeça.

Não, Jack precisa de *alguém*. Um corpo quente. Um corpo sem um Monte de Câncer que cuide dele, que o ame e junte suas meias sujas quando ele não tiver tempo para isso.

E, de repente, o que se torna mais claro para mim do que a esfera brilhante na chapa daquela tomografia é que isso, agora, é o primeiro item de minha lista de tarefas. Tome essa, sua Daisy de 21 anos que iria se divertir na Itália. Eu também tenho um plano.

Jack precisa de uma esposa.

E vou encontrar uma para ele.

* * *

TODA VEZ QUE um tornado devasta alguma cidade plana do centro-oeste, as imagens no noticiário sobre os danos sempre mostram, pelo menos, uma casa intacta — incólume da destruição —, enquanto todas as outras casas da vizinhança não passam de alguns estilhaços de madeira emergindo de escombros irreconhecíveis. E, em muitos sentidos, essa casa ainda em pé é muito mais chocante do que as outras que caíram. A casa pela qual centenas de pessoas passavam todos os dias, sem darem muita atenção, transformou-se em uma coisa maravilhosa da noite para o dia, embora — ou precisamente porque — nada esteja diferente.

Tudo em minha manhã de segunda é como aquela casa que permaneceu em pé.

Vejo Jack enfiando as pernas, uma de cada vez, em sua calça verde de hospital.

Ele come Froot Loops, eu faço um smoothie.

Ele se despede beijando minha bochecha.

Fielmente, vou até o campus em meu Hyundai Sonata.

Um tornado devastou minha vida, mas tudo ao meu redor — desde a multidão de estudantes correndo para as aulas até os sólidos prédios de tijolos enraizados no chão — permanece intacto. Tudo está diferente, mas nada mudou. Esse paradoxo me deixa confusa.

Entro na aula de estudos de gênero e sigo em direção ao meu lugar de sempre, na frente, mas, no último segundo, viro-me e vou para o fundo da sala, ocupando uma carteira na última fileira, ao menos a fim de provar para mim mesma que nem tudo permanece igual.

— Bom dia! — esganiça a doutora Walden ao passar pela porta, segurando com a mão direita uma caneca térmica de café e uma pasta de documentos abarrotada de papéis debaixo do braço. Alguns alunos respondem com cumprimentos resmungados.

Ela deposita os pertences na velha mesa de madeira dos professores, em frente à turma, e endireita seu pequeno físico. Seus olhos examinam a sala e param sobre mim. Se está surpresa em me ver — ou com minha mudança de lugar —, ela não demonstra.

— Bem-vinda de volta, Richmond — diz com um sorriso. — Me procure depois da aula para marcarmos sua prova substitutiva. — Move-se em direção à sua mesa e pega a grossa pasta que acabou de soltar. — Quanto ao resto de vocês, terminei de corrigir os testes. Vamos apenas dizer que alguns têm sorte de estar na curva do sino. Podem pegá-los ao final da aula. — Coloca a pasta novamente na mesa com um golpe seco. — Ok., vamos falar sobre Julia Kristeva. Alguém pode me falar sobre ela?

Esse é o típico momento da aula em que eu levantaria a mão ou abriria meu notebook para, com esmero, fazer anotações, mas o tornado mudou tudo. Agora, ainda que a aula e a doutora Walden continuem as mesmas, estou diferente. E como ela consegue simplesmente discutir de forma descontraída teorias de uma filósofa búlgara feminista como se eu não estivesse sentada no fundo da sala efetivamente morrendo?

Meus olhos queimam. O que estou fazendo aqui? Por que prometi a Jack que voltaria aos estudos, voltaria a tocar minha vida como se nada tivesse mudado? Respiro fundo e examino a sala, observando a parte de trás da cabeça das mulheres (há apenas um cara na aula, o único com o cabelo raspado em um mar de cachos, coques bagunçados e ondas como as da Beyoncé) e fico me perguntando quantas pessoas notariam se eu apenas me esgueirasse pela porta.

Mas aonde iria? O que faria?

Meus batimentos cardíacos disparam e minhas mãos tremem como aconteceu na primeira vez em que saí com o carro sozinha, aos 16 anos, e por pouco não fui achatada por um semirreboque enquanto pegava a rodovia, dando uma guinada no último segundo e pisando fundo no freio com os pés, fazendo um barulho alto até parar no acostamento. O conjunto de mesa e cadeira em que estou, repentinamente, parece estreito. Por que a cadeira precisa ficar presa à tábua de madeira? Parece-me algum design comunista, do tipo adequado para todo mundo, e quero desesperadamente serrar a estaca de metal que une as duas peças e empurrar a cadeira para trás a fim de ter mais espaço para respirar.

Estou como um garoto de 18 anos que terminou pela primeira vez com uma menina: preciso de espaço.

Tonta, levanto-me, forçando os pinos de metal em minha cadeira a rasparem no linóleo, o que emite um rangido curto e agudo no ar. Algumas cabeças se viram. A doutora Walden franze a testa para mim, mas continua com a aula. Dou uma olhada para a porta novamente, mas meus pés estão grudados no chão.

Sento-me outra vez.

Lágrimas brotam em meus olhos e sinto-me furiosa com Jack. Por ter me pressionado a voltar aos estudos. Por querer que tudo volte ao normal, quando tudo *não está normal*.

Passou um tornado! Quero gritar. Quero falar para a nuca de todo mundo, quero deter os dedos que não param de digitar e quero silenciar as telas de computador que brilham. *Vocês não viram o tornado?*

Estendo a mão para apalpar minha bolsa no chão, procurando cegamente meu celular. Preciso mandar mensagem para Jack. Para dizer-lhe que não consigo fazer isso. Não posso simplesmente fingir que nada mudou.

E então paro.

Jack.

Que só voltou para a clínica porque *eu* fiz pressão para que *ele* fosse. Porque ele precisa se formar. Porque ele precisa continuar a viver.

Mesmo depois que eu me for.

Coloco o telefone de volta no bolsinho e endireito minha postura.

Jack.

Que não consegue coçar o meio das próprias costas. Ou se lembrar de jantar.

Jack.

Que não separa roupas coloridas e brancas. E deixa no chão e no balcão do banheiro canecas de café meio bebidas.

Tiro meu notebook da bolsa e o abro sobre minha mesa comunista. Abro um documento no Word e encaro o cursor piscando na página em branco. Um montão de adjetivos enche minha cabeça: amável, engraçada, inteligente, atenciosa — mas esses já são esperados. Você nunca vai perguntar para alguém o que ele está procurando em uma companheira e obterá a resposta "burra e indiferente".

Por isso descarto o óbvio e determino as primeiras características necessárias para a nova esposa de Jack.

1 – Organizada
2 – Gostar de cozinhar
3 – Amar animais

Estudo a terceira por um minuto e, em seguida, acrescento no meio as palavras "todos os", especialmente aqueles de que as pessoas normalmente não gostam, como roedores, porque Jack com frequência chega em casa com ratos de laboratório e camundongos — e, uma vez, até mesmo uma cobra — depois que os colegas concluem a realização de experimentos com eles. Foi assim que conseguimos a Gertie.

Enquanto leio as curtas sentenças que digitei, solto uma longa corrente de ar de meus pulmões.

Meus batimentos desaceleram.

Minhas mãos relaxam.

Listas sempre fazem com que eu me sinta melhor.

MARÇO

oito

Estou laranja.

Com a cor de um Oompa Loompa.

Fito minha pele no espelho, e meu rosto me fita de volta com um olhar que revela um misto de horror e curiosidade aguçada. Como se testemunhasse um experimento científico que está indo muito mau.

Na noite passada, quando fui para a cama, estava com meu tom normal de rosa.

Agora... agora. Passo a ponta dos dedos sobre minhas bochechas. Delicadamente no começo, e depois de modo mais severo, esfregando a pele com as unhas, como se pudesse arrancar a cor estranha e voltar ao normal.

Imagino se Jack percebeu isso quando estava fuçando por perto em nosso quarto escuro nesta manhã, procurando suas chaves e tentando não me acordar. Por outro lado, entretanto, isso talvez seja algo pelo qual valha a pena acordar alguém e dizer: "Psiu! Você está laranja."

Corro para a cozinha e pego meu telefone sobre o balcão a fim de ligar para ele, mas hesito quando vejo a hora: 9h06. Jack está em cirurgia esta manhã para ajudar a remoção de uma colher do estômago de um Rottweiler extremamente ansioso — o primeiro grande procedimento que Ling permitiu a Jack participar desde que voltou à clínica, duas semanas atrás — e não quero incomodá-lo.

Em vez disso, vou até o nome do doutor Saunders e penso em quantas pessoas têm o número do celular de um oncologista de radiação na discagem rápida. Ele me deu quando Jack e eu estávamos saindo de seu consultório. "Ligue se precisar de qualquer coisa", disse ele, as sobrancelhas grossas com empatia. "De verdade. Qualquer coisa." A maioria das pessoas provavelmente se sentiria reconfortada se soubesse que seu médico está à disposição 24 horas por dia, sete dias por semana. Porém, tudo o que isso fez foi me lembrar do quão horrenda era minha condição. Mas agora estou feliz por ter seu número.

Ele responde na terceira chamada.

— Doutor Saunders — falo. — Aqui é Daisy. Richmond.

— Daisy, em que posso ajudá-la?

— Bem, hum... — gaguejo, sem saber ao certo o que dizer. — Acordei hoje de manhã e minha pele está... não está boa. Eu pareço meio... laranja.

Soa ridículo quando digo em voz alta, e me pergunto se estou exagerando. Talvez não seja tão ruim quanto pensei ou talvez eu apenas ainda não tenha despertado completamente. Volto para o banheiro, segurando o telefone com a orelha e encarando o espelho. Pisco para mim mesma. Uma vez. Duas vezes.

É. Estou definitivamente laranja.

— Hm-hum. Entendo. — Ele limpa a garganta. — Parece icterícia. É provável que a metástase em seu fígado tenha bloqueado um ducto biliar.

— Certo — respondo, como se ouvisse uma explicação perfeitamente razoável, mas não faço a menor ideia do que seja um ducto biliar ou do que acontece quando ele é bloqueado. Exceto, aparentemente, que você se torna laranja.

— Alguma comichão?

— Como?

— Sua pele, ela coça?

— Não — digo, e então minha mão passeia por meu braço direito. — Bem, minha cicatriz, às vezes. — Não estou acompanhando a importância dessa linha de perguntas.

— Bom — responde. — A que pé anda seu estudo clínico? Já fez os testes?

— Sim — falo, trazendo à memória a semana passada, quando dirigi até Emory e me encontrei com a doutora Rankoff para fazer o que ela chamou de "uma visita de triagem", apenas uma expressão chique para outra ressonância, tomografia computadorizada, ser cutucada e espetada por umas mil agulhas e instrumentos de metal. Minha mãe foi comigo, mas somente depois de fazê-la prometer que, em qualquer momento, ela sairia da sala se fosse começar a chorar. Ela se saiu surpreendentemente bem. Tão bem que uma hora me vi com vontade de gritar: "Manhê! Tô morrendo! Por que você está tão calma?"

— Quando você começa com as medicações?

— A doutora Rankoff disse que, se eu for uma boa candidata, posso começar na próxima sexta.

— Daqui uma semana?

Concordo com um movimento de cabeça.

— Sim.

— Certo, vou verificar com ela, mas acho que colocar um *stent* não impedirá você de participar do estudo.

— Um *stent*?

— Desculpe, um tubo plástico inserido no ducto para abri-lo. Posso agendar você com um gastrenterologista semana que vem. É um procedimento rápido e vai aliviar sua icterícia.

Semana que vem. O que significa que vou permanecer laranja até um futuro próximo, o que inclui o banquete de Jack do prêmio anual da primavera para a escola veterinária.

Hoje à noite.

Minha cabeça está girando.

Poderia ficar em casa e perder o banquete. Claro que poderia. Mas não posso.

A nova esposa de Jack pode estar lá.

* * *

OS OPOSTOS NÃO se atraem. A ideia de que se atraem constitui uma daquelas ideias culturalmente embutidas que, na realidade, não é nem um pouco verdade, como o conto da carochinha de que ir para a cama com o cabelo molhado causa resfriado. Sei disso porque, durante as últimas duas semanas, tenho me debruçado sobre minhas edições anteriores das revistas *Psychology Today* e *Journal of Social and Personal Relationships*, estudando o que faz um casamento dar certo. Seria mais rápido ir à internet e digitar "casamento" na ferramenta de busca do livescience.com, mas isso parece trapaça. Muito fácil. Estou procurando uma companheira para a vida, não um par de sapatos. Isso merece um esforço significativo.

Nos intervalos de minhas folheadas pelos volumes mensais e olhadelas para a impressão a preto, tenho ido de modo atropelado às aulas — em parte porque prometi a Jack, mas principalmente porque há centenas, talvez até milhares de mulheres disponíveis no campus a todo instante. Comecei a me sentir uma antropóloga, estudando suas ações, tentando dar sentido a elas. Alguém que reaplica um batom vinho-escuro no beicinho enquanto espera pelo ônibus: muito trabalho. Alguém que checa o smartphone a cada três minutos: pegajosa, desesperada. Alguém que veste calça de pijama de flanela na aula: muito imatura. Alguém que usa salto na aula: exagerada. Aponto defeitos e julgo como se fosse a garota mais popular de uma escola preparatória em Manhattan, indicando quem deixo entrar no meu grupinho, com um dedo apontado e uma jogada de cabelo.

Após dias estudando mulheres de carne e osso, à noite eu me afundava novamente em minhas pilhas de revistas, tentando entrar no cérebro delas e descobrir o que faz de alguém uma boa companheira, quais são as características que definem uma união duradoura saudável.

No final das contas, meu quase mestrado em psicologia não foi inútil, embora me pergunte se não deveria ter sido mais proativa nessa pesquisa antes de Jack e eu dizermos "sim". Aos olhos da ciência, não representamos uma imagem da dupla perfeita. Por exemplo, de acordo com um estudo da Universidade do Estado da Flórida, brigar faz um casamento feliz. Os pesquisadores concluíram que não é saudável que casais internalizem sua raiva — de fato, tudo o que Jack faz. Fazê-lo falar sobre seus sentimentos é como tentar fazer chover em um dia sem nuvens.

Deter-me nos defeitos de Jack, entretanto, não me levaria mais perto de encontrar uma esposa para ele; então mandei essa pérola de informação a um local remoto de meu cérebro e aumentei minha lista cada vez maior de qualidades que a esposa de Jack deveria ter. Número 24? Alguém com características de personalidade similares às de Jack, pois estudos mostram que pessoas parecidas apresentam baixo índice de divórcio. Preciso de uma nerd. Uma mulher lógica, equilibrada e que pensa antes de se lançar em alguma coisa. E que lugar seria melhor para encontrar alguém como Jack se não em sua escola veterinária? Todos aqueles cérebros, futuras doutoras reunidas em um só lugar.

Examino pela última vez minha lista e fecho meu notebook. Depois coço meu pescoço e enfio os pés em um par de saltos vermelhos. Espero que a cor chamativa em contraste com meu vestido preto atraia a atenção das pessoas para a parte de baixo — longe de minha pele cor de cenoura.

Ouço a tela da porta da cozinha ranger ao ser aberta, batendo-se em seguida, ao se fechar. Benny sai em disparada do quarto para receber Jack. Gertie recebe-o a seu modo estridente.

Segundos depois, Jack preenche a moldura da porta de nosso quarto e para.

— Linda — diz, quase sussurrando.

Ergo o rosto para ele, ignorando seu elogio compulsório, e meu olhar encontra o dele. Demorei alguns dias para me acostumar com a nova intensidade com a qual Jack tem me olhado. Como se memorizasse cada detalhe de meu rosto e o arquivasse para depois. Depois é, e me dou conta, quando ele não puder mais me ver, mas nenhum de nós deu voz a esse futuro inevitável.

— Melhor ou pior do que você pensou? — Mandei-lhe uma mensagem alertando-o sobre minha nova aparência assim que terminei a ligação com o doutor Saunders.

Ele se aproxima e passa os dedos sobre meu ombro descoberto.

— Melhor. — Seus lábios se curvam para cima, mas o prazer não atinge seus olhos. Eles continuam sérios. Focados. — *Sexy*, na verdade. Do tipo *Arquivo-X*.

Ele me puxa para si.

— Não precisamos ir. Você sabe que odeio essas coisas.

Afasto-me de seu abraço.

— Claro que nós vamos. É sua grande noite.

Jack está recebendo um prêmio pela pesquisa que apresentou no Simpósio de Ciências Veterinárias, além de ser o primeiro contemplado com uma bolsa de pesquisa de Donald J. Hook.

Ele anda até o armário enquanto arranca a camiseta pela cabeça.

— Meu terno está limpo? — pergunta, vasculhando pelos cabides.

Não respondo, uma vez que percebo sua mão tocando a capa plástica protetora da lavagem a seco envolvendo o paletó esporte e a calça bem passada. Sento-me na beira da cama e aliso o vestido sobre minhas coxas.

— Você contou às pessoas? — pergunto.

Não acrescento "sobre o câncer", porque, nas últimas semanas, Jack e eu temos respeitado um acordo tácito de não dizer a palavra (ou discutir o que a palavra está lentamente fazendo com meu corpo, nosso casamento, nosso "felizes para sempre").

— Algumas — responde, abotoando a camisa branca. Percebo manchas levemente amareladas embaixo do braço e anoto mentalmente que preciso encomendar on-line uma nova camisa para ele.

Faço um sim com a cabeça. Não quero olhares de piedade para mim a noite inteira, mas também não quero ter de explicar por que minha pele brilha como o sol.

Como se lesse meus pensamentos, Jack acrescenta:

— Vamos apenas dizer a todo mundo que você passou tempo demais em uma câmara de bronzeamento? — Ele veste a calça em cada perna, depois enfia os pés em um par de mocassins pretos com fivelas brilhantes de prata.

— Ninguém mais usa essas coisas. Bem, a menos que você viva na costa de Jersey — digo.

Jack olha para mim sem entender.

— Sabe, como JWoww? Pauly D?

— Quem?

Dou risada de seu conhecimento de cultura popular quase inexistente.

— Bora, pegue seu casaco, precisamos ir.

Ele confere o relógio.

— Relaxe, temos quase uma hora.

— Jack — falo, revirando os olhos. Deveria ter percebido que ele provavelmente nem viu o convite. — Já começou há trinta minutos.

* * *

AMO ENTRAR EM um ambiente com Jack. Sua altura imponente chama atenção, fazendo literalmente cabeças virarem na maioria dos lugares aonde vamos. Não fui abençoada com a aparência de uma modelo, então isso é o mais próximo que cheguei de saber qual a sensação de ser assim. Com ele, consequentemente, faço cabeças virarem, e a euforia resultante raramente perde a graça. Mas Jack odeia isso. Por ele, seria um camaleão, mesclando-se às paredes e aos carpetes onde quer que estivesse. Jack sofre de um caso moderado de ansiedade social. Ele acha que a maioria das conversas com desconhecidos é estranha e desconfortável e muitas vezes relata para mim na cama, ao fim do dia, as coisas estúpidas que disse ou fez na companhia de outros, o que acho deliciosamente charmoso.

Mas hoje à noite, pela primeira vez, queria que ele não fosse tão notável. As cabeças deixam de encarar o orador e se viram quando tentamos passar de fininho pelas portas no fundo do salão do hotel, e sinto que começo a arder sob o escrutínio.

— Onde estão nossos lugares? — cochicho para Jack, tentando curvar meus ombros, tornar meu corpo tão pequeno quanto possível.

Ele os avista do outro lado da sala, e serpenteamos pelas mesas, tentando não tropeçar em bolsas de mão, pernas de cadeiras e pés de pessoas. Depois do que parecem horas, deslizo com gratidão para meu assento e pego a taça de água à minha frente. O suor brota em minha testa e fico me perguntando por que simplesmente não aceitei a oferta de Jack para ficarmos em casa.

— Estou vermelha e brilhante? — sussurro para Jack, porque meu rosto está queimando. Depois percebo o que acabei de dizer, e nós dois caímos na risada, o que atrai alguns olhares irritados vindo das outras pessoas à nossa mesa.

Jack aproxima a boca de minha orelha.

— Está mais para um amarelo, na verdade, se é que é possível. Deve ser a luz daqui.

Reprimo outra risada, enquanto um homem, usando luvas e um paletó branco, coloca à minha frente um prato com um peito de frango, coberto com um molho, e quatro talos moles de aspargos.

Recomponho-me e corto a comida fria em pequenos pedaços ao mesmo tempo em que o homem na plataforma fala sobre o ano na ciência veterinária:

— ... e quem consegue se esquecer da mulher que chegou com o que pensava ser um gato doméstico ferido, mas que, no final, era um lince? Agradeço a Deus o doutor Lichstein e seu rápido reflexo com o Diazepam.

Risinhos educados e discretos brotam da audiência. Também rio de novo e relaxo na cadeira, sentindo-me leve, graciosa e feliz por estar ao lado de Jack.

— Por fim, antes de passarmos para os prêmios, gostaria de felicitar os candidatos deste ano de Ph.D. e doutorado, que talvez sejam os pensadores mais dedicados e mais inovadores na área de medicina veterinária que já tivemos. — Ele pausa, depois balança a mão em direção ao público. — Eu sei, eu sei. Digo isso todo ano. Parabéns por suas realizações, e estou ansioso para entregar-lhes o diploma em maio.

Aplausos enchem o salão. Levanto as mãos para aplaudir, mas percebo que elas estão paralisadas em meu colo.

Maio.

É como se alguém tivesse colocado um despertador odioso no meio da mesa e o relógio estivesse fazendo tique-taque para mim, o tempo correndo em direção ao futuro.

A formatura de Jack.

Verão.

Quatro ou seis meses.

E então me lembro de um presente engraçado que vi uma vez em uma dessas revistas da Sky-Mall ou em um catálogo da Brookstone que contava os dias que faltam para sua morte e fiquei pensando no quanto aquilo era mórbido. Mas agora imagino quantos dias o meu diria que tenho? Vinte e cinco? Sessenta? Cem?

— Jack Richmond.

Ao meu lado, Jack afasta a cadeira para trás, depois se inclina para me dar um beijo antes de se levantar e se dirigir à plataforma, e percebo que perdi todo o discurso que anunciava seu prêmio. Estampo um sorriso no rosto e observo a parte de trás de seu esbelto corpo à medida que caminha a largos passos pelo labirinto de mesas, o paletó impecavelmente assentado sobre os ombros, a calça perfeitamente vincada pela lavanderia a seco.

E percebo que nenhuma quantidade de dias é suficiente.

Quando volta à mesa, Jack coloca sua placa de madeira e ouro onde antes estava seu prato e estende a mão para pegar a minha. Ele se inclina para mais perto, e acho que vai me beijar novamente, mas, em vez disso, cochicha em meu ouvido:

— Está tudo bem?

Concordo com a cabeça, embora me sinta pegajosa, trêmula e um pouco enjoada.

Respiro fundo.
Foco.
Só preciso me focar.

Aperto a mão de Jack para tranquilizá-lo e sorrio, e, quando ele vira a cabeça novamente para o orador, começo a examinar as mesas, ainda que não tenha certeza do que procuro. Mulheres solteiras, para começar, mas é mais difícil do que eu pensava conseguir dizer quem está com um namorado e quem está apenas sentada perto de um colega, professor ou amigo.

Algumas das feições são familiares — pessoas pelas quais passei quando fui levar almoço para Jack no laboratório ou conheci em outro evento veterinário da universidade.

Meus olhos encontram uma mulher loira com um corte curto comportado. Afago minhas grossas mechas castanhas, suavizando as pontas ao redor de meus dedos. Jack gosta de cabelos longos. Apesar disso, ela parece inteligente em seus óculos quadrados. Responsável. Organizada. E, ainda melhor, parece estar sozinha. Reparo na parte superior de seu vestido azul sem alça, que se abre sobre os seios com um franzido sanfonado — ela é um pouco sem peito, mas não de um modo pouco atraente. Quando meus olhos voltam outra vez para seu rosto, percebo que está me encarando. Dá um pequeno sorriso antes de eu lançar com ímpeto os olhos de volta ao palco.

Mais tarde, as pessoas estão em grupos, segurando bebidas suadas de tão geladas, assistindo a alguns corpos corajosos que sacodem desajeitadamente os membros na pequena pista de dança quadrada instalada em frente a uma banda de quatro músicos. Jack saiu do meu lado a fim de pegar vinho para nós no bar, mas é parado a cada dois passos por apertos de mãos e tapinhas congratulatórios nas costas.

Estou com as mãos entrelaçadas à minha frente e depois as cruzo sobre o peito. Logo coloco uma delas no quadril e deixo o outro braço pendente ao meu lado. Mesmo estando em um canto afastado da festa, sinto-me pouco à vontade, como se um holofote refletisse diretamente sobre mim. Faço um sinal para Jack se mover mais rápido entre seus admiradores, a fim de que eu me conforte em sua sombra mais uma vez.

— Ei.

Estou fitando tão atentamente as costas de Jack que não percebi a mulher de óculos, vestida de azul, se aproximar.

— Oi — digo.

De perto vejo que ela é uma loira natural, não tingida. Seu cabelo é fino, ralo, e a pele é tão pálida que chega a ser translúcida. As veias visíveis brilham como um mapa de rodovias e rios sobre o colo e o rosto dela. Parece frágil, e franzo as sobrancelhas. Preciso que a nova esposa de Jack seja vigorosa. Durável. Ela abre a boca para falar, e noto que há um pedaço de aspargo encravado entre os dentes superiores.

— Você é a esposa do Jack.

Faço que sim.

— Sou a Charlene — diz.

Charlene. O nome me desperta.

— Você cuidou da Rocky quando fomos para as montanhas — digo, lembrando a irritação de Jack com a aparente inaptidão da mulher. Tudo bem, então Jack não está muito impressionado com as habilidades veterinárias dela. Mas ela é responsável. E atenciosa. E abriu mão de um final de semana inteiro para que Jack passasse tempo comigo. Isso foi um favor bem grande.

— Muito obrigada por fazer aquilo.

— Claro — responde, e então limpa a garganta. — Jack me contou sobre... sua situação.

— Contou? — Estou surpresa com isso. Aquele dia no carro foi a única ocasião em que ele mencionou essa mulher e, ainda assim, ele a conhece bem o suficiente para lhe contar algo tão pessoal? Mas Jack dissera que havia contado para alguns de seus colegas. Então por que não ela? Ele não é muito de ter vários amigos próximos no trabalho. As pessoas gostam de Jack, mas se abrir é algo que exige muito dele. Até mesmo seu melhor amigo do ensino médio, Thom, que ainda vive em Indiana, ele só vê uma vez por ano, e conversa apenas algumas vezes mais do que isso.

— É, esse é meio que meu campo de pesquisa — explica ela. — Câncer em cães. Golden retrievers. Estou tentando descobrir por que apresentam uma incidência maior da doença do que outras raças.

Ah. Agora faz sentido. Jack ia querer coletar dados de todos os recursos possíveis, ainda que a referida fonte lidasse com caninos.

— Eles têm? — pergunto.

— Sim. Cerca de um a cada três cachorros tem câncer, mas nos golden retrievers a taxa é de sessenta por cento.

Ela se ilumina quando diz isso, e sei que não é por se sentir feliz com o fato de os cachorros estarem cheios de tumores, mas porque ela é como Jack: estimulada pelo trabalho.

Como Jack. Meu coração dá um tranco, acelerando. E daí que a pele dela é transparente? É o que está dentro que conta.

— Você cozinha? — A pergunta simplesmente sai de minha boca, e eu queria poder estender a mão, pegar as palavras e enfiá-las de volta na boca.

Ela inclina a cabeça e estreita os olhos por trás dos óculos.

— Hã?

Ótimo! Agora sou a paciente *louca* com câncer. Talvez consiga murmurar algo sobre o tumor no cérebro e sumir no meio da multidão. Mas, antes de conseguir formular uma explicação para a virada inesperada que dei à conversa, uma mulher surge atrás dela.

— Ei, Char.

Ela se vira.

— Ei!

— Melissa, conheça a Daisy. Daisy, essa é a Melissa, minha colega de quarto.

Acho um pouco estranho uma mulher de quase-trinta-anos-de-idade, obtendo um Ph.D., ter uma colega de quarto, mas talvez os tempos estejam difíceis. Ou talvez ela não goste de viver sozinha.

Sorrio para Melissa e, enquanto ela retribui a expressão, noto que arregala ligeiramente os olhos quando percebe minha cor amarelada. Ela disfarça com rapidez e se volta para Charlene.

— Podemos sair logo daqui? Estou morta.

— Sim, tudo bem. Vou pegar meu casaco. — Ela olha para mim. — Foi bom ver você. Por favor, dê meus parabéns ao Jack.

— Pode deixar.

Ela começa a se afastar, depois hesita e se inclina perto de mim, tocando-me o braço.

— Cogumelos *Yunzhi* — diz em voz baixa.

Agora é minha vez de ficar confusa. Sinto-me curiosa para saber se é uma resposta estrambólica para minha pergunta igualmente estrambólica sobre cozinhar, do tipo: "Cozinho, sim. Cogumelos."

Então, ela acrescenta:

121

— A Universidade da Pensilvânia descobriu recentemente que eles aumentam as taxas de sobrevivência em cachorros com hemangiossarcoma. Dê uma olhada.

Assinto com a cabeça, surpresa com a bondade em seus olhos. Ainda que procure por piedade, ela está longe de ser encontrada, e isso me faz gostar ainda mais dessa mulher.

* * *

No caminho para casa, Jack não para de falar de um professor com quem passou a maior parte da noite conversando, e as ideias do homem sobre a pesquisa de Jack no tratamento de displasia da anca com um derivado de uma alga verde-azulada.

— A espirulina é eficaz, obviamente, mas Kramer acha que poderíamos combiná-la com outros componentes, fazendo um tipo de supersuplemento...

Sei que ele está falando mais consigo mesmo do que comigo — é como organiza seus pensamentos (Deus me livre se ele realmente colocasse essas coisas no papel!) —, por isso me desligo dele e penso mais em Charlene. Ela tem muito em comum com Jack, mas será que é demais? Ela é avoada como ele ou organizada? Talvez ela nem notasse uma pilha incontrolável de meias sujas, por estar muito ocupada pensando em cogumelos, sarcomas ou em seu último paciente golden retriever. Fico imaginando como é viver com ela — talvez eu pudesse encontrar sua colega de quarto e tentar obter alguma informação dela. Melissa, né? E então o pensamento que me fugiu quando Charlene nos apresentou se forma completamente em meu cérebro.

— Ela é lésbica? — falo alto, só me dando conta de que estou conversando com Jack quando as palavras saem de minha boca.

Ele para no meio de uma sentença e olha para mim, tirando a atenção da rua escura que leva à nossa rua por mais tempo do que acho seguro. Suas sobrancelhas se franzem e sua boca forma um o:

— Quem?

— Charlene — respondo e, em seguida, aponto para o para-brisa. — Olhe para a rua!

Ele volta a olhar para a frente e dá de ombros.
— Hum... Sei lá. Nunca pensei de verdade nisso
Concordo com a cabeça.
— Você a acha bonita?
A ruga em sua testa se aprofunda.
— Daisy — diz. Meu nome é uma sentença. — Você está bem?
Ótimo! Meu marido também acha que sou uma paciente louca com câncer.
— Estou bem — digo, esquivando-me de seu escrutínio. — Me fale mais sobre Kramer.
Mas ele não fala. Depois de um período de silêncio, pergunta-me como estão as aulas.
— Você não tem falado muito sobre elas ultimamente.
O que eu poderia dizer é que, por causa do D que tirei na prova substitutiva de estudos de gênero, decidi parar de vez de fazer testes. E não faço as tarefas de leituras, não tenho realizado nenhum trabalho, e meus professores e eu parecemos ter um tipo de acordo silencioso de que posso simplesmente aparecer nas aulas como uma socialite escolhendo quais as festas extravagantes tem vontade de ir.
Em vez disso respondo.
— Estão boas.
Ele espera uma resposta mais elaborada.
Não dou.
Ao puxar o freio de mão, Jack se vira para mim.
— Ei, quer ir na Waffle House de manhã?
Solto o cinto de segurança e olho para ele.
— Você não precisa ir à PetSmart amanhã? — No primeiro sábado de cada mês, Jack trabalha como voluntário no pet shop local da Athens Small Dog Rescue durante o dia de adoção dos filhotinhos.
— É, mas posso faltar nesse.
— Você nunca falta. Além disso, sabe que não como essas coisas. — Abro a porta, protegendo-me do ar frio da noite que, com certeza, atacará minhas pernas nuas.
Ele murmura algo e não se move do assento dianteiro.

— O quê? — Eu me curvo à altura da cintura e enfio a cabeça dentro do carro para ouvi-lo melhor.

— Você comia. — O canto de sua boca se levanta e seus dentes tortos espreitam por entre seus lábios. — Lembra a manhã depois da primeira vez que você passou a noite comigo?

Ergo a cabeça diante da nostalgia de Jack. Ele não faz o tipo sentimental.

E, assim que me lembro daquela manhã, deixo escapar um pequeno suspiro. Claro que me lembro. Seu cabelo desgrenhado na cama. O bacon de mascar. Mas isso foi antes do Monte de Câncer. Foi ainda antes do Pouco de Câncer da primeira vez. Não sou a mesma mulher que podia abandonar todos os cuidados e comer qualquer coisa que quisesse. Jack sabe disso. Ou deveria saber.

Ficamos olhando um para o outro. Sete anos de memórias pairam entre nós, e acender essas memórias fortalece a atual. Posso jurar que a sinto desprendendo-se de meu coração.

— Qual é! — digo de modo mais suave enquanto estico a coluna. — Vamos entrar.

nove

A TEMPERATURA DA aula de hot ioga no estúdio Open Chakra é de sufocantes e úmidos quarenta graus. Nos últimos dois anos, sofri com as sessões às 8h de sábado com Bendy Mindy e seu jeito budista híbrido de falar com sotaque caipira ("Namastê *procêis!*"), depois de ler um estudo que dizia que a prática ajuda a livrar o corpo de toxinas e pode até retroceder o desenvolvimento do câncer, impedindo com eficácia que tumores cresçam no corpo.

Agora, embora saiba que isso efetivamente não acontece, ainda me vejo sentada em meu tapete de juta orgânica, fazendo a respiração do vitorioso em uníssono com outras oito mulheres — uma das quais poderia ser a esposa de Jack.

— Agora, mais uma vez — instrui Bendy Mindy. — Inspirem profundamente. Com a barriga de cerveja, *mininus* e *mininas*!

O som sibilante de nossa expiração coletiva enche a sala como se fosse um bando de cobras irritadas em uma cesta de vime, e olho ao redor, imaginando se Bendy Mindy notou que não há homens em sua classe. Uma mulher com o cabelo curto ao estilo de Jamie Lee Curtis, no fundo da sala, cruza o olhar com o meu e rapidamente desvia os olhos, e é aí que noto algumas outras colegas reparando em minha pele.

Sim, estou laranja. Deixem para lá, digo em silêncio e, em seguida, fecho os olhos para tentar esquecer os olhares curiosos e encontrar meu zen.

O problema é que nunca de fato levei jeito para encontrar meu zen. Enquanto todo mundo silenciosamente repete mantras, sou a única que silenciosamente repete itens de uma lista de supermercado ou teorias psicológicas para um próximo exame.

Nós nos movemos para a posição do cachorro, olhando para baixo, e uma gota de suor escorre de minha testa para a ponta do nariz e cai no chão. Minhas mãos deslizam um pouco sobre o tapete escorregadio, e me concentro para manter o equilíbrio. Estou impressionada ao ver como essa simples posição parece mais difícil do que o habitual. Será que foi por faltar algumas semanas?

Minha cabeça começa a girar e aperto os olhos fechados para resistir à onda de tontura que ameaça tomar conta de mim.

Inspiro.

Expiro.

Melhor.

— Joelhos pra baixo. Agora *deslizá* pra *voltá* pra jaa-nuu siiir-saaa-saaa-na — Bendy Mindy orienta com seu som nasal. — E *deixá* sua semana ir embora. Tudo o que cê tá segurando: raiva, estresse, irritação causa de que seu cantor favorito foi eliminado do *The Voice*... — Ela aguarda por uma resposta e recebe risinhos educados de duas mulheres. Satisfeita, continua: — *Expirá* tudo isso. *Deixá* a raiva de lado.

Parece aquele jogo de associação de palavras em que alguém diz "porta" e você diz a primeira palavra que lhe vem à mente e essa palavra surpreende você, pois com "raiva" a primeira coisa em que penso é... Kayleigh.

E, assim que penso, sei que é verdade.

Estou furiosa com Kayleigh.

Já faz quase três semanas desde que falei para ela sobre o Monte de Câncer ao telefone e, embora tenhamos trocado mensagens, ela não veio. Não apareceu na porta dos fundos nem entrou e colocou os sapatos em minha mesa de café sem ser convidada. E, mesmo que isso costumasse me irritar, agora me sinto irritada porque ela não fez isso. E, até esse momento, venho tentando ignorar o que sinto.

A vozinha em minha cabeça tem dado desculpas: "Ela está ocupada! Eu estou ocupada! Já ficamos mais tempo sem nos ver! Pare de ser tão carente!".

Agora, entretanto, a vozinha em minha cabeça me pergunta se talvez, mesmo depois de todos esses anos, eu não a tenha supervalorizado. Talvez ela não seja tão forte quanto eu pensava. Talvez esteja me evitando como todos os meus outros "amigos" que se afastaram da primeira vez em que tive câncer, porque não sabiam se deviam perguntar como a químio estava indo ou fingir que eu não estava fazendo químio e falar sobre o tempo ou o último episódio de *Revenge*. Então, eles apenas não falavam comigo de modo algum.

Freud diria que estou transferindo. Sinto-me irritada com o câncer e desconto isso em Kayleigh. Esse é o problema de ser especializada em psicologia. Não posso apenas ter sentimentos como pessoas normais. Tenho de tentar *compreendê-los*. É cansativo.

Suspiro e agito suavemente a cabeça quando Bendy Mindy nos direciona para a posição da ponte.

Deus, como está quente. Será que é sempre quente assim?

— *Concentrá* na respiração, *cês tudo*.

Fecho os olhos novamente, expiro e tento esquecer a Kayleigh e minha raiva transferida ou seja o que for. Enfim, preciso pensar em Jack.

E em sua nova esposa.

Fazemos a posição do guerreiro, e tento discretamente analisar a sala de novo, mas virar a cabeça me causa, com certeza, mais tontura. Por isso olho para o espelho na frente da sala e tento me concentrar em mim mesma. Meu corpo está alinhado corretamente? Meus dedos do pé atrás do corpo estão perfeitamente perpendiculares ao meu calcanhar na frente? Pinga suor em meus olhos, embaçando-me a visão, e, quando levanto a mão para tentar limpá-lo, sinto o corpo balançando.

— Daisy?

Ouço meu nome, mas parece distante, e um tipo de canto desafinado, como minha canção de ninar favorita que minha mãe costumava cantar para mim repetidas vezes quando eu não conseguia dormir. Então, a canção se repete em minha cabeça.

Dai-sy, Dai-sy, me dê sua resposta, por favor!
Eu sou meio louco, por causa do amor!
Não vai ser um casamento caro,
Não posso pagar um carro,
Mas você vai estar lindinha
Ali, bem sentadinha,
Na bicicleta feita para nós dois!

Abro os olhos, dando uma espécie de sorriso idiota, infantil, como se a música tivesse me transformado em uma garotinha de 3 anos, e sinto-me um pouco confusa, pois todos esses rostos estão olhando para mim, e levo um minuto para perceber que estou deitada de costas.

— Você está bem? — pergunta a boca de uma mulher que tem braços musculosos e duros, mas um rosto delicado, brilhoso, e me sinto como o patinho daquele livro: "Você poderia ser a esposa do Jack?"

E então percebo que minha cabeça está latejando, e rolo para o lado bem a tempo de vomitar o que sobrou de meu smoothie de couve nos pés descalços da vigorosa e doce senhora.

E foi aí que decidi que meu tempo na ioga estava encerrado.

* * *

JACK NÃO É romântico. Pelo menos, não da maneira convencional. Pelo menos, é isso que digo às pessoas quando perguntam: "O que Jack te deu no Dia dos Namorados, no Natal, de aniversário?", e esperam que eu diga: "Um buquê de tulipas", ou "Uma pulseira de safira", ou "Uma caixa de trufas". Mas, em vez disso, digo: "Ah, o Jack não é romântico da maneira convencional", o que as leva a acreditar que ele é romântico de alguma outra forma supersecreta. Mas ele não é.

Jack é lógico. O que não significa que não seja doce e atencioso, porque ele pode ser, mas também consegue ser regiamente sem noção, como se nunca tivesse visto um filme de Meg Ryan na vida. Aprendi cedo em nosso relacionamento que, se quisesse tomar vinho e jantar fora, eu teria de fazer as reservas ou dizer-lhe especificamente que queria comer fora, em que noite eu queria ir e que ele deveria vestir um blazer e gravata.

É por isso que estou chocada quando Jack chega em casa cedo na segunda-feira à noite e me convida para jantar fora.

— Acabaram de abrir um restaurante novo na cidade — diz. — Wildberry Café. É um daqueles do tipo "da fazenda para a mesa". Pensei em darmos uma olhada.

— Hoje à noite? — pergunto, olhando para o pijama que eu usava desde que acordara de manhã. Eu havia planejado trocar de roupa antes de Jack chegar em casa, para que pudesse fingir ter ido à aula, mas são apenas 17h, e ele nunca chega em casa antes das 20h. Espero que não perceba.

— É — responde. — Só preciso trocar de roupa.

Com Benny seguindo-o de perto, ele volta para o quarto, puxando a camiseta pela cabeça enquanto anda.

— Não estou nem um pouco com fome — digo e me aconchego mais no buraco que minha bunda fez no sofá. Meu celular vibra na mesa de café, e sei que é minha mãe, porque ela me enviou uma mensagem sete vezes na última hora confirmando que virá na quinta de manhã a fim de me levar para o procedimento com o *stent*. Ela disse isso em sete textos, porque acabou de aprender a enviar mensagem há um mês e, sem querer, clica em Enviar antes da hora, esquece uma letra ou quer ter certeza de que recebi a mensagem e de que o texto não está flutuando no ciberespaço em algum lugar ou foi errônea e milagrosamente enviado para o telefone de outra pessoa, mesmo que eu lhe tenha explicado que isso não acontece.

Pego meu celular. A mensagem diz: **Devo levar lenços? Ou você tem? Não lembro.**

Sei que ela quis dizer lençóis. E sei que vou receber outra mensagem esclarecendo isso quando ela perceber que digitou alguma coisa de forma errada.

Minutos depois, Jack reaparece com uma polo vinho e olha para mim com expectativa.

— Vamos, troque de roupa.

Ou seja, ele notou meu pijama.

— O que você faz em casa tão cedo? — pergunto.

— Eu te disse — responde devagar, como se eu fosse louca. — Quero ir jantar.

Sento-me com essa informação. Primeiro foi a Waffle House e agora isso, e eu não me sentiria mais confusa se Jack tivesse me dito que estava desistindo da faculdade para ser trapezista. Parte de mim sabe que eu deveria ficar emocionada. Não é isso que sempre disse a Jack que queria? Ser pega de surpresa por um convite para um jantar romântico? Exceto quando eu lhe disse no ano passado, em um ataque de nervos, que estávamos casados há um ano e que eu achava que talvez faltasse para nós parte da empolgação emocionante que recém-casados normalmente sentem, e ele falou: "Isso não é para mim. Não penso nessas coisas." E, embora tenha ficado desapontada, eu sabia que ele estava certo.

Esse não é ele.

Então, em vez de me empolgar, sinto outra coisa, mesmo que não consiga dizer de imediato o quê. É como uma camiseta usada para abraçar minhas curvas em todos os sentidos corretos, mas que encolheu na secadora. Esse novo Jack não se encaixa direito.

— Não quero ir — digo, e reconheço que minha voz está cheia de irritação e sei que não é justo, porque Jack tenta me agradar. Fazer uma coisa romântica. E estou estragando tudo. Mas eu estou laranja. E estou de pijama. E não me senti bem desde que vomitei na ioga, mesmo não tendo mencionado esse episódio em particular para Jack, porque não quero que ele olhe para mim com mais preocupação do que já está.

— Tem certeza? — pergunta.

— Sim — digo, mantendo os olhos voltados para a televisão. Posso ouvi-lo respirar atrás de mim e sei que está debatendo, avaliando se deve forçar ou não. Tentar mais uma vez. Esforço-me para segurar minha irritação. *Agora* você quer ser romântico? E então fico com ciúmes, porque e se esse for realmente o novo Jack? E se esse Monte de Câncer mudou uma chave nele, e ele se tornou o Jack Romântico, e, então, eu morrer e outra garota começar a desfrutar seu romantismo aventureiro regado à poesia?

Então, tento olhar para o lado bom, porque ele ser mais romântico do que realmente é só vai ajudar quando eu *encontrar* sua nova esposa, pelo menos facilitará as coisas.

E sinto-me exausta da vasta gama de emoções conflitantes que senti nos últimos dez segundos e me pergunto se talvez a culpa não seja do tumor do tamanho de uma laranja em meu cérebro.

Ainda quieta, fico na expectativa até que percebo, mais do que ouço, que ele saiu da sala, e sei que está se retirando para o escritório. Não posso evitar, mas me sinto um pouco aliviada.

Pego o controle remoto e mudo para um programa com cientistas de óculos que fazem hipóteses das dez principais maneiras de a Terra terminar no próximo século. Um homem que parece um pouco satisfeito com a perspectiva discute a possibilidade de um buraco negro colossal engolir todo nosso sistema solar com sua boca escancarada. E sei que deveria estar horrorizada com a ideia, mas uma pequena parte egoísta de mim espera que isso aconteça.

Meu celular vibra novamente, e eu suspiro.

De preferência, antes de minha mãe chegar.

dez

Na manhã de quinta, uma foto de Charlene olha agradavelmente para mim na tela do computador enquanto leio sua pequena biografia no site sobre medicina veterinária da universidade. Meus olhos passam pelo título dos primeiros de seus artigos publicados: "Carcinoma de Células Escamosas em Golden Retrievers", "Incidência de Tumores Mamários Malignos em Fêmeas Caninas". Volto a olhar para sua foto e tento encontrar algum sinal revelador de sua orientação sexual. É um exercício inútil, não só porque a identificação de homossexualidade a partir de uma imagem é ridícula, mas também porque Jack não parece estar nem remotamente interessado nela. Clico de volta para o diretório de candidatos ao doutorado em medicina veterinária, e um mar de homens e mulheres estudiosos em jalecos brancos olha para mim. Começo a analisar as fotos e depois rio de mim mesma. O que se pode, de verdade, saber sobre alguém com base em uma única foto? E, mesmo que eu pudesse decifrar se uma mulher seria boa para Jack, o que fazer depois? Enviar um e-mail que diz: "Ei, você gosta do meu marido? Marque sim ou não?"

Fecho meu notebook com frustração quando ouço uma batida na porta dos fundos.

Vou para a cozinha, onde Benny está agachado no chão, enrolado como uma mola, um rugido reverberando de algum lugar no fundo da garganta.

Abro a porta para minha mãe, e me abaixo até a coleira de Benny, acomodando-o nos braços.

— Você trouxe Mixxy? — pergunto.

Mamãe está no meio da cozinha com a gaiola da gata na mão direita e o pequeno colchão dela na esquerda.

— Oi, querida! — diz, arfando pelo esforço de subir a escada dos fundos. — Sim, sinto muito. Eu tinha esperança de que o Jack pudesse dar uma olhada em um corte na pata dela. A pobrezinha tem lambido a pata a semana toda. Mandei uma mensagem para você. Você não recebeu?

— Você me mandou a letra V. — Benny luta contra mim; então, vou com ele em direção à porta dos fundos e só o coloco no chão quando finalmente consigo abrir a maçaneta emperrada. — Vai! Vai brincar! — ordeno ao cachorro, deixando a porta de tela fechada entre nós. Volto para minha mãe.

Ela coloca a gaiola e a mala aos seus pés e segura seu celular com o braço esticado, olhando com os olhos meio fechados para a tela.

— Estou sem óculos. Que droga! — Ela faz um som de estalo com a língua. — Não sei por que eles têm de fazer essas coisas tão complicadas.

— Mãe, tudo bem — digo, olhando para suas chaves que estão espalhadas em cima do balcão.

Os ganidos lamentosos de Benny na porta dos fundos enchem o ar, e coloco os dedos nas têmporas. É a segunda vez que tenho dor de cabeça esta semana. Faço um lembrete mental para beber mais água. Abaixo-me a fim de pegar os pertences de mamãe.

— Deixa isso — resmunga ela novamente. — Eu pego. Você não está em condições...

— Estou bem. — Exceto pelo fato de já ter dito "bem" duas vezes e ela só estar aqui há não mais que três minutos. Respiro fundo e expiro enquanto atravesso o corredor com sua mala e Mixxy até o escritório, onde eu enchera um grande colchão inflável no chão.

Penso na possibilidade de engatinhar nele. Não estou realmente "bem". Estive tão cansada nos últimos dias que já dormia antes mesmo de Jack chegar em casa do trabalho.

— A que horas é o exame? — A voz de minha mãe vindo da porta me assusta, e endireito os ombros.

— Às 15h.

Ela olha para o pequeno relógio de pulso, segurando-o entre os dedos da mão direita e mantendo os olhos meio fechados.

— Ótimo! Alguma coisa que você queira fazer nas próximas horas?

Sim. Dormir. Mas não quero que mamãe se preocupe comigo mais ainda. Ela pode ter assumido o falso modo líder de torcida, mas sei que lá dentro corre um rio de ansiedade.

— Vamos dar uma volta?

Ela se alegra.

— Essa é uma ideia maravilhosa. O ar fresco vai fazer bem para nós duas.

Ao passar por ela, resmungando que preciso pegar meus tênis, ela aperta meu bíceps ainda em tons amarelo-alaranjados.

— Você parece ótima — diz, com um sorriso tão grande que posso ver os molares obturados no fundo de sua boca. — Você está mesmo.

Olho em seus olhos, vermelhos e inchados, e sei que não é para mim que ela está mentindo.

* * *

A GASTRENTEROLOGISTA TEM uma pinta do tamanho de uma borracha de lápis no queixo, com três fios longos brotando dela. É nisso que me concentro enquanto ela repete as mesmas perguntas que a enfermeira fizera momentos antes.

— Atualmente, você está tomando algum medicamento sem receita, ervas ou suplementos?

— Apenas essência de *Yunzhi* — digo. O frasco de comprimidos de cogumelo chegou ontem em um pacote amarelo com caracteres chineses por todo o lado. Já tinha tomado três.

Ela estreita os olhos e escreve alguma coisa em minha ficha.

— Como está sua garganta? Ficando dormente?

A enfermeira tinha pulverizado um anestésico picante em minha boca e me mandara engolir.

Assinto com a cabeça. Ele está definitivamente funcionando.

— Ótimo — responde. — Você pode se deitar sobre o lado direito? Vamos só esperar mais alguns minutos para fazer efeito e depois introduziremos esse tubo — mostra o tubo plástico em sua mão — para começar.

Ela aperta um botão no interfone ao lado de minha cama, o qual emite um bipe.

— Tonya, estamos prontas para começar quando quiser.

Imagino que Tonya seja a enfermeira. Ela não se apresentara antes de começar a espetar a agulha intravenosa em meu pulso quando entrou no quarto anteriormente. Que bela maneira de tratar um paciente, não?

A doutora Jafari se vira para mim.

— Quem vai ficar com você hoje?

— Minha mãe — resmungo. Sinto a língua grossa e minha garganta parece de papel. Ressecada.

— Ah! Ninguém cuida da gente como a mamãe, né?

Ela está vasculhando documentos no balcão ao lado de uma caixa de luvas de látex e um corte transversal de um intestino e um estômago de plástico, e sei que seu comentário é coisa da prática. A resposta enlatada tem o objetivo de estabelecer uma sensação de conforto ou de camaradagem entre médico e paciente. Ela não está interessada em uma resposta verdadeira e por isso apenas concordo.

Houve um curto período de tempo em minha vida em que acreditei que isso era verdade. Que mamãe cuidava de tudo. Depois que meu pai morreu, ela começou a trabalhar em dois empregos para conter o fluxo infinito de contas em nossa caixa de correio. Eu me sentia mais segura ao seu lado. Por isso, depois da escola, esperava em nosso recanto em casa, assistindo aos meus desenhos animados gravados até o luar brilhar através das janelas. Às vezes, esperava por ela. Em outras noites, gostava de me enroscar em seu emaranhado de lençóis e, quando finalmente ouvia o carro entrar na garagem, fechava os olhos com força, fingindo dormir para que ela não me obrigasse a ir para minha cama fria. Funcionou na maioria das noites.

Era a vida, e pensei que ela era normal até o dia em que percebi que não era. Eu tinha 8 anos. Usava minha camiseta favorita da Rainbow Brite com uma fita vermelha de verdade costurada no tecido de algodão no final da longa trança amarela dela. Uma menina de minha classe, Angela, andava de ônibus pela primeira vez naquele dia — ela normalmente ficava no lugar onde os carros paravam para pegar os alunos, mas sua mãe tinha algum compromisso e não podia pegá-la. Soube disso porque ela anunciou em voz alta quando embarcou no ônibus, como se fosse imperativo que nós soubéssemos que, apesar de estar conosco aquela única vez, ela ainda era diferente, melhor de alguma forma intangível. Sua mãe estava em pé na calçada, esperando para encontrá-la. Desci primeiro e caminhei lentamente até minha casa, com a chave da porta da frente em um pedaço de fio roxo ao redor do pescoço.

Cheguei à varanda da frente e tirei a chave por cima, pela abertura do pescoço de minha camiseta. Estava prestes a colocá-la na fechadura, pensando no lanche que gostaria de fazer para mim lá dentro — manteiga nos biscoitos de água e sal —, quando uma voz invadiu meus pensamentos.

"Querida?"

Virei-me para ver a mãe de Angela olhando para mim com preocupação. Sua franja espessa ficava uns dois centímetros acima das sobrancelhas. Imaginei se ela mesma havia cortado o cabelo, como minha mãe fez, e acidentalmente cortara muito curto, obrigando-a a alinhar o resto da franja. Era uma franja pesada. E crítica. E eu não gostava da aparência dela. Angela estava ao seu lado, olhando para mim também, e tive uma forte e grande sensação, como se fosse apanhada quebrando alguma regra não escrita que ninguém tinha me falado.

Toquei a fita em minha camiseta e olhei para ela.

"Amor, sua mãe está em casa?"

Mentir era errado. Isso eu sabia com o justo fervor de meus 8 anos. Mas eu também sabia, de alguma forma, que era minha única opção naquele momento.

Ainda muda, assenti.

Ela deu um passo para nosso pequeno quintal que parecia eternamente marrom, embora os gramados que ladeavam nossa casa fossem de um verde intenso.

"Posso falar com ela, meu bem?"

Minha mente foi ágil, e abri a boca para expressar minha primeira mentira de verdade para um adulto. "Ela está dormindo. Ela dorme à tarde."

A mãe de Angela encontrava-se agora parada na varanda, diante de mim, Angela apertada contra sua perna como se ligada a ela. Eu me senti encurralada.

"Você poderia acordá-la?", perguntou. "Gostaria de falar com ela."

Percebi que essa mulher não iria embora. Não havia nenhuma rota de fuga, e minha mente jovem se esforçava para encontrar uma. Virei lentamente a chave na fechadura e abri a porta.

Quando pisei no corredor, com Angela e sua mãe atrás de mim, eu me encolhi, vendo nossa casa pela primeira vez pelos olhos de um estranho. A luz do corredor tinha só uma lâmpada. O bojo de vidro que deveria envolvê-la estava no chão de madeira falsa, coberto de pó. "Não faz sentido recolocá-lo", dizia minha mãe, "considerando que você tem de tirá-lo toda vez que precisa trocar a lâmpada." Passei por cima dele e olhei para as cinco pilhas irregulares e oscilantes de jornais que alinhavam a parede que levava à sala íntima, tornando o corredor ainda mais estreito.

Eles foram separados para a reciclagem, mas nunca aparecia o momento certo de levá-los.

A sala íntima estava pior. Havia pratos velhos com cascas de pão amanhecido e copos plásticos com restos de Crystal Light ou Coca Diet espalhados nas mesinhas pegajosas. O mofo havia começado a aparecer em um deles, e eu o checava todas as tardes, quando chegava em casa, curiosa para ver se novos esporos e cores tinham se desenvolvido enquanto eu estava fora. No canto da sala, a caixa de areia de Frank, um gato que minha mãe encontrara no estacionamento da farmácia em que trabalhou uma noite, transbordava de excrementos pretos e nódulos cinza encharcados de urina. Pensei na tabela de limpeza que minha mãe colocara na geladeira quando as aulas começaram. Era para eu fazer meus deveres e riscá-los da lista logo que chegasse em casa. Nas primeiras semanas, ela foi muito rigorosa, cuidando para que eu seguisse as regras. Mas isso ocorrera meses atrás, e a tabela de limpeza há muito fora coberta com ímãs que seguravam notas de compra, cupons promocionais da pizzaria Little Caesars e colunas amareladas do Dave Barry.

Os olhos arregalados da mãe de Angela examinaram a cena, os lábios torcidos mostrando desgosto. Ela colocou a mão no ombro ossudo de Angela, desejando que a menina não se movesse.

"Hum, fique aqui" — eu disse, afastando-me dela. "Vou chamar minha mãe."

Corri pelo corredor lateral que ligava três quartos quadrados e um banheiro e entrei pela porta do quarto de minha mãe.

Sua cama estava desfeita, os lençóis brancos sujos e amarelados por anos de uso e lavagens limitadas. Meu coração disparou, eu não tinha ideia do que fazer. *Pense*, ordenei para mim mesma. Respirei fundo algumas vezes e, então, uma ideia me ocorreu. Saí do quarto e fui até o banheiro. Abri o chuveiro no máximo.

Então, voltei calmamente pelo corredor para enfrentar a franja da mãe de Angela.

"Ela está no banho", anunciei logo que entrei na sala. "Ela disse que, se você deixar seu telefone, ela liga quando sair."

A mãe de Angela franziu as sobrancelhas, e eu sabia que ela não acreditava em mim. Olhou para o relógio, e eu me apavorei com a possibilidade de ela dizer que esperaria. Mas ela não fez isso.

Realizou um sinal de cabeça, como se tomasse uma decisão sobre algo, agarrou a mão de Angela e, com cautela, fez o caminho de volta até a porta da frente. Então, ela se virou. "Diga à sua mãe que vou voltar", falou ela, e estreitou os olhos para mim. A ameaça pouco velada pairava no ar entre nós.

Quando a mulher fechou a porta ao sair, o calor da vergonha subiu em meu rosto e eu olhei ao redor da sala, vendo-a com os olhos da mãe de Angela, incapaz de vê-la novamente pelos meus.

Passei a tarde inteira esfregando, aspirando, lavando louça, tirando pó, ensacando jornais e lavando lençóis. Eu mesma arrastei uma cadeira para o corredor e, na ponta dos pés no assento dela, consegui colocar o bojo da lâmpada de volta no lugar.

Quando minha mãe chegou em casa naquela noite, muito depois de a lua aparecer, entrou pela porta entre a garagem e a cozinha. Ouvi as chaves baterem no balcão, agora brilhante.

"Fofinha?"

"Sim!", respondi de onde estava empoleirada no sofá. Sorri, esperando que ela me enchesse de palavras de gratidão e elogios por nossa casa nova, que estava um brilho.

"Você fez sua lição de casa?", gritou.

"Sim", respondi. Talvez ela não tivesse erguido os olhos ainda. Talvez ainda estivesse vendo a correspondência que trazia toda noite.

Ela apareceu na entrada da sala e olhou para mim. Os círculos roxos sob seus olhos tornavam-se mais acentuados à noite. "Você teve um bom dia, querida?"

Concordei com a cabeça. Sabia que deveria contar a ela sobre a mãe de Angela. Perguntar o que fazer se ela voltasse. Mas minha mãe parecia tão cansada. E eu não podia suportar sobrecarregá-la com mais uma coisa.

"Estou tão feliz", disse, dando-me um sorriso fraco. Seus olhos percorreram a sala, e eu esperava que eles brilhassem, impactados com a marcante diferença entre agora e quando ela saiu naquela manhã. "Você arrumou tudo."

Concordei com a cabeça novamente. Se eu fosse um cão, meu rabo estaria batendo no chão de modo acelerado. "Você é uma boa filha." Lá estavam elas — as palavras pelas quais eu esperava, a recompensa para meu trabalho duro —, mas a emoção por trás delas era zero. E eu não conseguia entender por que, em vez de se iluminar, o rosto de minha mãe parecia ainda mais derrotado. Ela caminhou para trás do sofá, inclinou-se e beijou o alto de minha cabeça. "Vá escovar os dentes. É hora de dormir." Seguiu pelo corredor e eu me levantei. Mas, em vez de segui-la, caminhei na direção oposta para a cozinha. Peguei um martelo e um prego na gaveta da bagunça e, com meus dedos minúsculos, gentilmente bati o prego na parede ao lado da porta. Então, peguei as chaves de minha mãe, jogadas no balcão, e as pendurei no novo suporte de metal.

* * *

— Quase pronto. — Uma voz me arranca de meu passado.

Abro os olhos e concentro meu olhar no longo tubo que sai de minha boca. Sei que ele está fechando todo o caminho ao longo de minha garganta e, mesmo que eu não possa senti-lo, luto contra a vontade de vomitar.

Sinto a mão de alguém em meu ombro.

— Está tudo bem — diz a enfermeira. — Relaxe.

Seu tom de voz é caloroso, reconfortante, e me sinto péssima por tê-la julgado mal antes. Ela parece simpática.

Noto uma ligeira pressão à direita acima de meu abdômen e, depois, nada.

— Pronto — diz, dando-me tapinhas novamente. — Acabou.

Tento levantar os olhos para olhar para ela, mas minhas pálpebras parecem pesadas, e tenho a ideia absurda de mantê-las abertas com os dedos. Resisto ao impulso.

— Cansada? — pergunta a enfermeira. — Nós lhe demos um sedativo leve. O efeito deve passar daqui a pouco.

Quando ela tira o tubo de plástico de minha garganta, a voz da doutora Jafari surge ao meu lado.

— Você foi muito bem. Tonya vai levá-la para a sala de recuperação, passar alguns detalhes pós-operatórios para a sua mãe. Você poderá ir para casa rapidinho.

Quero dizer "ok", "obrigada" ou qualquer coisa ao que ela falou, mas não consigo combinar minha voz com a abertura da boca. Então, fico quieta e não digo nada.

Na sala de recuperação, Tonya repete as instruções de uma prancheta.

— Nos próximos dias, você poderá notar certo desconforto no lugar onde colocamos o *stent*, mas, se seu estômago se tornar duro ou inchado ou você começar a vomitar, ligue para nós imediatamente. A mesma coisa se tiver febre, calafrios ou qualquer dor forte.

Concordo com a cabeça, como uma criança obediente, mas, na verdade, não estou prestando atenção nela. Tonya tem um cabelo bonito. Cachos grandes, do tamanho de uma lata de refrigerante, que ela, obviamente, passou algum tempo aperfeiçoando em frente ao espelho antes de sair de casa naquela manhã. E ela é enfermeira, o que significa que é boa em cuidar de pessoas e desinfetar coisas. Pergunto-me se Jack iria achá-la atraente: seus quadris são largos e redondos.

Quadris de parideira.

A expressão passa por minha cabeça de modo espontâneo. Preciso acrescentar à minha lista: uma mulher que queira filhos. E não se importe com fazendas de formiga.

Após decidir que sim — que Jack gostaria dela —, Tonya põe a mão sobre a lista de detalhes pós-operatórios, e a larga tira de ouro cravejada de diamantes em seu dedo anelar esquerdo neutraliza meus pensamentos. Ótimo! Até agora, minhas candidatas à esposa de Jack são uma possível lésbica, algumas fotos de rosto sorridente de colegas de Jack a quem não conheço e uma mulher já casada.

No caminho para casa, mamãe estende a mão e dá um tapinha em minha perna.

— Como você está se sentindo?

— Estou bem — respondo, afastando-me um pouquinho dela e aproximando-me da porta.

— Mas você...

— Mãe! Disse que estou bem.

Ela faz um sim com a cabeça, e nós seguimos em silêncio por alguns minutos até que minha mãe começa a preencher o silêncio com histórias de Mixxy, a última receita de Giada De Laurentiis que ela recriou ("Tinha muito gosto de tomate. E acho que não gosto de alcaparras") e o fim do livro de Mary Higgins Clark que ela acabou de ler. Então, fala que recentemente se associou à Atlanta Audubon Society e vai participar de sua primeira viagem para observação de aves no fim de semana.

— Só saio de casa para o trabalho — diz ela. — Preciso sair mais.

Murmuro uma resposta e me sento um pouco mais ereta. É isso.

Se eu quiser encontrar uma esposa para Jack, preciso sair mais. Preciso ampliar meus contatos. Não vou encontrar ninguém olhando para estranhos no campus, indo à mesma aula de ioga que tenho frequentado por anos ou fazendo exames no consultório do médico. Não sei por que não pensara nisso antes, mas me ocorre que nunca tive de namorar antes. Não mesmo. Conheci Jack quando eu tinha 20 anos. Um bebê. E ele foi o primeiro relacionamento adulto de verdade que tive — a menos que eu conte Adam, meu "amigo com benefícios" que vivia no dormitório ao lado do meu enquanto fui caloura. Minha colega de quarto me garantiu que isso era o que todo mundo fazia na faculdade. Mas, depois de algumas semanas, quando percebi que eu sabia como Adam franzia os lábios e relinchava como um cavalo quando gozava, mas não tinha ideia do que ele comera no café da manhã, terminei.

Preciso sair. Mas é mais do que isso. Preciso saber aonde ir. E quem procurar. E o que fazer.

Preciso aprender a namorar.

E eu sei, tanto quanto odeio admitir isso, que só há uma pessoa que pode me ajudar.

Preciso de Kayleigh.

onze

Foi confirmado que o corte de Mixxy está infeccionado. Jack diz que precisa levá-la à sua clínica para enfaixar a pata ("Ela tem de parar de lamber a pata para se curar", ouvi-o por acaso instruir minha mãe na sala de estar) e pegar uma série de antibióticos.

— Você vai ficar bem? — pergunta ele, sentado ao meu lado em nossa cama. Ele esfrega as costas de minha mão com o polegar.

Dou de ombros para dispensá-lo. Só estou deitada na cama porque minha mãe não vai me deixar levantar, nem mesmo para juntar o monte de roupa para lavar. Digo isso a Jack, acrescentando um sorriso forçado:

— Ordens médicas — suspiro. — Que bom que ela vai embora pela manhã.

É um sentimento que nunca teria expressado no ensino fundamental, quando precisava engolir minha inveja ao ver outras mães costurando figurinos para peças da escola, fazendo bolos com rodelas de abacaxi na cobertura a fim de vender na escola e indo como acompanhantes nas viagens ao campo para colherem frutos juntas ou nas visitas a museus de arte. Eu quase tremia como um cachorrinho tímido com meu desejo de ter a mão reconfortante dela alisando meus cabelos ou colocando minha cabeça em seu colo no velho ônibus sem cinto de segurança em que viajamos para nossos passeios. Eu, entretanto, nunca disse isso a ela. Como não havia espaço suficiente em nossa pequena casa para acomodar toda a nossa tristeza, fazia tudo o que podia a fim de aliviar a dela e me alegrava com a atenção que recebia por meus esforços. "Não sei de onde ela tirou isso", ouvi mamãe sussurrar com a voz embargada para tia Joey em uma de suas tradicionais ligações DDD de domingo à noite. "Ela é tão... responsável."

No ensino médio, tínhamos evoluído para alguma coisa mais parecida a colegas de quarto do que a mãe e filha. Enquanto meus colegas lutavam para dormir mais tarde ou dirigir, eu estava, basicamente, cuidando de uma casa: passando uma calça de pregas de mamãe; tentando novas receitas, de seu livro de receitas dos Vigilantes do Peso, para o jantar; admirando as linhas paralelas que fazia com o aspirador no tapete todo segundo sábado em que eu fazia uma boa faxina e lembrando-a de trocar o óleo do carro a cada cinco mil quilômetros.

"Você se preocupa demais, fofinha", ela me dizia, mas a inversão pouco ortodoxa de papéis funcionou para nós, até que ela conheceu George. Ele era um mecânico de automóveis com um bigodão com pontas recurvadas, braços magros e uma barriga redonda. E a primeira vez que o vi fazer mamãe sorrir foi como ver o sol depois de viver no subterrâneo por dez anos. George veio morar conosco quando eu estava nos últimos anos do ensino fundamental e incentivou mamãe a voltar a estudar para obter o diploma em dois anos, o que foi exatamente o tempo que durou a relação deles. "Nem todo mundo está destinado a ficar junto para sempre", disse ela quando lhe perguntei por que ele estava indo embora. Fiquei preocupada, pensando que ela poderia voltar ao seu antigo jeito de ser, mas ela nunca fez isso. Ele a mudara. Ou minha mãe mudara a si mesma. E isso mudou a nós duas.

Era como se alguém tivesse sacudido um instinto materno adormecido, e, como um pavão, ela sentiu o impulso irresistível de exibi-lo de uma vez. Na escala Richter da atividade de mãe, ela obteve, de repente, um dez, insistindo em me levar de carro até a Universidade da Geórgia para meu primeiro semestre e decorar meu quarto na universidade com almofadas, luminárias e quadros, depois ligando todos os dias para se certificar que eu estava estudando e não farreando muito ou dormindo com rapazes inadequados. Eu tanto não me ressentia com isso como não sabia como respondê-la. Era como se tivéssemos dançado foxtrote a vida inteira e mamãe, de repente, mudasse para tango. Eu não sabia os passos. Então, ignorei a maioria de suas ligações e de seus conselhos, enquanto continuava a guiar minha vida da única maneira que sempre soube: sozinha.

E então tive câncer. E não tive escolha a não ser, por fim, deixá-la ser a mãe que ela, com tanto desespero, tentara ser, porque pela primeira vez eu não podia cuidar de mim sozinha e não achava justo depender inteiramente de Jack e de Kayleigh. Por isso, deixei-a me levar a alguns compromissos e lambuzar minha pele seca com loção, mas estipulei o limite quando ela quis me dar sopa na boca e segurar meu cabelo enquanto eu vomitava.

E, agora, aqui estamos nós de novo: ela tentando agir como mãezona à medida que deixo, permitindo-me acreditar que não é coincidência que a palavra rime com "aprisiona".

— Ela está indo embora? — Alívio inunda o rosto de Jack. — Ela acabou de dizer alguma coisa sobre ficar o fim de semana.

Suspiro novamente.

— Já disse a ela que não era necessário.

— Já deu para perceber como ela acha que poderia ser — fala Jack de modo ríspido. — Pelo jeito, ela acha que eu sou o pior marido do mundo. Você deveria ter me deixado te levar hoje.

Como eu não o deixara ir a Emory para meu exame, ele estava irredutível em sua determinação de me acompanhar para o procedimento com o *stent*. Eu, entretanto, estava igualmente determinada a não deixar que ele faltasse à clínica e comprometesse suas chances de se formar na época certa.

Neguei com a cabeça.

— A faculdade vem...

— ... em primeiro lugar — completou. — É.

Ele fica olhando para mim, e me sinto como uma lâmina de vidro em seu laboratório, sob a lente de seu microscópio. A sensação de que eu poderia quebrar a qualquer momento sob seu olhar é constante e fatigante. Pelo menos, ele desistiu de tentar ser romântico. Depois que recusei seu convite incomum para jantar, Jack voltou a trabalhar em seu horário habitual, talvez até mais do que o habitual, e me pergunto se é por ele querer uma pausa no papel de marido preocupado tanto quanto eu quero uma pausa no papel de esposa lastimável e moribunda.

Sinto-me aliviada quando a cabeça de mamãe aparece na porta e diz que tenho visita.

Kayleigh entra no quarto com uma camiseta rosa-neon tão espalhafatosa quanto sua voz.

— Que inferno! Eu tenho que ser anunciada por aqui? É como ter uma audiência com a rainha.

Ela faz uma reverência ao pé de minha cama.

— Oi, Kayleigh — diz Jack, reconhecendo a presença dela antes de realmente a ver. Quando comecei a namorar Jack, tinha um desejo ingênuo de que ele adorasse Kayleigh tanto quanto eu, e nós três nos tornássemos os melhores amigos, cruzando o país em viagens e terminando uma frase do outro, como em algum seriado cômico da NBC. Mas não funcionou exatamente desse jeito. "Será que ele nunca, tipo, vai falar de verdade?", perguntou Kayleigh após o primeiro encontro com ele. Tentei explicar sobre a ansiedade social dele e que se sentia mais à vontade depois que a pessoa o conhecia. "Ela é um pouco... hã... direta", foi a avaliação de Jack, destruindo os últimos vestígios de minha fantasia do triângulo perfeito de amigos.

Desde então, eles aprenderam a se tolerar, mesmo que, às vezes, Jack ainda questione nossa amizade depois de passar um longo período de tempo com ela. "Vocês são muito... diferentes." Desisti de tentar explicar que o que temos em comum é nossa vida inteira.

Agora, ele se levanta, o joelho direito — o que passou por uma cirurgia na época do ensino médio, não por causa de esportes, mas porque ele tropeçou em uma escada de cimento — estalando, ao mesmo tempo em que Kayleigh sobe na cama e se senta de pernas cruzadas no lado em que Jack dorme, de frente para mim.

— Volto logo — diz Jack. — Grite se precisar de alguma coisa.

Mamãe o segue para fora da sala.

— Não mais do que trinta minutos, Kayleigh — fala por cima do ombro. — Nossa paciente precisa descansar!

Reviro os olhos e me encosto na pilha de travesseiros de apoio para minhas costas.

Kayleigh e eu nos olhamos, e a raiva que senti no estúdio de ioga volta depressa.

— Por onde você andou?

— Você só mandou uma mensagem, tipo, dez minutos atrás. Eu vim na mesma hora.

— Não estou falando de *hoje* — digo, irritada. — Nas últimas três semanas.

— Como assim? Perguntei se você queria que eu viesse e você ficou dizendo que estava ocupada.

Tecnicamente, isso é verdade. Mas ela sempre mandava mensagem quando eu estava mergulhada em minha pesquisa de esposa ou no final da noite, quando me sentia cansada demais para responder. E, além disso, a questão não é essa.

— E daí? Você nunca perguntou antes.

— Me desculpe por tentar ser educada — diz.

— É isso! — Eu me sento mais ereta para permitir à irritação que flua de minha barriga e saia pela boca. — Você não é educada! Você nunca foi educada!

— Daisy, calma — diz ela, olhando para a porta como se tivéssemos 11 anos e ela não quisesse que sua mãe nos pegasse assistindo a novelas quando não deveríamos estar com a televisão ligada. — Olha, eu só estava tentando dar um espaço a você e Jack.

Concordo. De repente, sinto o corpo fraco por causa de meu pequeno ataque de raiva. Inclino-me para trás na pilha de travesseiros e respiro fundo.

— Não quero espaço. E não quero ir à Waffle House.

Ao ouvir isso, ela torce o nariz e inclina a cabeça para mim.

— Waf...

Balanço a mão para apagar metaforicamente o que acabei de dizer.

— Esquece. Eu só quero que todo mundo pare de agir tão estranho.

— Ok — diz ela.

— Ok — digo. Mas o ar entre nós se torna delicado, como uma bola de chiclete prestes a estourar. Sei que é ruim quando começo a desejar que minha mãe venha ver como estou, só para quebrar o silêncio.

Mas ela não vem, e, por fim, Kayleigh fala.

— Você realmente não estava brincando sobre sua pele. Você está parecendo George Hamilton. Pensei que o estêncil fosse para corrigir isso.

Uma sensação de alívio me invade. Ela está de volta.

— *Stent* — corrijo. — Ele vai. A médica disse que pode levar uns dias.

Ela assente com a cabeça.

— Como você está se sentindo? Dói?

— Não. Não é nada. Não sei por que minha mãe está agindo como se eu tivesse feito uma cirurgia no cérebro.

— Ela se preocupa com você — diz Kayleigh, balançando a mão. — Você é tudo o que ela tem.

As palavras vão de encontro ao meu peito como uma bola de demolição, e é preciso esforço para afastá-las. Não sou tudo o que ela tem. Ela tem Mixxy. E a tia Joey em Seattle. Ou Portland. Em algum lugar perto de onde aqueles filmes de vampiros foram filmados. Nunca consigo lembrar. Ah! E o clube de pássaros. Ela tem outras coisas mais.

Aliso meu cabelo sobre o ombro, ansiosa para mudar de assunto.

— Como está o trabalho?

Nossos olhos se encontram, e percebo que Kayleigh está tão aliviada quanto eu para falar de algo normal. Neutro. Nada de Morte ou Câncer. Ela começa a reclamar de Pamela, a colega professora irritante, e da ocasião em que o jardim de infância estará aberto à visitação pública.

— Ela está inspecionando nossa sala de aula como se o próprio Bill Gates viesse julgar suas habilidades de ensino. E o Pinterest! Ah, meu Deus! E as coisas que ela está encontrando no Pinterest. Não tenho tempo para fazer cartões usando lixas para as letras ou qualquer um dos 47 artesanatos estúpidos que ela pensa que vão — diz, abrindo aspas no ar com os dedos — enriquecer o ambiente de aprendizagem.

Entramos no ritmo de nossa amizade de muitos anos, rindo para lá e para cá, como dois lenhadores que deslizam uma serra por um tronco de árvore abatido. Assumo a liderança, orientando a conversa para a razão pela qual eu a chamei.

— Você ainda está saindo com o menino de 19 anos?

— Harrison?

— Tem mais de um com 19?

— Não!

— Então!

Ela morde a unha do polegar e murmura:

— Talvez eu estivesse na casa dele quando você ligou.
— Kayleigh!
— *O quê?*
— Isso tem que parar! Precisamos tirar você de lá.
— Eu sei! Eu sei.

Faço um sim com a cabeça, satisfeita por ter conduzido nosso bate-papo exatamente na direção que eu queria. Satisfeita por obter dela as informações que eu queria sem revelar por que as quero. Pensei em contar-lhe a verdade, mas, toda vez que ensaiava isso em voz alta, parecia loucura. Até mesmo para mim.

— Certo. Aonde você vai para conhecer caras?

Ela encolhe os ombros.

— Eu não *vou* a nenhum lugar. Conheço os caras por aí.

Inclino-me um pouco para a frente.

— Por aí onde? Onde foi que você conheceu um da última vez? — Então, acrescento, para esclarecer: — Um homem. Não um menino.

Ela faz uma pausa, pensando, e cospe um pedaço da unha.

— No parque de cachorros.

É minha vez de fazer uma pausa.

— Você não tem cachorro.

— Eu sei. Levei o Benny. Naquele fim de semana em que vocês viajaram para as montanhas.

Ah, certo. Eu me animei. O parque de cachorros. Por que não pensara nisso? Não só havia um monte de mulheres lá, mas elas também adoram cães, o que significa que têm algo em comum com Jack.

— Ótimo. Vamos voltar. No fim de semana?

— Você vai me ajudar a encontrar um homem? Essa vai ser boa. Você sempre acha alguma coisa errada em todos os caras que namoro.

— Não é verdade! — digo, embora seja mais ou menos verdade. Mas só porque Kayleigh tem o pior gosto possível para homens (e projetos de homem) do mundo. Ela sempre teve, desde o ensino médio quando estava obcecada por Chris Poland, um skatista que passava mais dias suspenso da escola do que faltando às aulas e que enviara um bilhete de amor com o nome dela escrito de forma incorreta. E, ainda que meu plano não fosse realmente ajudar Kayleigh a encontrar um cara, eu poderia ajudá-la também ao mesmo tempo em que ajudava Jack.

Deus sabe que ela poderia se beneficiar com isso.

Naquela noite, quando Jack chega em casa, sobe na cama e tira as meias, uma de cada vez, jogando-as à pilha no chão, eu o observo. Passei o tempo, desde que Kayleigh foi embora, admirada com o esforço necessário para encontrar possíveis parceiros. Com Jack foi tão fácil. Penso no dia em que nos conhecemos, quando não sabia que ele seria meu marido, quando ele também era apenas um estudante esperando o ônibus da universidade. Encolhi-me quando vi, pela visão periférica, aquela mão vindo em minha direção.

"Desculpe", disse uma voz. "Era uma abelha."

Eu tinha ouvido o zumbido, e até mesmo vira o inseto peludo, mas não estava preocupada com ele.

"Pensei que as grandes fossem simpáticas", falei. "Elas não têm ferrão, certo?"

"Equívoco comum." Ele sorriu, e juro que seu rosto competiu com o sol acima de nós. Meus olhos brilharam em seus dentes tortos. Meu estômago se revirou de emoção. "Na verdade, elas podem picar mais de uma vez, porque não têm farpas como as abelhas melíferas."

Fiquei maravilhada como se isso fosse a coisa mais interessante que já ouvira. Talvez fosse.

Na cama, Jack me puxa para seu peito nu, e encosto a cabeça nele, os pelos crespos roçando minha bochecha, e junto mais memórias à minha pilha cada vez maior. Memórias de Jack. O terrível poema que ele me escreveu em um Dia dos Namorados, usando a palavra "curvilínea" para me descrever. "Significa que você tem curvas! Você é cheia de curvas! Linda!" Eu ri. "Da próxima vez, use apenas linda!" Ou quando estava dirigindo para a casa de minha mãe no Dia de Ação de Graças e o acidente que quase causou na I-85, cantando pneus e saltando do carro para salvar uma tartaruga que tentava atravessar as seis pistas da estrada. Ou quando me beijou pela primeira vez, meus lábios trêmulos de nervoso, e tirou seu blusão de moletom pela cabeça para enrolar meu pequeno corpo com ele, permitindo-me continuar com a pretensão de que era o ar que me fazia tremer.

Empilho lado a lado cada memória na mala de meu cérebro como se fossem camisetas cuidadosamente dobradas, como se estivesse prestes a viajar e não quisesse deixá-las para trás.

Imagino que eu esteja. E não quero.

Jack me aperta e a água enche meus olhos, ameaçando transbordar.

— No que você está pensando?

Quero contar a ele.

Sobre o poema.

A tartaruga.

O blusão.

E como essas memórias agem como querosene no fogo de meu amor por ele. Elas me engolem. Queimam as entranhas de meu ser.

Quando abro a boca, entretanto, nada disso sai. Fecho a boca. Engulo em seco. Aconchego-me mais em seu abraço. Então, abro a boca novamente.

— Você fechou a porta dos fundos? — pergunto.

— Sim — murmura ele, passando os lábios no alto de minha cabeça.

Eu lhe agradeço, e as palavras pairam no ar, até que sua respiração aumenta e as batidas de seu coração mantêm o ritmo lento de um metrônomo debaixo de minha orelha.

* * *

No sábado, está chovendo. Não é uma garoa, mas uma chuva torrencial, como se o céu cinza estivesse tão irritado quanto parecia e derramasse sua raiva sobre a terra. É também o primeiro dia oficial de meu estudo clínico. Fui a Emory ontem para pegar meu frasco de BC-4287, as miraculosas pílulas que encolhem tumores em ratos, e uma lista de instruções sobre como e quando tomá-las (duas a cada 12 horas com o estômago vazio) e com que frequência deveria voltar (a cada duas semanas para o exame de sangue e uma tomografia computadorizada).

O texto em preto também me instrui com ousadia a não tomar quaisquer outros medicamentos ou suplementos, com ou sem prescrição, pois isso poderia comprometer a integridade do estudo e/ou a eficácia do medicamento.

Viro o papel para que não me julgue enquanto engulo minhas duas pílulas junto com um suplemento de essência de *Yunzhi*. Sinto-me culpada por prejudicar, e talvez arruinar, um estudo científico. Mas estou morrendo. E preciso de toda a ajuda possível para adiar isso.

Encontro-me em pé perto da pia da cozinha, olhando para a chuva enquanto ela bate contra as janelas de painel único — QUE MERDA! A água vaza por pequenas fendas onde as janelas não fecham.

Selar. Os tubos de selante permanecem nas sacolas de plástico da Home Depot onde as deixei no porão. Realmente preciso pegá-los e selar as janelas.

Vou até a geladeira e prendo as instruções do teste à porta com um ímã, ao lado de minha lista de tarefas para impedir que a casa venha abaixo. Grande parte dos itens está bem digitada — a lista original que compilei quando nos mudamos —, como *Passar selante nas janelas*, *Consertar a fechadura da porta dos fundos* e *Plantar hortênsias e verbenas no canteiro de flores da frente*. Os itens mais recentes que acrescentei estão em minha caligrafia rebuscada e apertada na parte inferior, como *Vigas para o porão*. Faço uma pausa. Um pensamento passa rapidamente por minha cabeça, mas não consigo me fixar nele. Havia mais uma coisa que eu deveria acrescentar à lista, mas não consigo lembrar o quê. Odeio com todas as minhas forças esquecer coisas, o que explica por que tenho tantas listas.

Ainda estou tentando virar meu cérebro do avesso quando a porta dos fundos se abre e Kayleigh passa por ela.

— Que saco! — diz ela, as galochas rangendo a cada passo no piso.

— Bom dia para você também.

— Essa porta é uma droga. Está uma loucura lá fora.

— Eu sei. Preciso consertar a maçaneta. Logo depois que eu parar o vazamento nas janelas.

— Em que você está pensando para isso?

— Preciso passar o selante.

— Agora?

Viro-me para olhá-la. Riachos de água escorrem pela capa de chuva, e, apesar do capuz na cabeça, cachos negros de cabelo estão grudados em seu rosto. O piso debaixo dela é um Jackson Pollock pintado com lama, água, folhas e detritos.

— Não. Um dia desses — respondo. — Logo.
Ela concorda com a cabeça.
— Pronta para ir?
Suspiro.
— Sim. Deixe só eu secar o chão bem rápido.

Vinte minutos depois, Kayleigh está parando seu Jeep Wrangler ("ímã total de homem", disse ela quando o comprou) em uma vaga de estacionamento paralelo na frente do Jittery Joe Coffee. Uma vez que descartamos a ideia do parque, ela jurou que esse era o segundo melhor lugar para encontrar homens solteiros.

— Então, fiquei pensando... — diz Kayleigh, quando já estamos lá dentro e sentadas a uma mesa, meu chá de camomila esfriando à minha frente ao lado do pacote com dois muffins de cranberry que comprei com o intuito de levar para Jack em casa. Começo a analisar a pequena loja à procura de mulheres solteiras com idade próxima à de Jack.

— Pare — sibila Kayleigh. — Você não pode dar tanto na cara assim. Aja normalmente. Apenas converse comigo.

— Desculpe. — Volto os olhos para a mesa. — O que você estava dizendo?

— Acho que você deveria se inscrever naquele lance do Make-a-Wish.

Olho para ela, confusa.

— O quê? Aquele lance de caridade para crianças? — Lanço um olhar furtivo para a porta, por onde acaba de entrar uma mulher.

— Ah! É só pra crianças? — pergunta.

— É. Você achava o quê? — Volto-me para Kayleigh, embora me ocorra exatamente o que ela achava. — Você achava que eles fizessem isso para *adultos*? — Começo a rir. — É. Tudo bem! Eu sempre quis ir para a Disney World.

Bato no joelho e dou um riso de deboche. Começo a pensar no assunto. Deviam fazer isso para adultos. Com certeza, deviam fazer para adultos.

Abro um sorriso largo para Kayleigh.

— Você deveria começar isso. Um Make-a-Wish para adultos.

— Quem sabe — diz, estufando o peito.

Ela toma um gole de café, os lábios franzidos preparados para o calor. Olho em direção à mulher que agora está lá atrás pagando por um bagel no caixa. Suas pernas são extremamente longas em um par de leggings pretas que desaparecem em botas de salto alto, e eu a odeio por um segundo até me lembrar de que ela poderia ser a futura esposa de Jack. E então a odeio ainda mais.

Kayleigh coloca o copo de volta na mesa.

— O que você deseja?

Penso na resposta. Em como respondi para Jack de modo tão impertinente em nosso quarto encontro, quando a morte parecia algo que acontecia só com outras pessoas: a Itália. Eu iria para a Itália. Mas, agora, morrer é o que acontece comigo. E, sim, sempre quis ir à Itália, pois quem não quer ir à Itália? Mas eu também queria ir à Grécia. E à Birmânia. E à Ibiza. E à Nova Zelândia. E a Seattle.

Seattle.

Nunca estive nem na excêntrica Seattle.

Uma vez, vi um programa no Travel Channel ou na PBS sobre Seattle e suas estranhas atrações turísticas, como a parede de chicletes ou a árvore que cresceu no meio de uma bicicleta em uma ilha, porque uma criança a acorrentou ali setenta anos atrás e nunca mais voltou para buscá-la. E, na ocasião, pensei em como gostaria de ver essas coisas. Como eu *iria* ver essas coisas. Como eu tinha muito tempo em minha longa vida para ir e observar essas coisas estranhas. Porque é isso que se pensa quando morrer é uma daquelas coisas que só ocorrem com outras pessoas.

Morrer, entretanto, é o que está acontecendo comigo. E Jack vai ficar sozinho. E quem tem tempo para ir a Seattle e ver um monte de chiclete velho mastigado?

Suspiro e dou uma espiada em Kayleigh. Ela está olhando para trás com expectativa, e percebo que ainda espera uma resposta. Mas não posso explicar muito bem como meu maior desejo é ver uma bicicleta presa a uma árvore em alguma ilha no estado de Washington.

Mordo o lábio e forço um sorriso.

— Transar com Ryan Gosling.

Ela zomba.

— Isso todo mundo quer. Ele não poderia transar com quatro mil mulheres moribundas.

A mulher de pernas longas se acomoda no sofá de veludo na parte de trás da pequena loja, e isso me abala, pois é o mesmo sofá que Jack e eu compartilhamos em nosso terceiro encontro, nossos joelhos gerando uma quantidade anormal de calor onde se tocavam.

Volto para Kayleigh, que está no meio da frase:

— ...tem de escolher alguém que ninguém mais queira para ter certeza de que iria acontecer. Tipo Kevin Spacey.

Faço uma careta.

— Quem iria querer transar com Kevin Spacey? — pergunto.

— Sei lá. Ele está gostosão em *House of Cards*.

Encaro novamente a mulher pela última vez e me pergunto o que realmente procuro. Com Charlene, eu sabia que eles tinham a coisa da veterinária em comum. Fui atraída para a enfermeira porque ela era uma profissional de saúde inata. Como escolher uma esposa para Jack apenas olhando para ela? Como ela deve ser? Percebo que não havia pensado nisso. Estou procurando uma mulher da forma exatamente oposta à da maioria dos homens: tentando decifrar personalidade e compatibilidade antes de considerar a atração física. Será que Jack tem um tipo? *Eu* sou o tipo dele? Sua nova esposa deveria se parecer comigo ou isso seria muito estranho? A mulher que está comendo o bagel não se parece em nada comigo. Seu cabelo, castanho mel vibrante, é liso e brilhante. Tudo nela é perfeito, como um quebra-cabeça envernizado. Na verdade, as unhas, que estou quase certa de que são de acrílico, foram mesmo envernizadas. Não consigo imaginar Jack com uma mulher que tem unhas falsas.

— Você a conhece? — A voz de Kayleigh interrompe meus pensamentos.

— Quem? — Volto para meu chá.

— Hã... a mulher para quem você está olhando desde que ela entrou.

— Não — respondo, pensando rapidamente. — Eu só gostei das... unhas dela.

— Hum. Isso é uma coisa totalmente normal para se dizer.

Dou-lhe um sorriso fraco.

— Daisy — diz, e então olha para mim da mesma maneira como olhou no primeiro dia do segundo ano do ensino fundamental, quando me disse que seu pai era presidente de uma empresa, o que significava que ele tinha de demitir pessoas; em seguida, perguntou o que meu pai fazia e respondi que não tinha pai. Ela respira fundo. — Você quer conversar? Você sabe... sobre as coisas? Quero dizer, é óbvio que você não veio aqui para me ajudar a encontrar caras.

Enrugo a testa, pois não estou pronta para abrir mão de meu estratagema tão rápido.

— Por que você diz isso?

Ela faz um sinal com a cabeça para uma mesa à frente da loja.

— Aquele sósia do Bradley Cooper está aqui desde que entramos, e você nem notou.

Lanço um olhar furtivo na direção do homem. Ele se parece com Bradley Cooper. Nariz menor, menos cabelo. Mas, ainda sim, lembra. Suspiro e me encosto no desconfortável apoio de ferro ondulado de minha cadeira. O som do leite vaporizado transformando-se em explosões de espuma vem da direção do caixa. Um celular toca em um sofá atrás de mim. Pedaços de conversa flutuam pelo ar como diversas partículas de poeira. Fico olhando para Kayleigh, medindo-a, pesando a força de nossa amizade como moedas de ouro na palma de minha mão. Decido que é suficiente. E deixo a verdade se libertar em um longo fluxo de palavras.

— TôtentandoacharumaesposaproJack.

Ela olha para mim, sem piscar, e me pergunto se me ouviu. Se preciso repetir. Em vez disso, começo a dar uma explicação não preparada.

— Para quando... para depois... — escorrego nas palavras, sem saber ao certo como explicar algo que parece tão óbvio para mim. Decido dizer o seguinte: — Preciso ter certeza de que ele ficará bem.

Prendo o ar, perguntando-me se a julguei de forma errada. Se julguei a nós de forma errada. A possibilidade de suas respostas não ditas retumba em meu ouvido: "Você não está falando sério", "Quem faz isso?", "Isso é a coisa mais ridícula que você já disse!". Ou, pior ainda, um ataque de riso.

Mas o silêncio entre nós estica como caramelo. Anseio por quebrá-lo. Um corte categórico. Abro a boca para rir e dizer-lhe que, obviamente, estou brincando quando ela se ajeita a fim de olhar para mim.

— Certo — diz, com um breve aceno de cabeça. Seus olhos mostram claramente que ela havia compreendido. E então um sorriso se forma lentamente em seus lábios. — Mas você não está pensando seriamente *naquela* garota. — Ela aponta para a mulher envernizada no sofá. — Ela, com certeza, não é o tipo dele.

Solto o ar que estava prendendo e deixo meus pensamentos fluírem, grata por ter ouvidos para recebê-los.

— Essa é a questão. Não sei ao certo que tipo é o dele. Sei que preciso de alguém responsável e organizada como eu, e focada como ele, mas eu não tenho a menor ideia de como ela deve se parecer. O que realmente o atrai.

Ela ataca as unhas rosa com os dentes, pensando.

— Que celebridade ele curte?

— Varia. Natalie Portman. Sarah Jessica Parker. Ele adorou Demi Moore em *Até o limite da honra*. Assiste toda vez que passa na TV. Mas acho que ele não gosta dela agora.

— Todo mundo adora Demi Moore nesse filme. — Ela se reclina e cruza os braços sobre o peito. — Você precisa encontrar onde ele esconde os pornôs.

— Estááá beem — digo, revirando os olhos como Kayleigh, com seu jeito de levar tudo um pouco longe demais. Mudo de assunto. — Vamos voltar a falar de você. Vai falar com o Bradley Cooper?

Ela suspira.

— Não sei. Tenho pensado muito ultimamente.

— Isso é perigoso.

Ela me ignora.

— Talvez eu não esteja pronta para um relacionamento. Talvez seja por isso que continuo escolhendo homens indisponíveis.

— Meninos.

Ela me lança um olhar.

— Eric era um homem.

— Bem casado.

— Eles estavam separados. Tanto faz. Só estou falando que talvez eu não esteja pronta para sossegar.

Eu sei que ela está certa, mas me surpreendo com esse estalo de autoconsciência. Quando estávamos no ensino médio, e mesmo na faculdade, eu sentia inveja da atitude despreocupada de Kayleigh, de como ela parecia andar sem rumo por qualquer caminho, agindo desse e daquele jeito, enquanto eu permanecia no mesmo caminho correto e estreito, preferindo estudar, em vez de ir a festas; ou ir à aula, em vez de continuar dormindo. Mas, à medida que fomos envelhecendo, sua invejável espontaneidade começou a se transformar em uma lamentável agitação, e era difícil ver isso. Como ela ter se formado só porque, por acaso, foi enviada para aquela orientação em nosso primeiro ano e decidiu que seria mais fácil ficar lá. Quando se formou, fez o teste psicotécnico para Escola de Direito por capricho, embora nunca tenha expressado qualquer desejo de ser advogada. Não acho que essa súbita escolha de carreira aconteceu apenas para coincidir com o fato de sua irmã mais velha e boa samaritana ter aceitado um emprego de analista financeiro da JP Morgan — por mais que tenha tentado negar, ela obviamente desejava os elogios que seus pais tão facilmente davam a Karmen. Entretanto, ela foi reprovada no teste, e seu orgulho não deixou que ela o repetisse. Aceitou o primeiro emprego de professora em Athens que apareceu (o que mais ela podia fazer com um diploma?), mesmo não se sentindo realmente entusiasmada com ele. Tenho incentivado Kayleigh a refazer o teste ou voltar para a escola — ir atrás de *alguma coisa* com o mesmo entusiasmo com que vai atrás de rapazes de 19 anos.

A última vez em que toquei no assunto, todavia, ela gritou comigo, e não quero correr o risco de desencadear sua ira de novo. Então, em vez disso, assumo minha pose de terapeuta na cadeira, inclino a cabeça e simplesmente pergunto:

— Por que você acha que não está pronta?

Antes que ela responda, uma sombra escurece nossa mesa. Nós duas vemos o sósia do Bradley Cooper, olhando fixamente para Kayleigh.

— Ei! Ããã... — diz ele. — Você vai, tipo, à faculdade daqui?

Cubro a boca com a mão para evitar que a risada escape.

Parece que ele fez 19 anos ontem.

* * *

MAIS TARDE NAQUELA tarde, dou uma passada no hospital veterinário a fim de levar os muffins de cranberry para Jack. O prédio é moderno, linear — todo de ângulos e vidro. Sempre o achei muito frio, uma contradição com os corpos quentes e peludos que o ocupam todos os dias. Ao abrir a porta de vidro transparente da entrada, um lamento agudo corta o ar. Fico tensa, correndo os olhos pelas paredes de vidro, como se elas pudessem impedir que as flechas afiadas das ondas sonoras me atingissem, e depois olho para a culpada pelo ruído. Uma menina. Não tinha mais que 7 ou 8 anos, com uma moita de cachos castanhos desgrenhados emoldurando um rosto que é só boca. Ou parece ser, porque está totalmente aberta e emitindo o som agressivo sem parar.

Sua mãe tenta freneticamente abraçar o corpinho rígido da filha, abrir os punhos crispados, parar as lágrimas que jorram de seus olhos. Mas nada a acalma. A mulher desiste, envolve os braços em volta dos pequenos ombros da filha e carrega a garota, ainda gritando, até a entrada. Saio do caminho para deixá-las passar e, quando a porta de vidro se fecha suavemente atrás das duas, uma paz impressionante preenche o ambiente silencioso.

Ando em direção a Maya, na recepção, com os olhos arregalados.
— O que. Foi. Aquilo?
Ela tira os olhos da pasta de arquivo em que está escrevendo.
— A menina?
Concordo com a cabeça, imaginando que outros espetáculos loucos ocorrem nessa recepção para deixá-la tão indiferente.
— O cão morreu. A mãe nos pediu que cremássemos o animal, e foi aí que a menina realmente se descontrolou.
Ela volta à escrita.
— Acho que Jack está no escritório. Você pode seguir até os fundos.
— Obrigada — digo, ainda abalada com a intensidade dos gritos. Mas, enquanto sigo pelo caminho de linóleo para o escritório de Jack, outra coisa começa a incomodar meus pensamentos.

Algo que Maya disse. Algo em que eu não havia sequer pensado. Até agora.
— Devo ser cremada? — pergunto quando entro no minúsculo espaço de três metros quadrados. Jack olha do lugar onde está em pé, debruçado sobre uma pilha de registros médicos, jornais abertos e Deus sabe mais o quê nas pilhas de coisas que se assemelham às pilhas de coisas em sua mesa em casa.
— Você trouxe comida — diz ele, olhando para o pacote de papel marrom em minha mão. — Estou morrendo de fome.

Solto o pacote na frente dele e me jogo na cadeira de plástico. Fico imaginando se ele me ouviu. Fico imaginando se fiz a pergunta em voz alta ou se apenas pensei nela. Não, eu disse aquilo. Ainda podia sentir o gosto das palavras. Isso é possível? As palavras têm sabor? Pergunto-me se não estou realmente me tornando louca.

— Jack?

Tira o primeiro muffin do pacote e começa a devorá-lo, uma cachoeira de migalhas aterrissa nos documentos que ele ainda está estudando. Jack limpa as migalhas levemente.

— Hmm? — pergunta sem erguer os olhos, a boca cheia de bolo.

Não quero repetir minha pergunta. Só soube que ia dizê-la quando ela já estava no meio do caminho da minha boca, consequência de um hábito de sete anos de expressar meus pensamentos quando estou com Jack. Mas agora... agora as coisas são diferentes. Ocorre-me que, mesmo que Jack já tenha olhado para mim como se eu pudesse desaparecer a qualquer segundo e que sua típica saudação "Oi, amor!" tenha se transformado em "Como você está se sentindo?", não conversamos especificamente sobre o que está acontecendo. O que está *realmente* acontecendo. E, no começo, pensei que isso ocorresse por Jack estar sendo ingenuamente esperançoso.

Agora, entretanto, acho que Jack está na fase da Negação, a qual, depois de ler meu panfleto sobre sofrimento, parece ser um lugar para onde você vai, como uma praia, uma loja ou o dentista, por um período indefinido de tempo. Estive lá uma vez, mas, por ser uma sofredora avançada, foi uma visita curta. Parece que Jack fez uma mala antes de sair. A psicóloga dentro de mim quer ajudá-lo — perguntar-lhe o que ele fará quando eu for embora, levá-lo a refletir sobre o futuro sem mim —, mas tenho assistido a aulas o suficiente para saber que ele precisa lidar com isso em seu próprio ritmo.

Encolho as pernas e as dobro debaixo das coxas no assento desconfortável. A bainha desfiada de meu jeans favorito está úmida por causa de minha caminhada pelo estacionamento molhado.

— Como está o gambá? — pergunto.

Então ele olha para mim, e não tenho certeza se estou imaginando ou se é alívio que brilha em seus olhos. Ele sorri.

— Novinho em folha. Um cachorro o pegou e quase arrancou a perna dele...

Jack revive os detalhes do caso, passeando pelo jargão médico, quando eu normalmente o detenho com um "Traduza, por favor" ou "Que diabos é cintura escapular?"; dessa vez, apenas o deixo falar. Minha mente já abandonou a conversa e centra-se nos prós e contras de transformar meu corpo em cinzas.

doze

Quando tínhamos 13 anos, Kayleigh me convenceu a convidar Simon Wu, minha paixão havia três anos, para ir ao baile do último ano do ensino fundamental — apesar de ele não ter demonstrado interesse algum em minha presença minguada em nenhum momento durante todos os nossos anos na escola. "Que mal poderia ter?", raciocinou ela. Encorajada por sua confiança, aproximei-me da mesa dele na lanchonete, onde estava envolvido em uma guerra acirrada de lápis com os amigos, e fiquei em pé ao lado dele, esperando que me reconhecesse. Quando ele finalmente ergueu os olhos, sussurrei minha pergunta. "Quê?", disse ele, obrigando-me a repetir a pergunta, de olho ainda no amigo que puxava o lápis para trás e prestes a fazê-lo voar. "Você quer ir ao baile comigo?", perguntei em voz alta, provocando uma onda de risadas abafadas nos adolescentes. Seus olhos se arregalaram, e, sem rodeio ou explicações, ele abriu a boca para deixar escapar uma palavra — "Não" — antes de voltar para seu jogo.

Quando voltei de ombros caídos e com lágrimas ameaçando escorrer por meu rosto para a mesa na qual almoçava com Kayleigh, ela me garantiu que Simon tinha mau hálito e um topete engraçado que ficaria ridículo nas fotos. Ela também dispensou na mesma hora seu par, Ken Wiggins ("Ele tem um sobrenome idiota", disse), e apareceu em minha casa na noite do baile para comer Oreos e assistir ao filme *O Guarda-Costas* pela milésima vez.

Desde então, tenho cuidado com seus conselhos.

Mas ela deu uma boa sugestão em relação à minha caça de uma esposa para Jack enquanto saíamos da lanchonete no sábado: "Tente uma livraria. Tem um montão de nerds lá."

Na segunda-feira de manhã, assim que Jack sai para a clínica, despejo meu smoothie em um copo de plástico para viagem, giro a maçaneta da porta dos fundos algumas vezes antes de finalmente desemperrá-la e, em seguida, desço a escada que leva ao meu carro. Por força do hábito, olho de relance para a casa de Sammy e fico surpresa ao me deparar com as duas luas de cor cáqui de seu popozão, olhando do chão para mim.

Inspiro e começo a andar na ponta dos pés, esperando que ela não ouça o rangido de minha porta dos fundos ao se fechar. Topei com ela no dia em que minha mãe e eu demos uma volta, e não tive outra escolha senão explicar minha aparência alaranjada. Tomada por um sentimento de compaixão e constrangimento, ela começou um longo discurso sobre todas as pessoas com câncer que já conhecera, incluindo seu gerbo de estimação, quando ela era criança. Não quero ficar presa em uma conversa interminável nesta manhã, mas percebo que, de todo jeito, ela vai me ouvir abrir a porta do carro. Poderia fingir que não a tinha visto até então, mas, de qualquer forma, no final vou ter de falar com ela.

— Sammy! — digo ao descer o último degrau e seguir para minha garagem, mas sai tudo errado. Muito alegre. Muito fingido.

De sua posição ajoelhada, ela vira a cabeça e olha para mim com um sorriso, mas é a mesma expressão de compaixão. Fico me perguntando se ela tem andado por aí com esse semblante desde o minuto em que lhe contei sobre o câncer, como se aquela ameaça de mãe para filho — "Se você cruzar os olhos, eles vão ficar desse jeito!" — realmente tivesse acontecido.

— Daisy — diz ela, tirando as luvas de jardinagem enquanto se esforça para colocar o corpo pesado em pé. — Como você está? — pergunta, enfatizando o "está", o que é outra coisa que as pessoas fazem quando sabem que você tem câncer. "Como você está?" torna-se uma pergunta capciosa, em vez de um simples cumprimento.

— Ah, não precisa se levantar — aceno para que se abaixe. — Estou realmente atrasada.

Ela se levanta e começa a andar em minha direção, enquanto concorda conscientemente com a cabeça.

— Consulta médica?

— Não — respondo, mas aí não consigo pensar em nenhuma outra coisa para a qual estaria atrasada. Dou uma olhada ao redor, procurando uma mentira, e meus olhos param nos vasos de plástico de flores que cercam o terreno onde Sammy estava cavando. Desisto de tentar encontrar uma desculpa e opto por uma mudança de assunto. — O que você está plantando?

— Ah, o que o cara da Home Depot me convenceu a comprar. Acho que comprei umas azaleias e uns alissos. Ou alguma coisa do tipo. Disse que era para cobrir o terreno. Uns amores-perfeitos. Não sou boa para mexer com plantas. — Ela fecha a mão esquerda e fica mexendo o polegar para baixo a fim de reforçar o que está dizendo. — Você achava que, com um avô que plantava cebolas, esse lance de plantas estaria em minha genética ou algo assim. — Ela dá um estalido com o canto da boca. — Nem cactos sobrevivem comigo.

Sorrio e resisto à vontade de dizer-lhe que o plural de cacto é cactos. Então faço um comentário solidário do tipo eu-sei-o-que-você-quer-dizer sobre a bagunça que fiz em um canteiro de flores, apontando para as ervas daninhas que estão tomando conta da parte do quintal em frente à minha varanda.

Seus olhos brilham.

— Eu poderia fazer isso para você — diz. — Tirei o dia todo de folga, e é bem provável que termine isso aqui na hora do almoço. Será um prazer ajudar.

É muito gentil de sua parte se oferecer para isso, mas não posso deixar de me sentir o objeto de caridade que sei que é como ela me vê agora.

— Ah, não, isso não é necessário — recuso a oferta. — Tenho um ótimo plano para o canteiro. Hortênsias, umas verbenas, borda de pedras. Estou animada para mexer com isso.

Na verdade, não estou. A ideia acaba de se tornar mais um item de minha lista interminável para a qual não tenho tempo agora que preciso encontrar uma esposa para Jack, mas ela é como um cão que farejou algo, e espero que isso vá despistá-la.

— Uau. Parece que você é que deveria cuidar do meu jardim, Senhorita Mestra da Jardinagem. — Ela dá sua risada espalhafatosa.

Dou uma risada enlatada.

— O seu vai ficar lindo. Mal posso esperar para ver quando eu voltar — digo, sugerindo minha partida ao dar um passo em direção ao carro e abrir a porta.

— Sim, desculpe — acena para que eu vá. — Não quero te atrasar. — Mas ela não se move de seu lugar onde o canto de seu quintal se encontra com minha garagem, e vejo a hesitação em seus olhos antes de ela gritar:

— Quem sabe eu possa comprar as hortênsias, pelo menos. — Ela franze a testa. — Realmente não sei o que são verbenas, mas posso perguntar por elas. Ou posso levar um jantar para vocês uma noite dessas ou cuidar do Benny se...

Bato a porta do carro ao fechá-la e aceno para ela pela janela.

— Não, obrigado — digo alto o suficiente a fim de que me ouça através do vidro. Então, por entre meus dentes cerrados formando um sorriso, sussurro: — Está tudo sob controle.

* * *

A BARNES & Noble perto do shopping está quase vazia, com exceção dos poucos funcionários de polo azul-marinho abastecendo prateleiras e ocupando seus lugares nos caixas. Acho que deveria ter percebido que segunda-feira de manhã não é uma boa hora para encontrar compradores de livros.

— Posso ajudá-la? — pergunta um vendedor afoito com um cabelo cacheado de cor laranja queimada, uma dessas cores de cabelo que parecem inadequadas em um homem, mas que as mulheres passam anos tentando reproduzir com a ajuda de uma caixa de tintura.

— Só dando uma olhada — respondo. Não lhe digo no quê.

Com os olhos na porta, examino as mesas na frente da loja. Lançamentos de John Grisham, Danielle Steel, Nicholas Sparks e Stephen King. Parece que os nomes expostos nunca mudam, apenas as capas. Fico imaginando se esses autores prolíficos algum dia se virem sem histórias para contar. Se um dia eles vão simplesmente desligar o computador e dizer: "É isso. Contei todas."

Um vaqueiro na capa de um livro de Nora Roberts chama minha atenção. Eu o pego e fico olhando para o peito nu com aspecto de plástico de um homem. Na adolescência, minha mãe tinha uma pilha desses tipos de livros em sua mesa de cabeceira. Parecia coisa que só os adultos deveriam ter, como uma caneca de café, souvenir de viagem, ou uma conta corrente, e, quando me imaginava dali a vinte anos, como adulta, invariavelmente sabia que minha mesa de cabeceira também estaria coberta com minha própria pilha de livros eróticos. Mas, quando mais velha, os romances nunca me interessavam. Eu os trocava pelos livros de psicologia, dramas de Jodi Picoult e os mais vendidos na lista do *New York Times* sobre os quais todos falavam. Agora, com o livro na mão, percebo que ler romances era algo que sempre achei que faria, como fazer crochê ou arranjos florais, quando meu cabelo estivesse grisalho e minha pele, enrugada.

Mas meu cabelo não ficará grisalho. E minha pele não enrugará. E posso morrer sem nunca ter lido um romance. Sem nunca saber por que romances causam alvoroço. E isso — *isso!* — é o que faz água brotar e encher meus cílios inferiores, embaçando-me a visão.

E me ocorre que, se eu tivesse de escrever um panfleto do tipo "Lidando com o Câncer Terminal", era *isso* que abordaria. Não o que há de óbvio sobre a raiva e a barganha, mas os momentos ridículos como chorar por romances baratos em um centro comercial de um bairro chique às 10h de uma segunda-feira.

Enxugo os olhos e dou uma olhada ao redor para ter certeza de que ninguém notou minhas lágrimas bobas e, em seguida, coloco o livro na dobra de meu braço, percebendo que estou igualmente preocupada que me vejam comprando essa bobagem. Mas seu peso em meu cotovelo — e saber que ele estará em minha mesa de cabeceira à noite — é absurdamente reconfortante.

Endireito minha coluna e levanto a cabeça, fazendo o possível para parecer uma cliente normal e não uma moribunda chorona à procura de uma esposa para o marido. A campainha à entrada soa, e ergo os olhos para ver uma mulher baixa lutando para passar um carrinho de bebê pela porta de vidro. Reduzo a distância entre nós e seguro a porta aberta para ela.

Ela sorri para mim, revelando duas covinhas profundas logo abaixo das maçãs do rosto. Isso imediatamente me faz lembrar da vez que tentei desenhar, no terceiro ano do ensino fundamental, covinhas em meu rosto com um delineador da Maybelline que minha mãe tinha, porque queria muito parecer a Heather Lindley, uma menina do quinto ano com madeixas louras longas que usava meia-calça branca e arcos grandes no cabelo e levava guloseimas da Lunchables para a escola todos os dias; foi assim que descobri que sua família tinha dinheiro, pois minha mãe sempre dizia que esses lanches eram muito caros.

— Obrigada — diz a mulher. — Tenho certeza de que quem projeta portas como essas são homens que nunca tiveram filhos.

Sorrio de volta para ela, mas não consigo pensar em nada para dizer em resposta que não seja "gosto de suas covinhas", o que seria ridículo.

Ela vira o carrinho na direção da seção infantil, e refaço o meu trajeto fingindo, da melhor maneira possível, estar fazendo compras, enquanto secretamente caso essa mulher — a sósia na versão adulta de Heather Lindley — com Jack em minha mente. Imagino-os com um bando de filhos louros de covinhas atrás deles, andando como se fossem patinhos. E então deixo a imagem se desfazer.

Ela tem um bebê, o que significa que provavelmente já seja casada.

Passo devagar pelos livros em promoção, pelas prateleiras de revistas e pela seção de autoajuda, onde imperativos nas capas gritam para mim:

Enriqueça agora!
Pare de entrar em pânico!
Perca os quilos a mais, perca o peso!

E então paro de repente. Oito palavras na capa de um livro me chamam a atenção, e minha mão está estendida para pegá-lo antes de ter a permissão de meu cérebro.

Preparando-se para a Morte de um Ente Querido, do doutor Eli Goldstein. Uma etiqueta na capa declara: PSIQUIATRA DE RENOME MUNDIAL VISTO NO DR. PHIL.

Folheio as páginas sem realmente ler as palavras. Sei que o estou comprando para Jack baseada apenas no título, da mesma forma descontraída com que escolheria o livro mais recente de Michael Crichton ou uma calça da Dockers à venda na Macy's.

Vi isso.

Pensei em você.

Então hesitei. O que aconteceu com a ideia de deixar Jack lidar com sua dor em seu próprio ritmo? Minha mão se mexe para devolver o livro de volta à sua prateleira.

Mas ele não está lidando com ela.

Ele irá! Em seu próprio ritmo.

Mas talvez ele só precise de um empurrãozinho, uma ajudinha. Talvez ele precise ser forçado a enfrentar a situação. Como arrancar um band--aid em vez de esperar que ele fique sujo e imprestável, desprendendo-se sozinho pelo desgaste dos dias.

No final, coloco o livro, junto com o da Nora Roberts, debaixo do braço e decido que vou deixá-lo em sua mesa de cabeceira do modo como minha mãe deixava o exemplar de *Nossos corpos, nós mesmas* em minha mesa de cabeceira quando eu tinha 12 anos. Sem dizer nada e sem rodeios.

Que mal poderia acontecer?

Quando me viro para sair do corredor e pagar por meus livros novos, noto a mulher com o carrinho de bebê em pé no outro lado da seção de autoajuda. Dou uma risadinha, um pouco amarga, para mim mesma. Com o que ela e seu filho de cabelos perfeitamente claros precisam de ajuda? *Socorro! Minha vida é perfeita demais.*

Interrompo meu sarcasmo insensível e silencioso quando percebo que ela também está olhando para livros que falam de dor. Triste. Gostaria de saber se ela está procurando algo para ajudar uma amiga a lidar com a perda de uma avó, uma tia ou um irmão. Heather Lindley teria feito algo do tipo. Ela era a menina que tinha um sorriso para todos — até mesmo para Darrel Finch, de que ninguém gostava por usar a mesma calça Levi's todos os dias e cheirar a leite azedo — e levava dois lápis a mais em dia de prova, caso alguém esquecesse o próprio lápis; e, quando ela vendeu a maior parte de balas de caramelo e de hortelã para a viagem anual do coro para a Disney World e ganhou cem dólares por seus esforços, decidiu doá-los para uma família de sua igreja cujo trailer pegara fogo. Por isso eu não conseguia odiá-la, mesmo que seus arcos de cabelo sempre combinassem com suas meias e ela pudesse comprar Lunchables e eu não.

Olho para a mulher, que agora está lendo atentamente a parte de trás do livro que segura e balança suavemente o carrinho para trás e para frente com a mão livre.

Talvez não seja para uma amiga. Talvez *ela* tenha perdido uma amiga. Ou uma avó. Ou uma tia. Ou um irmão.

Então percebo que ela está usando a mão esquerda para mover o carrinho. E não há nela nenhuma aliança. E, nesse momento, meu coração começa a disparar, à medida que imagino que ela é, logicamente, uma viúva que perdeu o marido em um trágico acidente de carro quando estava grávida de oito meses e sua terapeuta sugeriu alguns livros que poderiam orientá-la em meio à dor de perdê-lo tão de repente, deixando-a apenas com a memória dele toda vez que olha para os olhos cor de chocolate e as orelhas pequenas de seu filho.

E então, embora nunca tenha imaginado a esposa de Jack já com um filho, ou viúva, ou com covinhas como Heather Lindley, ocorre-me de repente que talvez todas as opções anteriores também devessem ser adicionadas à minha lista.

Aproximo-me mais dela, tentando pensar em uma frase inicial, algo que pudesse usar para envolvê-la em uma conversa a fim de que se abrisse comigo sobre seu marido falecido e o quanto era difícil ser mãe solteira, e então eu poderia lhe contar minha triste história e tomaríamos um chá juntas na pequena lanchonete da loja enquanto criávamos um plano para apresentá-la a Jack.

Estou tão perto agora que posso ver a pele em carne viva ao redor de suas unhas, onde ela está roendo até o toco, e faço um sim de cabeça, entendendo que sua dor a levou a isso. Ela ergue os olhos para mim, e há lágrimas neles. Aperto meu peito expressando empatia por ela.

— Você está bem? — pergunto, a voz cheia de preocupação.

— Sim — responde, sua voz estridente em troca. Ela passa a parte de trás da mão sobre as narinas molhadas e funga. — Desculpe.

Dou um sorriso afetuoso para ela, querendo compartilhar que havia acabado de chorar na livraria também. Que podemos nos unir nessa demonstração embaraçosa de emoção excessiva. Isso eu entendo. Mas apenas espero, dando-lhe tempo para aliviar sua dor.

— É só... — Respira fundo, e acho que talvez esteja se recompondo, mas surgem outros soluços. — Ah, Max — sussurra.

Confirmo com a cabeça. O nome de seu marido era Max. É um bom nome. Um nome forte. Na mesma hora, imagino um homem com covinhas igualmente profundas e dentes retos, os cabelos escuros contrastando com a esposa loura. E então percebo que estou imaginando o homem no livro de Nora Roberts que tenho nas mãos.

Um gemido agudo me assusta, e a versão adulta de Heather Lindley enxuga os olhos e se inclina para pegar o bebê gritando no carrinho.

— Shh — sussurra. — Está tudo bem.

Como mágica, o choro para e o menino aninha a cabeça penugenta no pescoço da mãe.

— Max era seu marido? — pergunto, sem querer quebrar o momento que parecíamos ter.

Seus olhos arregalam-se quando ela olha para mim.

— Ah, não. Não — responde, e para de balançar o bebê por um segundo para tirar do bolso de seu jeans um lenço de papel amarrotado. — Não é meu... ele é meu... — limpa levemente o nariz — bem, era meu... — As lágrimas começam a descer novamente, e espero com expectativa. Então Max não era seu marido, mas, ainda assim, ela não usa aliança e leva jeito com crianças, e essas covinhas... — Meu gato — diz ela, antes de assoar o nariz no lenço de papel. Seu filho abre rapidamente os olhos com o barulho e, em seguida, volta a fechá-los.

— Seu gato?

Ela assente com a cabeça.

— Ele tinha 16 anos. Eu o ganhei nos últimos anos do ensino fundamental, e, quando ele era pequenininho, puxava meu cabelo e apertava as patinhas no meu peito enquanto eu dormia. E aí...

A mulher continua a tecer elogios ao seu querido felino enquanto examino mais de perto o livro que ela está segurando: *Perdendo um Animal de Estimação, Perdendo um Amigo: Lidando com a Morte de seu Companheiro Animal.*

Meu primeiro pensamento: Que título longo!

Expresso meu segundo pensamento.

— Então você é casada?

Ela para no meio da frase e percebo que a interrompi.

— Oh, não — diz, avaliando a mim e minha estranha linha de investigação. Eu me repreendo por não ser mais paciente, por não tentar juntar as informações que procuro de uma forma mais sutil. Mas, na verdade, o tempo não é algo que tenho de sobra agora. — Não mesmo — continua, ainda fungando. — O pai de Tristan e eu não acreditamos no casamento. Sabe, é só um pedaço de papel e pronto. Nós somos como Susan Sarandon e Tim Robbins.

Concordo com a cabeça, mais irritada comigo mesma do que com ela por avançar o sinal. Estou irritada com ela também. Com suas covinhas perfeitas, seus poderes mágicos para acalmar crianças e seu filho, que provavelmente nunca será a criança na lanchonete que não poderá comprar um Lunchable.

— Você sabe que eles se separaram — digo.

— Ah — diz ela, dando um passo para trás como se essa notícia fosse um peso extra que lhe entreguei. — Eu não sabia.

E então me sinto mal, porque não é culpa dela que Max tenha morrido ou que seu namorado esteja vivo ou que um dos casais mais antigos e cheios de vigor de Hollywood não conseguisse superar as dificuldades depois de tudo ou que eu tivesse câncer por todo o meu corpo.

Dou um passo para trás também, embalando meus livros como se fossem um bebê tranquilo com tufinhos de cabelo louro, e digo com a maior sinceridade possível:

— Realmente sinto muito por seu gato.

* * *

QUANDO JACK CHEGA do trabalho pouco depois das 21h30, já estou na cama, lendo Nora Roberts e percebendo que não seria tão triste assim morrer sem ter terminado um. Que talvez eu devesse me concentrar na experiência com os clássicos que sempre quis ler algum dia. Como *O Amante de Lady Chatterley* ou alguma coisa de Proust. Dobro o canto da página que reli três vezes e fecho o livro, deslizando-o sobre minha mesa de cabeceira. Jack encolhe os ombros para tirar a jaqueta e a atira no encosto da poltrona de veludo azul no canto. Seus ombros estão curvados sobre sua estrutura física alongada e, quando ele olha para mim, seus olhos estão vermelhos.

— Dia difícil no escritório? — pergunto, oferecendo-lhe um sorriso.

Ele geme.

— Sim, se você considerar um dia difícil três cirurgias seguidas e depois encarar uma tela de computador por mais de oito horas tentando compilar para Ling a maior parte possível da pesquisa que encontrei sobre próteses para equinos. Nem acho que relei a ponta do iceberg.

Ele tira a camiseta.

— Como foi a aula?

— Boa — digo, engolindo a culpa por minha mentirinha. Ainda vou à aula às vezes, mas nem chega perto da frequência com que Jack pensa que vou.

— O que mais você fez?

Dou de ombros.

— Não muita coisa. Livraria. Comprei on-line umas camisas para você. Liguei e pedi uns orçamentos para as vigas no porão.

Ele levanta as sobrancelhas em consideração.

Faço que não com a cabeça.

— Você não quer saber. Vamos ver... o que mais? Levei Benny para dar uma volta. Em vez disso, deveria ter começado a passar selante nas janelas, mas estava um dia muito bonito lá fora.

Jack não responde, e, de repente, sinto-me constrangida com minha falta de atividades interessantes ou de notícias para compartilhar sobre meu dia. Eu tinha coisas inteligentes para dizer sobre minhas aulas ou histórias que mal podia esperar para compartilhar com ele quando chegasse em casa. Reviro meu cérebro à procura de algum acontecimento notável ou fascinante que eu possa comentar, envolver meu marido de alguma forma.

Ah, e consolei uma mulher que chorou na Barnes & Noble com quem pensei que você pudesse se casar, porque ela havia acabado de perder o marido, mas foi o gato que ela perdeu. Ela estava se acabando de chorar por causa do gato.

É um daqueles momentos sociais estranhos que Jack teria achado divertido, mas não posso explicar exatamente por que eu estava falando com ela e tenho medo de só deixar os ombros de Jack ainda mais tensos com a menção da morte, por isso, fico em silêncio.

Nu, com exceção das meias compridas que abraçam suas panturrilhas, Jack caminha até seu lado da cama. Prendo a respiração quando ele dá uma olhada para o livro de autoajuda que deixei em sua mesa de cabeceira. O que ele dirá? Ficará irritado? Curioso? As palavras da capa vão chamar sua atenção e arrancá-lo de sua negação? Ele se lançará em meus braços e dirá sob soluços "não posso te perder", enquanto, intencionalmente, tiro seu cabelo da testa e sussurro "Shh" e "Tudo vai ficar bem"? Logo descarto essa opção, sabendo que é apenas uma cena que vi em um filme uma vez. Jack não é chegado à drama.

Vejo seus olhos passando rapidamente pela capa e espero sua reação. Não há nenhuma.

Sua expressão não muda ao levantar o edredom e sentar-se no colchão, enfiando as pernas debaixo dos cobertores. Ele tira as meias, joga-as no chão, põe os óculos na mesa de cabeceira — sobre o livro novo — e estende a mão para apagar a luminária.

— Boa noite — diz, inclinando-se e beijando meu ombro. — Eu te amo.

Ele rola para o lado e, em sessenta segundos, sua respiração é profunda, e sei que está dormindo.

— Boa noite — sussurro para suas costas enquanto solto a respiração que estava prendendo.

Pego minha Nora Roberts na mesa de cabeceira, pisco algumas vezes, faço um não com a cabeça e tento novamente me perder em um mundo de corpinhos bem delineados e vaqueiros suados.

treze

Agora que estou morrendo, o céu parece maior. Ou talvez seja eu que me sinto menor. Ou talvez seja só quando se está morrendo, ou não, que a pessoa realmente para a fim de observar a vastidão azul suspensa acima dela, que ela não pode deixar de se sentir irrelevante. Impressionada com o quanto sua vidinha é insignificante na grande escala das coisas.

Viro meu rosto para o sol e permito-lhe aquecer minha pele, fechando os olhos e inclinando-me no banco que Kayleigh e eu estamos dividindo. O parque de cachorros está cheio, as pessoas se livram da inércia do inverno e abraçam o primeiro fim de semana de clima ameno.

— Ela é bonita, faz um tipo urbano moderno.

Abro os olhos e olho na direção para a qual Kayleigh está olhando fixamente. Um lenço de estampa colorida envolve o pescoço de uma mulher muito pequena com uma regata branca e calça jeans justa, a cabeça coberta com um chapéu de feltro. Um vira-lata grande, algum tipo de cruzamento de pit bull, trota na coleira ao seu lado.

— Muito moderna — digo. — E ela parece jovem.

— Acho que ela só tem um desses rostos. Arrisco 25, talvez 26.

Fecho os olhos novamente. Inspiro o ar com cheiro de terra e grama. O cheiro me fazia vibrar com antecipação um presságio que lembrava que os dias longos e encantadores de verão estavam perto. Agora esse sentimento está misturado a outra coisa. Uma sensação de tempo que foge ao controle.

Já acabou o inverno? Como a primavera passou tão rápido? A urgência com que eu costumava viver a vida, de repente, parece desnecessária. Sempre ansiando por algo — que Jack se formasse, que o verão chegasse aqui, às sextas-feiras. Agora desejo segundas-feiras que durem a semana inteira e raios de sol que não queiram se render ao luar.

— Então — começa Kayleigh, e depois faz uma pausa como se tentasse encontrar as palavras certas. — O que você vai fazer quando realmente encontrar alguém?

— Como assim? — Estendo a mão e esfrego atrás das orelhas de Benny. Ele se estica na coleira, choramingando para ser solto a fim de poder farejar outros cães, esquilos, encontrar um pássaro morto e revolver com euforia a carcaça da ave em decomposição.

— Sério, qual é o seu plano? Sua frase inicial?

Evito seu olhar e continuo a acariciar o Benny. Tenho vergonha de dizer-lhe que não cheguei tão longe. Dediquei tanto tempo à minha lista, escolhendo as qualidades específicas que a esposa perfeita de Jack deveria ter, que não dediquei muito tempo ao que realmente faria quando a encontrasse. *Se eu a encontrar.* Como se evidenciou em meu encontro com a mulher na livraria, encontrar alguém está sendo mais difícil do que eu esperava.

E, ao que parece, perdi o jeito de iniciar uma conversa com estranhos.

— Você não sabe.

— Não sei *ainda* — digo, não estando pronta para admitir os vários buracos em meu plano. Ao mesmo tempo em que estou mais convencida do que nunca de que preciso encontrar uma esposa para Jack, especialmente quando tento conter a crescente ansiedade de que, a cada dia que passa, estou um dia mais perto de deixar Jack completamente sozinho, percebo que conhecimento e ação são duas coisas muito diferentes. Sei exatamente o que estou procurando, minha lista é sólida. Mas e se eu não encontrar a mulher? E se eu encontrá-la? E aí? Como posso apresentá-los? E se Jack não gostar dela? Ou ela não gostar de Jack?

— Você deveria praticar. Vá falar com aquela mulher.

— A menina de chapéu de feltro?

— É.

— Não. Isso é bobagem. Não vou perder tempo com alguém que nem faz o tipo dele.

Somos interrompidas por uma melodia de Lionel Richie cantando "*Hello...*" e depois quatro acordes retardados em um sintetizador da década de 1980... "*is it me you're looking for?*"

Kayleigh coloca a mão no bolso para pegar seu celular e silenciá-lo.

— Harrison? — Levanto as sobrancelhas.

— Não — responde rapidamente.

— Quem era?

Ela murmura algo.

— Quê?

— O Bradley Cooper — enuncia.

— Você está brincando. — Benny começa a latir furiosamente. Puxo a coleira para controlá-lo. — O cara da lanchonete? Pensei que você tivesse dado um basta aos caras de 19 anos.

— Ele tem 21 — funga. Depois dá de ombros. — E ele é gostoso.

— Você. É. Um. Caso. Perdido — digo, embora esteja feliz por parar de pensar em meus problemas.

— Tanto faz. Ah, antes que eu me esqueça, preciso que você e o Jack apareçam na visitação pública no jardim de infância e finjam ser futuros pais.

— Hã... não.

— Não, sério. Vocês têm que aparecer. Preciso levar cinco pais e não tenho nenhum. A Pamela já tem oito. — Ela revira os olhos, mas noto que não está totalmente envolvida em nossa conversa. Seus polegares digitam freneticamente uma mensagem. Tento ignorar o fato.

— Então peça alguns a ela.

— Não posso. Não funciona assim. Será que vocês poderiam ir, por favor? — Ela clica no botão "enviar" e coloca o celular de volta em seu jeans. Em seguida, olha para mim. — Por favor? Não quero dar a impressão de que não estou nem aí.

— Você não está nem aí.

— Eu sei. Mas não quero que meu diretor saiba disso.

Suspiro.

— Vou pensar no assunto.

— Ótimo — diz ela, sorrindo e reclinando-se no banco, porque nós duas sabemos que eu irei. Que nunca posso dizer não a Kayleigh.

Inclino-me para trás novamente e olho para o céu. Um avião que parece um pardalzinho, tão longe, atravessa o azul, deixando um rastro de fumaça branca. Sou tomada por uma urgência repentina. Quero estar naquele avião. Lembro-me da pergunta que Kayleigh me fez na lanchonete sobre meu maior desejo. Por que *não* viajei mais quando tive a chance? Não estudei no exterior ou fiz um mochilão pela Europa? Ou fui ver aquela bicicleta em Seattle? É muito difícil ir para Seattle? E sei que é por causa de Jack. Ele nunca teve tempo para dar uma escapada e não quis ir sem ele.

Mas ele prometeu que iríamos nas férias para comemorar sua formatura. Sempre falávamos sobre isso, sugerindo ideias de lugares aonde poderíamos ir. Destinos realistas: Seaside, Savannah, Miami, misturados com os irrealistas: Capri, Míconos, Bora Bora. Onde acabávamos realmente não importava para nenhum de nós. Ficávamos apenas deslumbrados com a ideia de que passaríamos sete dias inteiros juntos. A faculdade de Jack, finalmente, ficaria para trás. Tínhamos a vida inteira pela frente.

Agora percebo que, desde meu diagnóstico, nenhum de nós mencionou a viagem. As passagens não foram compradas. Nada de roupas de banho novas. E percebo que talvez seja porque não estarei por perto para isso.

Tirei o pensamento da cabeça e me virei para Kayleigh:

— Você deveria ser comissária de bordo — digo. — Ou pilotar um avião.

— Ah, não — diz ela, enfiando a ponta da bota na lama aos nossos pés. — Tenho medo de voar.

— Sério? — pergunto. É difícil imaginar Kayleigh com medo de alguma coisa. — Bem, você já pensou em...

— Daisy — interrompe-me para me advertir com o olhar.

— Desculpe — murmuro. Não é a primeira vez que dou sugestões de carreira para ela e sei que isso a irrita. E sei que ela precisa descobrir tudo isso em seu próprio cronograma, que alguma coisa, algum dia, irá inspirá-la ou apontá-la na direção certa, mas não posso deixar de tentar encorajá-la a acelerar o ritmo às vezes.

— Ah, te falei que a Karmen conseguiu uma promoção? — pergunta, e sei que ela não falou isso de uma forma fiquei-muito-feliz-por-minha-irmã, então não respondo nada.

Ficamos olhando na direção da menina de chapéu de feltro, que agora está entretida em uma alegre conversa com um cara magro de ray-ban e uma camiseta de banda vintage.

— Bobeou, dançou. O sujeito passou a perna em você — diz Kayleigh.

— Ela não fazia o tipo de Jack! — digo, irritada. — Olhe para aquele cara. Agora ele faz totalmente o tipo dela.

— Sim, pelo jeito eles se conheceram na Goodwill comprando roupas.

— Ou no alfaiate para deixar os jeans justos deles ainda mais justos.

— Ou no, tipo, Foda-se-o-Casal-Tradicional-Ponto-Com.

Eu rio. E então paro de rir. Porque é isso. E não sei por que não pensei nisso até agora. O único lugar onde há mais mulheres solteiras à procura de parceiros do que em qualquer outro lugar do mundo: a internet.

* * *

O APARTAMENTO DE Kayleigh ainda cheira à tinta fresca, embora ela tenha se mudado há dois meses. Uma vez lá dentro, vou direto para as janelas e começo a abri-las.

— O que você está fazendo?

— Você não está sentindo esse cheiro?

— O quê? Será que me esqueci de levar o lixo para fora?

— Não, a tinta — digo a ela, explicando que o apartamento está impregnado de compostos orgânicos voláteis, uma das principais causas de câncer. — Tenho certeza de que a administração não pagou pelo tipo que não causa danos ao meio ambiente. São 15 dólares a mais na lata.

Kayleigh fica olhando para mim, a mesma expressão que recebo de Jack quando torço o nariz para frutas convencionais ou água não filtrada. Sei que eles me acham louca, mas, agora que sei de todas essas coisas, não dá para deixar de sabê-las.

— Vou pegar o meu notebook — diz ela.

Durante os próximos 45 minutos, Kayleigh faz um resumo para mim dos méritos e armadilhas dos sete sites diferentes de namoro que ela pessoalmente usa.

— Sete? Como é que você ainda está solteira?

— Sou exigente — retruca.

Zombo dela, mas ela me lança um olhar, e daí evito mencionar o batalhão de rapazes da universidade em relação aos quais ela, decididamente, não está sendo exigente. Nós nos limitamos ao Checkmates.com, no qual o passado dos possíveis pretendentes é investigado antes que eles sejam autorizados a participar do site, e ao Loveforlife.com, que garante ao participante que encontrará alguém em seis meses ou seu dinheiro será devolvido. Pergunto a Kayleigh se ela realmente pediu o reembolso, uma vez que, obviamente, o site não funcionou para ela. Ela explica que teve de cancelar sua assinatura depois de um mês, porque um cara que conheceu começou a persegui-la.

— O louco do Mike? — pergunto.

Ela nega com a cabeça.

— O esquisitão do Cal.

— Você conheceu o esquisitão do Cal on-line? — A notícia me pega desprevenida, porque faz tanto tempo que conheço Kayleigh que parece que não há nada que eu não saiba sobre ela, e não é de seu feitio guardar segredos. — Eu não fazia ideia.

— Não escondi o detalhe. Só não acho que namorei tempo suficiente com ele para compartilhar com você todos os detalhes sórdidos.

No final, concordamos com o Checkmates, porque acho que a futura esposa de Jack vai ser cautelosa em relação a conhecer estranhos on-line. Sei que eu seria.

— Certo, entramos — diz Kayleigh, devolvendo-me o meu cartão de crédito.

— Ótimo. Primeira pergunta?
Kayleigh olha para a tela. Espero. Seu computador deve estar lento. Trinta segundos se passam.
— Kayleigh?
— Hum... — Ela vira o computador para mim.

Qual é seu estado civil?

Solteiro(a)
Divorciado(a)
Separado(a)
Viúvo(a)

A palavra *viúvo* salta da tela e me acerta no estômago.

Viúvos deveriam ser curvados, com sobrancelhas rebeldes e pelos no nariz. Usam cardigãs de lã com tranças e sapatos com sola de borracha grossa e têm cheiro de frango cozido. Viúvos não têm cabelos castanhos cheios e um abdômen sarado debaixo de uma camiseta de algodão nem têm cheiro de grama de verão logo depois da chuva.

Olho para Kayleigh e noto a água formando-se em seus cílios.
— Desculpe — diz, levando a mão à boca. — É só... isso mexeu comigo.
— Está tudo bem — digo com cuidado para não encostar nela, sabendo que qualquer contato abalaria as duas. — Mexe comigo o tempo todo.

Agarro a ponta da tela do computador e o puxo para perto de mim. Então deslizo o dedo indicador sobre o mouse pad, clico em "viúvo" e sigo em frente.

* * *

Por volta das 18h, guardo o carro em nossa garagem. Mas, em vez de pisar no acelerador para chegar até o fim da laje de concreto, meu pé direito pisa no pedal do freio e joga meu corpo para a frente. Mal percebo. Fico bocejando em frente a minha casa, minha boca pronta para receber moscas. Meu canteiro. Realmente tem flores nele. Hortênsias e... estreito os olhos. Aquilo é uma borda de pedras? É. Uma bela borda de pedras naturais. Deixo o carro onde parei, sem me preocupar em movê-lo os últimos nove metros até onde normalmente estaciono perto da porta dos fundos, e saio. Ando em direção ao jardim recém-coberto de terra e bem cuidado que agora beira minha varanda da frente. Pequenas flores de verbenas roxas brotam entre os buquês maiores de hortênsias. Estou pasma. Surpresa e sem palavras, o que pouco importa, uma vez que não há ninguém por perto com quem conversar. É como se os gnomos do jardim ganhassem vida enquanto estive fora e criassem essa obra-prima. É exatamente como imaginei, exatamente como eu havia explicado para... Sammy. Jogo a cabeça para trás e rio. Sammy. É claro que ela chamaria para si a responsabilidade de arrancar as ervas daninhas feias, mesmo depois de ter dito a ela que não fizesse isso.

E, mesmo não achando que queria o ato de caridade, não posso deixar de me comover com sua consideração, o óbvio trabalho árduo que ela teve nesse canteiro de flores que eu provavelmente nunca teria chegado perto de fazer, se quisesse ser honesta comigo mesma. Inclino-me para a frente, examinando-o mais de perto, fitando a folhagem que não reconheço. Hosta? O nome me vem do nada. Eu não tinha pensado em hosta, mas ela cobre perfeitamente o solo entre os dois arbustos floridos. Sorrio, curiosa para saber se foi o homem da Home Depot que a recomendou a ela. E então fico pensando, embora as chances sejam pequenas, se foi o mesmo homem que me ajudou a escolher o selante. Ele tinha olhos bonitos.

Fico plantada em meu jardim da frente, absorvendo os últimos raios quentes do dia — e o sentimento inesperado de que existem pessoas neste mundo que ainda têm a capacidade de me surpreender.

catorze

Não sei ao certo como as pessoas que namoram pela internet têm tempo para qualquer outra coisa. Durante os últimos cinco dias, é como se um buraco negro tivesse me sugado — um buraco cujo papel de parede está forrado de fotos de rosto de mulheres esperançosas que engrossam as estatísticas: altura, peso, cor dos olhos, religião.

Do momento em que me levanto de manhã até a hora de me arrastar para a cama à noite, vasculho páginas e mais páginas de perfis. Sinto-me como um caça-talentos à procura de candidatos perfeitos para o emprego, o que acredito ser de certa forma. Fico fascinada com o que as pessoas compartilham sobre si mesmas e me pergunto até onde isso é verdade. A maioria das mulheres é realmente "espontânea e divertida", ou será que elas pensam que é isso que atrai os homens? A maioria das mulheres não gostaria, pelo menos, de ter alguns dias antes de sair em uma viagem romântica pela praia para que pudessem parar de comer carboidratos, depilar partes necessárias para usar biquíni e comprar lingerie nova?

No terceiro dia, comecei a reler perfis que já havia lido.

No quinto dia, recebi 42 "cutucadas" e 23 mensagens (quatro não contam, pois são de mulheres que não dominam o inglês e/ou ainda parecem residir no Leste Europeu).

Não estou surpresa que Jack tenha recebido tanta atenção. De acordo com Kayleigh, Athens é um "mercado fértil" para os caras. Para cada homem decente com dentes retos e um carro existem centenas de universitárias gostosas e inteligentes. "Não dá pra jogar uma pedra sem acertar em uma", disse ela. "E, acredite, fico tentada."

Também usei minha foto favorita de Jack — ele está olhando para a câmera, um sorriso largo e torto marcado por linhas profundas esculpidas ao redor da boca, os olhos, um levemente maior que o outro, brilhantes e magnéticos. O colarinho de sua camisa e o blazer estão visíveis logo abaixo do pescoço, mas o nó da gravata está solto, acentuando sua atitude casual e descolada pela qual me apaixonei; a mesma atitude que às vezes faz cócegas sob minha pele e permanece ali como algo que não posso coçar. Nessa foto está Jack em toda a sua glória imperfeita: no dia de nosso casamento.

Foi em uma sexta-feira de julho na Corte de Justiça de Clarke-Athens. E meu coração explodiu de alegria quando o juiz olhou para mim e disse "esposa". Foi o tipo de felicidade frenética que confunde nosso sistema nervoso, e ora eu ria, ora chorava, sem me importar com o quanto parecia uma boba. Eu era boba. E estava apaixonada.

"Por favor, diz pra mim que você está vendo a ironia em usar uma foto do seu marido no dia do casamento para tentar ajudá-lo a pegar gatinhas", disse Kayleigh quando copiei a foto de minha página no Facebook.

"Nada de gatinhas, no plural", disse enquanto carregava a foto no site. "Apenas uma."

Agora, olhando para meu marido me fitando na tela do computador, meu coração pula. Quero que ele encontre uma esposa e até espero que ele possa encontrar aquela alegria novamente em outro dia de casamento no futuro. Mas também espero em segredo que, embora esse dia seja agradável, animado e bom, o sol não esteja tão brilhante como o que brilhou sobre uma moça e um rapaz beijando-se na escadaria de pedras quentes de uma corte em uma tarde de sexta-feira de julho.

Talvez chova.

Saio da página do perfil de Jack e leio alguns dos novos e-mails que recebi.

Uma nova mensagem de CatLady63

Assunto: Oi!

Tenho três gatos. Você é veterinário. Você nasceu no céu? Ha-ha. Brincadeira. O que você gosta de fazer para se divertir? Adoraria saber mais sobre você.

                                                               Madeline

Uma mulher com cachos acobreados olha para mim com os olhos meio fechados. Sua boca é pequena. Lembra a de um rato. Aff. Ela não é totalmente desinteressante, mas não confio em pessoas que gostam de gatos. Talvez seja o conhecimento interior de crescer com um, mas acho que muitas vezes são como os animais que amam: imprevisíveis e emocionalmente instáveis. Você nunca sabe quando estarão indiferentes e distantes ou estupidamente desesperadas por seu afeto.

Uma nova mensagem de GoodLuckCharm

Assunto: Olá

Novo no namoro on-line. Seja legal! Vi que você gosta de Micheal Critton. Achei a Dança da Morte um ótimo livro.

Ah, não. Não, não, não. Por onde começo? Ortografia. Ignorância em relação à literatura moderna clássica. Clico em *deletar*. Os próximos quatro e-mails não estão nem um pouco melhores. Talvez Kayleigh esteja certa e eu seja muito crítica. Talvez procure coisas para encontrar defeitos nelas. Mas estou escolhendo uma esposa para meu marido, e, se isso não for motivo para ser exigente, então o que é?

    Preciso de uma pausa. Abro o Facebook e me perco nas versões caiadas da vida de outras pessoas. Com a mídia social, sou uma voyeur, não uma pessoa que gosta de participar. Acho estranho pensar que as pessoas se interessariam pelo que jantei ou por quanto tempo esperei na fila do Kroger ou "Ah, ei, tenho câncer agora". Por mais pessoal que seja, parece tão impessoal.

Depois de mover o feed de notícias por alguns minutos, clico para abrir uma nova guia e verifico meus e-mails regulares. Claro, há um de minha mãe.

Assunto: Sexta-feira

Oi, querida!

Como você está se sentindo? Tem certeza de que não quer que eu me encontre com você em Emory amanhã? Ron disse que posso fazer uma pausa longa pro almoço!
Além disso, o que você quer para jantar? A tia Joey me deu uma receita nova do Guy Fieri (esse é o cara que coloca os óculos de sol na nuca) que ela disse que é "pra comer de joelhos"! Mas não gosto do programa dele. Disse isso a ela, e ela me falou para "parar de ser careta e confiar nela". Então, vamos ver! Tenho uma reunião no clube de pássaros hoje à noite. Eu te falei na semana passada que um homem pediu meu telefone? O meu! Claro que não dei o número. Ele tem uma ave tatuada no pescoço, e eu simplesmente não sei o que pensar disso.

Com amor,
Mamãe

Uh! Talvez eu devesse dizer a Kayleigh que se juntasse à Audubon Society para conhecer homens. Digito uma resposta rápida para minha mãe (*Não precisa vir para Emory. O que você fizer estará ótimo. Acho que o clube de pássaros não é tão chato quanto eu imaginava*) e, em seguida, volto a navegar no Checkmates.com e em minha página de busca de mulheres.

Percorro um mar de rostos familiares até que um me chama a atenção e paro. Eu já a tinha visto? Não, eu me lembraria. Ela é deslumbrante. Mas não de uma forma inacessível. E fico imaginando se ela é a vizinha misteriosa de quem todo mundo fala, mas nunca realmente mora ao lado. Seu sorriso largo faz você querer dizer-lhe coisas, porque você sabe que ela ouvirá. E seu cabelo cor de caramelo parece de um comercial de Pantene. Ela é a garota no ensino médio que eu teria odiado por não me parecer mais com ela, e então teria me odiado ainda mais por odiá-la.

Clico em seu perfil, preparada para me decepcionar. Preparada para erros ortográficos, pontos de exclamação e superficialidade.

PW147

Altura/Peso: 1,65 metro, 59 quilos
Idade: 29
Tenho filhos? Não
Quero filhos? Com certeza

Sobre mim: Honestamente, sou um pouquinho nerd. Mas espero que seja de um modo bonitinho e carinhoso, e não do tipo "Essa menina sabe recitar a tabela periódica inteira em menos de três minutos". (Aviso: Eu sei.) Sou um pouco organizada demais. Tudo bem, muito. Mas não tenho um ataque se você deixar seus pratos sujos na pia. Vou apenas lavá-los e guardá-los (e, provavelmente, reorganizar seus armários) quando você não estiver olhando. Adoro cachorros. Sei mexer no disjuntor se você não puder. E adoro torta. Melhor ainda se você fizer. (Mas fique com o seu pedaço. Isso é algo que não divido com ninguém.)

Inclino-me para trás na almofada do sofá, uma confusão de emoções percorrendo minhas veias: empolgação, alívio, um pouco de resquício de ciúmes que restou do ensino médio da garota que sempre quis ser, mas nunca fui capaz. Ela é perfeita. Certo, ninguém é perfeito. Sei disso. Mas ela é. Perfeita para Jack, de todo jeito.

Clico em "Enviar uma mensagem", e um e-mail em branco aparece na tela. Espero pela inspiração, ser tomada pelo dom da eloquência. Eu sabia que, quando encontrasse a mulher certa, saberia exatamente o que dizer a ela.

Estava errada.

Fito o cursor piscando, zombando de mim, até meus olhos ficarem embaçados.

Até o quarto escurecer.

Até meu marido chegar em casa.

Fecho meu notebook e ligo a TV quando Jack entra na sala íntima.

— Ei — diz ele.

— Ei.

— Quetá assistindo?

— Nada.

Ele faz um sinal de cabeça e tira seus mocassins na porta. Sei que é ali que ficarão até que ele decida usá-los novamente ou eu os coloque na sapateira dentro de nosso armário.

— Posso ver TV com você?

— Claro — respondo, e então começo a procurar outras palavras para quebrar meu novo padrão monossilábico, mas não há nenhuma.

Ele anda até o sofá, apanha Benny, que está descansando confortavelmente ao lado de minha coxa, e se senta ao meu lado, reacomodando Benny em seu colo.

— Quegarotobonzinho — sussurra, afagando-o debaixo do queixo. Benny bate o rabo com gratidão.

Alguns centímetros separam nossas pernas, mas a distância parece, de alguma forma, maior, e fico me perguntando de onde veio essa tensão palpável. Ela vem aumentando constantemente e agora é grande o bastante para eu notar? Ou apenas surgiu como um estranho sem ser convidado e se plantou entre nós no sofá? Será que Jack a sente também?

Como uma garota no primeiro encontro, mexo de propósito o joelho até que ele bata contra o dele, preenchendo a lacuna, não deixando espaço para a tensão, mas agora minha perna está apenas tocando desajeitadamente a dele. Então ele toca minha coxa com a palma da mão esquerda, como quem não quer nada, e deixo escapar um suspiro que não percebi que segurava.

Jack se aconchega mais perto.

— Humm — diz, o nariz frio arranhando meu pescoço. — Você está quente. — Sua mão começa a subir lentamente por minha coxa, e eu congelo. Faz semanas que Jack não me toca assim, e imagino que seja porque a palavra "câncer" tem acabado com a libido tanto para ele como para mim.

Até agora.

— Você quer... — sussurra, apertando suavemente a carne de minha perna, como se analisasse um pêssego para ver se está maduro.

E uma pequena parte de mim quer. Se não para acabar com essa tensão, esse estranho sem ser convidado, de uma vez por todas, que seja, pelo menos, para ter alguns minutos de liberdade.

Meu corpo, entretanto, não está interessado nessa linha de raciocínio e permanece rígido, pouco disposto a colaborar. Coloco a mão sobre a dele, detendo delicadamente seu movimento ascendente.

— Desculpe — digo. — Estou muito cansada.

Ele se senta aprumado e limpa a garganta.

— Não, claro — diz, dando um tapinha em minha coxa pela última vez antes de colocar a mão novamente no pelo duro de Benny.

Imediatamente me arrependo de minha resposta, não porque queira sexo, mas porque sinto falta do peso de Jack, do calor do corpo dele sobre o meu. Anseio me envolver em seus braços, mas não quero dar-lhe a ideia errada. Por isso fico sentada ali, imaginando se muito em breve seus braços estarão envolvendo outra pessoa.

Alguém com cabelo cor de caramelo.

quinze

Antes de sair para Emory na sexta de manhã, leio o perfil de PW147 novamente. É um exercício inútil, considerando que o estudei tantas vezes ontem a ponto de memorizar tudo. Fecho meu notebook e prometo escrever um e-mail perfeito em minha cabeça enquanto estiver dirigindo hoje.

Apanhando uma cesta de legumes que montei no mercado agrícola para Sammy como agradecimento pelo canteiro de flores, sigo para a porta dos fundos. Só me ocorreu que há algo diferente quando estou no meio da escada. A maçaneta da porta não emperra. Olho para o sol e fico imaginando se tem algo a ver com a mudança de temperatura. A maçaneta parou de emperrar na primavera passada? Talvez tenha relação com o ar frio e a expansão ou contração que torna alguns dias piores que outros. Alguma lição de física em que nunca prestei atenção. No entanto, não me lembro de uma só vez em que ela não emperrou. Talvez nunca tenha percebido.

Atravesso o jardim da casa de Sammy e deixo a cesta na varanda da frente, em cima de um capacho de fibra natural que diz "Bem-vindos Vocês Todos" em letras pretas. Eu queria ter lhe agradecido antes, mas passo muito tempo de molho em casa em frente ao computador. Antes tarde do que nunca. Endireito o cartão que amarrei com uma fita na alça: "Obrigada por ser uma boa vizinha". Em seguida, entro no carro e ligo o rádio, pronta para a viagem de uma hora e meia para Atlanta.

Quando entro no estacionamento para pacientes em Emory, ainda não sei o que escrever para PW147, mas já imaginei a ela e todo o relacionamento que terá com Jack no futuro, até seus três filhos perfeitos — os dois primeiros que irão, naturalmente, para as melhores universidades dos Estados Unidos, enquanto o terceiro, com sua veia criativa rebelde, irá para uma escola de artes liberais durante um ano antes de viajar para o exterior a fim de se encontrar. Trata-se de um exercício mental reconfortante e deprimente. Prazeroso e doloroso. É como uma forma cerebral de castração ou automutilação — algo que não entendi nem um pouco em minha aula de transtornos psicológicos e de personalidade, mas agora, de repente, faz todo o sentido.

Continuo a nutrir minhas fantasias distorcidas durante a ressonância magnética e o exame de sangue e fico imaginando onde o casal se aposentará — se ela aprovará o sonho de Jack de comprar uma casa de praia em Cabo Cod onde nossos, bem, os netos *deles* poderão comprar bolinhos de mariscos de barraquinhas duvidosas na estrada, tentar cavar buracos na areia até a China e cair no sono à noite, mortos de cansaço, botando o nariz queimado de sol para fora de um emaranhado de lençóis frescos e amarrotados — quando a doutora Rankoff entra na sala de exame, segurando uma pasta.

— Como você está se sentindo? — pergunta, estudando meu rosto com interesse.

— Bem — digo, uma resposta automática que estive disparando no mês passado para qualquer pessoa que perguntasse. Mas, dessa vez, faço uma pausa, considerando sua pergunta. Ela não pergunta por educação, nem mesmo por uma curiosidade mórbida. Pergunta porque é importante para o estudo clínico saber como estou realmente me sentindo. E, depois de um rápido inventário mental, percebo que estou me sentindo bem. Realmente bem. Desde que coloquei o *stent*, tenho sentido mais energia, não tenho tido uma dor de cabeça e...

— Bem, sua pele parece muito melhor do que estava há duas semanas — diz ela. — Rosada.

— Obrigada. — Aperto as mãos debaixo de minhas pernas sobre a mesa forrada de papel na qual estou sentada e mordo o canto dos lábios.

— Alguma falta de ar? Dor nas extremidades? Confusão? Esquecimento? Dores de cabeça? — pergunta, enquanto assinala uma lista, como se me lembrasse do que comprar no mercado.

Nego com a cabeça e me lembro dos fatos como os conheço: estou morrendo. Estou em um estudo clínico não porque ele vá, milagrosamente, curar meu câncer, mas porque poderá prolongar minha vida por meros meses. O mais provável é que isso nem aconteça. Mas, ainda que essas frases fiquem se repetindo em minha cabeça, não posso acabar com a pontinha de esperança que brotou dentro de mim enquanto espero os resultados dos exames.

Talvez esteja funcionando.

Talvez os tumores estejam diminuindo.

Talvez não precise enviar um e-mail para PW147.

Talvez um dia eu vá viver em Cabo Cod.

A doutora Rankoff não fala enquanto examina rapidamente meus gráficos. O único som na sala abafada é o barulho de sua caneta riscando o papel enquanto ela faz anotações nas margens. Quando, finalmente, abre a boca, a pontinha de esperança se transformara em uma completa bola de fogo, e sei que não vou ser pega de surpresa se ela disser que meus tumores quase desapareceram. Que sou um fenômeno ambulante que enviará ondas de choque para a comunidade científica.

Mas ela não diz isso.

— Seus marcadores tumorais estão um pouco mais elevados. Parece que a metástase no fígado, especialmente, está avançando a um ritmo mais rápido, mas é provável que o *stent* ainda dê conta de manter o ducto biliar livre durante o futuro próximo. — Ela olha para mim. — Mas há uma boa notícia. Seus tumores no cérebro, nos ossos, na mama e nos pulmões — como se eu tivesse esquecido onde abrigo esses criminosos cancerosos — estão avançando de forma mais lenta.

Sei que se trata de uma boa notícia da mesma forma que uma pessoa não roubar sua TV antes de pôr fogo em sua casa inteira é uma boa notícia. Que é apenas uma maneira simpática de dizer que o experimento não está funcionando.

Olho para meus pés. Mesmo quente lá fora, vejo que não deveria ter colocado sandálias. Minhas unhas dos pés estão amareladas sob o esmalte rosa lascado depois de passarem todo o inverno dentro de calçados pesados. De repente, sinto vergonha de seu aspecto desleixado.

— Ouça — diz ela, o tom de voz mudando de uma âncora noticiando os fatos para a amiga solidária. — É cedo, você está só começando. Vamos dar uma chance, certo?

Concordo com a cabeça e me pergunto se terei tempo de passar em uma pedicure antes de ir jantar na casa de minha mãe.

* * *

— Bem, está preto — digo, cutucando o pedaço de peixe queimado em meu prato.

— Desculpe. A receita instruía a deixar a panela bem quente — diz mamãe. — Acho que aqueci demais.

Engulo um pedaço com dificuldade, bebendo um gole de água em seguida. Então pego um legume com o garfo.

— A couve-de-bruxelas está boa.

Ela se anima.

— Que bom que você está gostando dela.

Após o jantar, limpamos os pratos e vamos para a sala íntima, onde me sento no mesmo sofá marrom de *cashmere* que sempre tivemos. Na verdade, a casa inteira parece exatamente a mesma de minha infância, embora um pouco mais bagunçada, uma vez que não estou mais por perto a fim de cuidar para que tudo volte ao seu lugar preciso no final do dia. Eu achava que mamãe não comprava móveis novos ou redecorava a casa porque não tinha tempo ou dinheiro, mas agora me pergunto se tem relação com meu pai. Como se ela, subconscientemente, mantivesse a casa com a mesma aparência que tinha da última vez que ele esteve nela. Um túnel do tempo psicológico que faz com que ela se sinta mais perto dele.

A voz de Alex Trebek enche a sala, e, se eu não estivesse olhando para o cabelo fino dele na tela, juraria que estava em um túnel do tempo. Assistia ao programa *Jeopardy* religiosamente no ensino médio enquanto esperava mamãe chegar em casa do trabalho.

Afundo no sofá gasto, acariciando o pelo de Mixxy, enquanto o cara rechonchudo na tela fala de modo entusiasmado.

Quem é o Marquês de Sade?

Certo, diz Trebek. *Mais uma.*

Estranhamente, apenas no segundo ano do ensino médio percebi o quanto minha mãe foi triste durante a maior parte de minha infância. Quando ela não saía da cama em seus dias de folga, eu atribuía isso ao cansaço excessivo de trabalhar em dois empregos. Quando ela só beliscava os legumes ou bolinhos de frango congelados que eu preparava no micro-ondas para o jantar, eu me achava um fracasso na cozinha. Intrinsecamente, entretanto, mesmo sem saber a profundidade de sua depressão, eu intuía sua solidão. Porque eu a sentia também. Como uma pequena casa pode parecer vazia quando alguém está ausente dela! Por mais que cada uma de nós tentasse substituí-lo, eu não podia ser o marido dela e ela não podia ser meu pai, e as coisas eram simplesmente assim.

Agora, lembrando-me daquela dor — aquele buraco — que meu pai deixou para trás, meu coração se aperta. E sei que não é apenas alguém para preparar sanduíches, arrumar a cama e marcar consultas com o dentista que quero para Jack. É alguém para preencher esse buraco.

George e seu bigodão com pontas recurvadas fizeram isso por minha mãe, embora muitos anos mais tarde. Mas, desde então, ela não tem saído para valer com ninguém.

— O cara com a tatuagem de ave estava lá na noite passada? — pergunto durante um comercial.

Uma vez que mamãe não responde, olho a tempo de vê-la fungar, um lenço de papel levado ao rosto.

— Mãe? — pergunto, alarmada. — O que aconteceu?

— Ah, querida — diz entre suspiros. — Estou feliz por você estar em casa. Sinto saudade quando você vai embora. — Ela tenta sorrir. — Você sabe que sou uma manteiga derretida.

Reviro os olhos, entrando no jogo. Fingindo que não foi a notícia que dei durante o jantar sobre o estudo clínico não estar funcionando que causou o nó na garganta dela.

— Você é mesmo. Eu não acredito que você ainda não chorou litros.

— Sorte a sua. Você herdou a força do seu pai.

Eu sempre me deliciava com essas comparações. *Você tem os olhos de seu pai. O sorriso dele. A capacidade que ele tinha de ler as pessoas.* Como se eu fosse uma colcha de retalhos dele costurada em mim. Nunca os questionei. Mas agora, em minha posição estoica no sofá, fico me perguntando: se sou tão resistente mesmo, por que estou com uma enorme vontade de me aconchegar nos braços de minha mãe, sentir seus dedos acariciando meu cabelo? Não me lembro da última vez que a deixei realmente me abraçar. E me sinto como uma criança em minha ânsia por isso.

Permaneço sentada, imóvel, até o sentimento passar.

Em seguida, volto minha atenção para a TV, onde um participante acaba de obter um Daily Double, uma espécie de pergunta premiada.

Quero apostar tudo, Alex.

Certo, isso significa 16.200 dólares. Vamos dar uma olhada na pista.

Ele responde incorretamente. A plateia suspira.

Mas, em silêncio, torço por ele.

Admiro sua coragem.

* * *

QUANDO CHEGO EM casa, já é tarde, mas o carro de Jack não está na garagem e odeio admitir que sentir os meus dedos um pouco relaxados no volante e os nós desaparecendo em meu estômago são sinais de alívio. Que estou *aliviada* porque meu marido não está em casa. A tensão que surgiu entre nós no sofá na noite passada só se tornou mais forte depois que rejeitei suas investidas, e começou a parecer que éramos dois estranhos que inexplicavelmente compartilham a mesma cama à noite.

Enquanto subo a escada dos fundos e coloco minha chave na fechadura da porta da cozinha, a culpa começa a dominar meu alívio. Sei que a distância entre nós é minha culpa. Que venho rejeitando Jack, talvez sem intenção, mas, ainda assim, rejeitando-o. E me pergunto o que há de errado comigo. O que há de errado com *nós dois*? O câncer não deveria aproximar mais os casais? Não era para estarmos gastando todo o nosso tempo acariciando os dedos um do outro enquanto sussurramos frases como "eu te amo", arrependimentos e esperanças da mesma forma impulsiva com que fazem as adolescentes enquanto sussurram fofocas?

Abro a porta e entro em casa, onde Benny me recebe com seus latidos normalmente felizes. Eu o deixo ir para o quintal e, depois, o apanho e o levo no braço para o quarto. Acendo a luz e ando em direção à cama onde pretendo jogar Benny e depois meu corpo cansado, mas tropeço em algo no chão e, em vez disso, acabo caindo. Benny salta de meus braços e pousa com segurança no edredom, deixando minhas mãos agitando-se no ar à procura de algo para amenizar a queda. Agarro o canto da cama a tempo, o peso de meu movimento para frente balança o colchão e cria uma reação em cadeia de objetos caindo no chão.

Caio batendo desajeitadamente os joelhos no chão e fico ali por um minuto, fazendo uma lista das partes de meu corpo. Quando chego à conclusão de que nada está quebrado, faço força para me levantar devagar, sentindo-me muito mais velha que meus 27 anos. Sei que é o câncer que está me deixando frágil e fraca, e sei que tenho sorte de não ter quebrado um osso ao meio, ou pior.

Olho para o chão atrás de mim a fim de ver o que causou minha queda, mas não há nada, e sinto um pouco de constrangimento com minha falta de jeito. Então, vou para o lado da cama de Jack onde o colchão bateu na mesa de cabeceira, fazendo com que tudo sobre ela caísse no chão, incluindo sua luminária. Pego-a primeiro e a coloco na mesa, endireitando o abajur. Depois pego seus óculos e os coloco no mesmo lugar onde ele os deixa todas as noites. Por fim, pego um livro que caiu com a capa para baixo, e sei qual é, sem virá-lo para cima, porque ele não saiu do lugar desde o dia em que o coloquei em sua mesa de cabeceira.

Preparando-se para a Morte de um Ente Querido

Quando passo o dedo na lombada intacta, sinto uma pontada de irritação com Jack.

Por que você não está se preparando?, quero gritar para ele. Mas ele não está aqui para me ouvir gritar. Olho para o relógio: 1h23.

É tarde, até mesmo para Jack.

Suspirando, coloco o livro de volta na mesa de cabeceira e passo por cima de seu travesseiro até chegar ao meu lado da cama, aconchegando-me debaixo dos cobertores. Benny aninha-se atrás de mim, aquecendo minhas costas, e fico deitada ali pensando em Jack, na tensão e na distância. E, por mais que odeie isso, por mais que queira que sejamos o casal que acaricia os dedos um do outro e enfrenta meu Monte de Câncer como um casal de super-heróis com capas, sei que é melhor assim. Eu o rejeito porque o estou preparando para o inevitável, ainda que ele não queira se preparar.

Porque entendo o que o espera lá na frente, mesmo que ele não saiba. Penso em meu pai, e no caminhão que tão rapidamente o apagou de nossa vida. E me pergunto: se soubesse quatro meses antes sobre seu destino naquele cruzamento, ele teria preparado minha mãe. Sinto-me agitada com a ideia de que é outra coisa que temos em comum. Se ele pudesse ter encontrado George para minha mãe alguns anos antes, se pudesse ter aliviado a dor dela, ele não teria feito isso? Alguém não faria?

Dominada pela súbita vontade de escrever um e-mail para PW147, sento-me aprumada na cama, tentando lembrar onde deixei meu notebook. Então ouço o carro de Jack se aproximar de nossa casa, e rapidamente estendo a mão para desligar minha luminária.

Espero no escuro silencioso Jack abrir a porta dos fundos e vir para nosso quarto, mas os minutos passam e ele não vem. Começo a duvidar de mim mesma. Será que eu estava ouvindo coisas? Não foi o carro de Jack que parou, mas um vizinho? Talvez Sammy? Saio da cama e, com a ponta dos pés, atravesso o corredor em direção à sala íntima e sua fileira de janelas grandes de painel único que dão para a rua.

Afasto duas das ripas de madeira branca que cobrem o vidro, com cuidado para não agitar a veneziana inteira, e depois rio de mim mesma por causa de minhas tentativas de ser furtiva. Jack, obviamente, não está lá fora; do contrário, já teria entrado.

Paro de rir quando vejo seu carro estacionado junto à guia em frente à nossa casa. Apenas nove metros me afastam de Jack, sentado no banco do motorista de seu Ford Explorer. A princípio, penso que ele está ao telefone, tratando de alguma emergência na clínica, mas, sob a luz fraca que vem do poste, posso ver que não há telefone. Sua mão não está no ouvido. Ele está apenas sentado. Olhando para a noite escura à sua frente, a luz refletindo das córneas de seus olhos.

E me sinto impressionada, não apenas com seu silêncio, mas com o quanto ele parece cansado.

Não, não está cansado — ele está sempre exausto depois de um longo dia de trabalho. Ele parece... derrotado.

Então, ocorre-me pela primeira vez que talvez Jack não queira mais estar em casa do que eu o queria aqui quando entrei na garagem esta noite. E, mesmo que eu não possa culpá-lo, ainda me vejo indignada com essa informação. Estou *morrendo*! Não era para ele querer estar comigo?

Respiro fundo, desejando me acalmar e ser lógica. Sou eu que o estou rejeitando — que, no final, está levando alguém a começar a se afastar, certo? Não posso esperar que ele continue tentando, como um cão sarnento atrás de um novo lar, por mais que já tenham lhe dito para sumir. E isso não deveria me deixar feliz? O fato de Jack estar *se preparando*, mesmo que não esteja lendo um livro idiota?

Sim, deveria.

Então não posso explicar por que durante os próximos vinte minutos fico em pé junto à janela, desejando em silêncio em minha mente que ele entre e acabe com a distância entre nós.

dezesseis

A PLACA FIXADA na frente da Escola de Ensino Fundamental Lexington anuncia a data de uma reunião de Pais e Mestres que já passou, uma Felicitação ao Aluno do Mê (o "s" misteriosamente está faltando) e a Visitação Pública ao Jardim de Infância na terça-feira às 18h.

Jack dá uma olhada para seu telefone com uma das mãos enquanto manobra o carro no estacionamento com a outra. Sei que ele está esperando um telefonema a respeito de um azulão que alguém levou ao hospital veterinário depois de encontrá-lo debatendo-se no quintal. Jack cuidou da asa ferida, mas por dois dias não conseguiu fazer o pássaro comer. Ele o deixou sob os cuidados de Charlene com instruções explícitas que ligasse para ele se tivesse mais sorte.

Sei de todos esses detalhes porque Jack me contou na noite de domingo quando chegou em casa depois de um longo dia no escritório. Foi a única conversa real que tivemos durante todo o fim de semana.

— Mais uma vez, obrigada por ter vindo — digo. — Kayleigh insistiu e sei que significa muito para ela.

Ele concorda com a cabeça e estaciona o carro.

— Falando no diabo...

Ergo os olhos e a vejo vindo em linha reta em nossa direção. O celular de Jack toca quando abro a porta.

— Tenho que atender — diz ele, já deslizando o polegar na tela. — Eu alcanço vocês.

— Era para eu estar aqui 35 minutos atrás — diz Kayleigh, agarrando meu braço antes mesmo que eu tivesse chance de fechar a porta do carro atrás de mim. — Se alguém perguntar, estávamos conversando no estacionamento.

Eu a sigo até a porta da frente e, quando entramos no saguão, Kayleigh dispara a olhar para todos os lados, observando pais e professores com crachás conversando uns com os outros.

— Certo, acho que está tudo bem. Se alguém se aproximar, apenas me pergunte alguma coisa sobre a escola — diz.

— Tipo o quê?

— Sei lá. Se ensinamos mandarim ou algo do tipo.

Concordo e, enquanto observo o mar de rostos à nossa volta, percebo os seres humanos menores ziguezagueando pela multidão.

— Não é estranho não ter uma criança com a gente?

— Não — diz ela. — Babá.

Claro! Jack e eu temos uma criança com idade para estudar no jardim de infância e ela está com a babá. Entendi. Olho para outros pais ao redor a fim de conseguir pistas de como se juntam, se portam, como se eu estivesse em uma aula de teatro. Meus olhos encontram uma mulher que carrega um bebê amarrado ao peito como se fosse uma bomba. Sua mão ágil segura o punho de uma menina de vestido roxo que choraminga e se debate para se soltar da mãe, e, de repente, toda a cena que se desenrolava diante de mim é como uma faca dentada em meu coração.

Antes, quando via uma criança chata e difícil, eu tinha uma rápida sensação de alívio por ela não ser minha. Por ainda ter tempo, liberdade e anos antes de ter esse peso para carregar.

Mas agora...

Agora, nunca terei um filho, chorão ou não. Nunca sentirei o calor daqueles dedinhos na palma de minha mão retorcendo-se para se soltar do apego maternal. E o injusto é que tudo isso ameaça liquefazer meu corpo até eu me tornar nada mais que uma poça no chão forrado com linóleo. Tento engolir o nó na garganta que se instala ali como uma bola de algodão molhado, enquanto Kayleigh fala de outros programas que a escola oferece e de perguntas que eu poderia fazer, enquanto o choro da criança se torna mais agudo, sua altura correspondente à emoção avolumando-se em meu corpo. É tão desgastante que não entendo como Kayleigh não percebeu. Como ela continua falando.

— Daisy — diz ela.

Exalo. Ela percebeu. Reconheceu o erro de me pedir para vir aqui.

— Sim — digo, já lhe perdoando. Como ela poderia saber como eu reagiria a todas essas crianças? Nem eu sabia.

— Você enviou o e-mail para ela?

Ela não percebeu.

— Para quem? — pergunto, tentando me recompor. Tentando colocar a menina de vestido roxo e seus dedinhos nos recônditos de minha mente.

— Sério? A garota que tem te deixado no mundo da lua durante todo o fim de semana. Você está parecendo uma adolescente apaixonada.

— Não. Ainda não sei o que dizer. — Passei os últimos quatro dias digitando, pelo menos, 13 rascunhos diferentes de e-mails, e me repreendendo por ter me registrado para namoros online sem pensar bem no assunto. Se eu lhe enviasse uma mensagem fingindo ser Jack, então, no final, os dois teriam de se encontrar, e ele não faria a menor ideia de quem era essa mulher. Se eu lhe enviasse uma mensagem em meu nome e apenas explicasse a situação, ela talvez pensasse que eu era clinicamente insana, irremediavelmente patética ou ambas as coisas.

Fiz que não com a cabeça.

— Foi uma bobagem.

— Estou te dizendo. O lance do perfil fake. Vai dar certo.

No domingo, Kayleigh sugeriu que eu criasse um perfil falso ("Encontre uma foto na internet de um cara gostoso"), marcasse um encontro com PW147 e depois, de alguma forma, desse um jeito para que Jack estivesse no mesmo lugar na mesma hora. Quando ela inevitavelmente se levantasse para ir embora, porque o cara não existe, ela e Jack se encontrariam.

— Eu não sei. É um pouco *Catfish* demais para mim. É muito desonesto. — Sem falar que dará muito trabalho sem garantia alguma de que os dois irão realmente falar um com o outro.

Kayleigh zomba de mim.

— Você está arrumando outra mulher para o seu marido pelas costas dele. *Isso* é que é muito desonesto.

Peço que fique quieta quando vejo Jack entrar pela porta da frente. Aceno para ele.

— Desculpe — diz ele, quando se aproxima.

— Como está o pássaro?

Duas crianças passam correndo entre nós, brincando de pega-pega.

— Bem — diz ele, dobrando os joelhos na lateral para evitar uma colisão.

— Sério? Ele está comendo?

— Ah. — Ele tira os olhos das crianças e olha para mim, e fico me perguntando se também vê nelas o futuro que não teremos. Se vê, seus olhos não mostraram. — Não sei.

Estou confusa.

— Não era aquela Charlene?

Ele abre a boca para falar, mas é interrompido pela voz de uma mulher estática que retumba pelo ar, acompanhada pelo retorno agudo. Eu me retraio, uma vez que a conversa da multidão cessa.

A pessoa que fere nossos ouvidos, uma mulher alta, gorda e com raízes cinzentas denunciando os cabelos antes pretos, está em pé no centro da sala, lutando com o microfone. — Me desculpem por isso — diz com a boca no microfone, e, dessa vez, o som sai claro. — Ah, está melhor. — Ela sorri. — Bem-vindos à visitação pública do jardim de infância da Escola Lexington. — Ela faz uma pausa, e aplausos dispersos preenchem o espaço vazio. — Sou a diretora Woods, e estamos empolgados com a presença de todos vocês aqui e por estarem interessados em saber mais sobre nossa premiada instituição de ensino.

Percebo, mesmo sem olhar, Kayleigh revirando os olhos ao meu lado. A diretora dá uma breve visão geral do programa do jardim de infância — o currículo acadêmico, o ambiente de aprendizagem completo, as atividades extracurriculares. Quando ela passa a focar a cidadania mundial por meio de seu programa abrangente de idiomas do mundo, até eu tenho de me segurar para não rir. Isso é uma escola de ensino fundamental ou faculdade?

Kayleigh me acotovela na lateral do tórax, como se dissesse: "Tá vendo? Você pensou que eu estava exagerando."

— Há quatro salas de aula do jardim de infância que visitaremos no final da tarde — continua a diretora. — Por favor, fiquem à vontade para perguntar aos professores em cada sala o que vocês quiserem sobre o ambiente de aprendizagem aqui. Minha assistente Perkins e eu também estaremos circulando pela escola para responder a quaisquer perguntas. Obrigada mais uma vez pela presença de vocês.

Ela desliga o microfone, e os pais começam a se amontoar como um rebanho em direção aos fundos da escola, onde a diretora Woods havia indicado que se localizavam as salas de aula do jardim de infância. Enquanto seguimos, ocorre-me por que Kayleigh estava atrasada.

— Você estava com Bradley Cooper, né?

Ela enrubesce, um sorriso involuntário abrindo-se de orelha a orelha.

— Uau. Ele deve ser realmente bom — digo.

Jack geme.

— Sério?

Quase posso ouvir seu pensamento: *É por isso que eu não gosto de sair com vocês duas.* Seu celular toca. Ele o pega e aperta meu braço.

— Já volto.

Enquanto Jack se afasta ladeando a multidão e se enfia em uma sala de aula vazia, Kayleigh se inclina para mim e diz com uma voz cúmplice.

— Ele é mesmo.

— Bem — digo, rendendo-me à felicidade contagiante de Kayleigh, a conhecida montanha-russa em que ela anda no início de todo relacionamento novo —, ele é gostoso.

— Você não faz ideia — diz, começando uma descrição detalhada das partes mais definidas do corpo do rapaz. Em "peitoral esculpido", paro de ouvir. Eu poderia até parar de respirar. Sei que já parei de me mover, porque estou ligeiramente ciente de que sou um pouco empurrada por pais atrás de mim tentando passar pela porta junto à qual me encontro. Sou uma pedra em um rio, e meu corpo está gelado.

— Daisy. — Ouço a voz preocupada de Kayleigh vindo em minha direção. — Você está bem?

Ela segura meu braço e me puxa para dentro da sala de aula, mas não tiro os olhos da mulher com cabelo cor de caramelo.

— É ela — digo, minha voz seca.

— Quem? — Kayleigh segue meu olhar.

— A PW147. — Ela é mais viva em pessoa, o que não deveria fazer sentido algum (todo mundo não fica mais vivo em carne e osso do que em fotos?) Mas, assim que penso na descrição, ela se encaixa. Seu cabelo do comercial do Pantene brilha sob as luzes fluorescentes. Ela está usando um cardigã azul-marinho e sapatilhas amarelas brilhantes que combinam com seu sorriso brilhante, e entendo por que há uma criança abraçada a ela como se fosse feita de aço e a perna da mulher, um ímã.

— Onde? A única pessoa que eu vejo é a Pamela.

Ao ouvir o nome dela, PW147 para de olhar para a mãe com quem está conversando e olha em nossa direção.

— Kayleigh, aí está você! Poderia mostrar à senhora... desculpe, qual é o seu nome mesmo?

A mulher murmura algo.

— Sim! À senhora *Beckwith* a tabela de níveis emocionais? Prometi levar alguns pais — acena para um grupo de adultos atrás dela — durante nosso ciclo de trabalho normal.

Kayleigh tira os olhos de mim, olha para Pamela e pisca.

— Hããã... sim. Claro! — Ela dá um passo para a frente e leva a senhora Beckwith em direção ao fundo da sala de aula. — Por aqui.

Kayleigh se vira para mim com os olhos estreitados, murmurando alguma coisa por cima do ombro, mas estou muito ocupada olhando para PW, ou Pamela, e tentando conciliar o fato de que a mulher no perfil é a mesma mulher de quem Kayleigh vem se queixando desde que começou a trabalhar aqui em agosto.

— Senhora? — A palavra me chama a atenção quando percebo que todos estão olhando para mim.

— Sim? — Viro-me, cruzando meu olhar com o de Pamela. Há uma bondade tão genuína nele que começo a imaginar se o péssimo julgamento de Kayleigh em relação aos homens se estende a outras pessoas em sua vida. Ou talvez seja eu. Talvez eu tenha criado essa mulher incrivelmente perfeita em minha cabeça com base em seu perfil de 173 palavras e tenha me tornado incapaz de encontrar qualquer possível defeito nela.

Seguindo adiante, preciso ser mais perspicaz.

— Só queria saber se você gostaria de nos acompanhar enquanto observamos o ciclo de trabalho das crianças.

— Quero — respondo. — Obrigada.

Ela sorri, faz um sim com a cabeça e se vira para o restante de adultos à sua volta, pedindo que nos sentemos nas cadeirinhas de plástico azul aos nossos pés. Em seguida, tenta tirar o menino agarrado à sua perna.

— Hudson, por que você não vai fazer algo com as conchinhas e depois vem mostrar para eles como você faz para lavá-las?

Ele rapidamente larga as pernas curtas e grossas da mulher e corre para uma prateleira alinhada à lateral da sala, e eu me forço para desviar os olhos daquele toquinho de gente, que ameaça conquistar meu coração com a mesma força que a palma das mãos da menina chorosa. Cada um de nós acomoda desajeitadamente o corpo nos assentos moldados, e eu volto minha atenção para Pamela.

— Cada criança vai escolher aquilo em que quer trabalhar quando chegar para o dia de aula — começa ela.

Inclino-me para a frente, apoiando-me nos joelhos — desconfortavelmente perto de meu queixo —, escutando com atenção cada palavra. Sua voz é firme, mas melódica. É evidente que ela é o tipo de professora que não aceitará nenhuma porcaria de seus alunos, o que os faz amá-la ainda mais.

Faço que não com a cabeça. Mas deve haver alguma coisa errada com ela. Tento me lembrar. O que Kayleigh odiava nela? As pérolas. Ela ficava profundamente irritada com as pérolas de Pamela, começando uma crítica com a pergunta "Quem usa pérolas?" e terminando com algo sobre o clube das meninas e Jackie Kennedy.

Meu olhar passeia por seu pescoço — ela não está usando as pérolas esta noite. Não importa, é quase um crime ter joias antigas. Talvez sejam uma relíquia de família — que passou de sua falecida avó ou algo assim. Tenho certeza de que Kayleigh nunca pensou em perguntar.

As outras queixas de que me lembro se relacionavam ao entusiasmo excessivo de Pamela em sala de aula — sempre aparecendo com quadros de avisos novos, acrescentando tarefas extras às lições no último minuto, bajulando a diretora Woods. Posso imaginar como seria irritante para Kayleigh, mas tudo o que isso diz sobre Pamela é que ela é dedicada ao trabalho, apaixonada pelo que faz.

Assim como Jack.

— Desculpe — ouço a voz de Kayleigh, interrompendo a explicação de Pamela.

— Só vim buscar a Dais... é... a senhora Richmond. Prometi a ela que mostraria, hã... as letras feitas com lixas.

— Claro! — diz Pamela, acenando para mim como se me dispensasse.

Kayleigh me chama com a mão, e não tenho escolha senão me levantar da cadeira e segui-la. Pamela reinicia seu discurso assim que dou as costas para ela.

Quando estamos a uma distância segura e agarradas a grandes cartazes brancos com letras arenosas em relevo neles, Kayleigh sussurra uma palavra:

— *Pamela?*

— Fale baixo — sussurro em resposta, olhando ao redor para ter certeza de que estamos sozinhas. E depois:

— Só não entendo o que há de tão ruim nela.

— Por onde você quer que eu comece? Ela usou um suéter com desenhos de rena no Natal. E não estava sendo irônica. — Kayleigh me encara como se acabasse de me contar que Pamela estrangula gatinhos por diversão.

Eu a encaro também.

— E?

— E? — repete Kayleigh. — É *aquela* garota. Tudo é festa e flores, e... ah! Ela coloca papel Contact em tudo. Em porta-lápis, na parte de dentro de gavetas, em quadros de avisos. Se ela vivesse em sua casa, colocaria papel Contact nas paredes. Pensa.

Eu penso. Não na parte do papel Contact — já forrei toda a parte de dentro de cada armário de minha cozinha e banheiro —, mas em Pamela vivendo em minha casa. Olhando para todos os lados da sala de aula com todos os nichos arrumados, prateleiras organizadas e mesas impecáveis, não tenho dúvida alguma de que ela manteria minha casa em perfeita ordem — e sempre saberia onde está o uniforme médico de Jack.

— O que vocês estão cochichando? — Dou um pulo ao ouvir a voz de Jack atrás de mim.

— Nada — digo, reorganizando as letras feitas com lixas que tenho na mão.

— Você precisa de nós aqui por muito mais tempo? — pergunta Jack para Kayleigh. — Tenho que voltar para a clínica.

— Ah! Não, acho que estamos bem. Fiz questão de que a diretora Woods me visse conversando com vocês no saguão — diz ela.

Jack assente e se vira para mim.

— Você já está quase pronta para ir?

— Hã, sim — respondo, lançando os olhos para o lugar onde Pamela ainda está sentada no meio círculo de cadeiras, observando Hudson enquanto ele usa uma escova de dentes para esfregar uma concha em um pote baixo de plástico cheio de água. Quanto tempo leva para limpar uma maldita concha? — Só quero agradecer a uma colega professora de Kayleigh.

— Certo, bem, vou na frente para ligar o carro.

— Não! Sério, só vai levar dois segundos. Venha comigo.

Enquanto caminho em direção à Pamela, meus pensamentos se atropelam. Posso apresentar Jack com bastante facilidade, mas como posso manter a conversa? E, mesmo que eu consiga fazer os dois conversarem, e depois? Não posso apenas pedir o número do telefone dela. Ou perguntar: "Ei, está interessada em se casar com meu marido?". Eu me xingo novamente por ser tão tola. Por pensar que poderia escolher uma esposa para Jack com a mesma facilidade com que compraria um par de sapatos para ele. O que eu pensei? Que simplesmente traria uma moça para casa e a guardaria no armário?

Quando chegamos à cadeira azul que deixei vazia, estou frustrada. Decido apenas agradecer a Pamela, porque é isso que eu disse a Jack que faria, e sair, com o rabo entre as pernas cheias de ossos cancerosos.

Quando respiro fundo para falar, Pamela ergue os olhos.

Seus olhos se arregalam.

E, antes que eu possa dizer uma palavra, ela passa à minha frente.

— Jack?

Confusa, olho para os lados, imaginando se um dos garotos zigueza-gueando pela sala se chama Jack. Mas então volto a olhar para Pamela e vejo que seu olhar está totalmente fixo em meu marido. Então viro a cabeça a fim de olhar para ele também. E, imaginação minha ou não, é como se toda a sala — o mundo inteiro, talvez — tivesse parado e esperasse que ele falasse.

A resposta de Jack é uma afirmação:

— Pamela.

Meus pensamentos tão confusos há apenas alguns instantes se dissipam, e me resta uma frase coerente: eles se conhecem.

Mas é difícil me concentrar nessa informação. Porque há alguma coisa no modo como ele diz o nome dela que — pelo mais breve dos segundos — me faz odiá-la tanto quanto Kayleigh.

Talvez até mais.

ABRIL

dezessete

Não como chili. Jamais gostei. Acho que as latas de chili que compro para Jack espalhar generosamente em seus cachorros-quentes parecem comida de cachorro.

No entanto, estou inexplicavelmente em pé diante de uma mesa forrada de panelas elétricas no porão de uma igreja, segurando um pote de isopor cheio de carne moída e condimentos cozidos em fogo lento. Poças laranja de óleo começam a juntar em cima da carne, e, enquanto olho para a mistura ofensiva, só consigo pensar nisto: como cheguei aqui?

Não literalmente. Sei que estava passeando com Jack e entramos juntos, e agora aqui estamos nós, em pé no linóleo e sob um teto de telhas baratas.

E sei que é porque eu disse sim. Que concordamos que deveríamos ir.

Na visitação pública, após a revelação de que não era a primeira vez que Jack e Pamela se encontravam, Jack me ofereceu a peça que faltava no quebra-cabeça:

— Pamela também é voluntária da Small Dog Rescue.

Ele se voltou para ela.

— Mas não sabia que você trabalhava *aqui* — disse, no exato momento em que Pamela falou:

— Não sabia que você tinha filhos.

Filhos. Droga. Jack e eu deveríamos ser pais. Em pânico, olhei para Kayleigh, seus olhos arregalados encontrando-se com os meus.

Após um instante estranho de silêncio, Jack falou, explicando por que não tínhamos filhos e, consequentemente, nossa presença desnecessária na visitação pública de uma escola fundamental:

— Não temos. Minha esposa e Kayleigh são grandes amigas. Ela sempre quis que conhecêssemos seu local de trabalho.

Esposa.

Alegro-me com o substantivo. Satisfeita com a ideia de posse que ela sugeria.

E então, enquanto os dois continuaram a falar sobre o resgate de cães e o dia de adoção do último fim de semana na PetSmart, repreendi-me em silêncio por minha ridícula reação exagerada a toda essa situação. Então eles já se conheciam. Isso era bom, não? Poucos minutos antes, eu estava tentando esquematizar o encontro deles. Essa parte, embora inesperada, revolveu-se por si só. Eu deveria me sentir aliviada, eufórica.

Não agindo como uma adolescente possessiva que não deseja dividir seus Oreos na hora do lanche.

Se fosse honesta, entretanto, realmente não estava gostando do modo como ela olhava para meus biscoitos. Do modo como ela podia comer todos eles, inclusive as migalhas. E me deixar sem nem um.

Obriguei-me a voltar para a conversa.

Ouvi a palavra "chili".

E então Jack e Pamela estavam olhando para mim com expectativa.

— Hein? — perguntei.

— Você quer ir? — perguntou Jack.

— Onde?

— Ao evento com o intuito de arrecadar fundos para o abrigo. Pamela estava falando disso.

— Ah, desculpe. Sim. Parece ótimo.

E aqui estou eu em uma Festa do Chili, em pleno sábado. Segurando um pote de chili que não tenho a intenção de comer.

— Você vem? — pergunta Jack, pegando duas colheres de plástico e alguns guardanapos em uma mesa coberta com uma toalha xadrez vermelho.

Eu o sigo em ziguezague pela multidão, passo pela mesa de sobremesas, cheia de bolos caseiros cobertos de glacê, biscoitos com gotas de chocolate, barrinhas de limão e torta de cereja. Embora o açúcar esteja estritamente em minha lista "Não comer" há anos, diminuo o passo e olho para cada guloseima, surpresa com o quão fácil é me lembrar do gosto delas em minha boca.

O bolo de cenoura me faz lembrar de meu primeiro Natal com a família de Jack, em Indiana. Era tão comum que me deixava desconfortável. Como se me encontrasse no meio de um comercial de uma rede de supermercados, mas alguém tivesse se esquecido de me dar o script. Eu sorria muito. Para sua mãe, quando me oferecia mais peru recheado. Para suas três irmãs pequenas, quando todas queriam trançar meu cabelo e pintar meu rosto com batom e glitter. Para seu tio que dizia que eu só saberia o que era viver quando comesse um pedaço do bolo de cenoura da mãe de Jack. "Você não vai comer nem um pedaço?" — perguntava para Jack enquanto sua mãe distribuía fatias em lindas louças de porcelana. "Não gosto mesmo de doces" — dizia ele, despejando café em uma xícara delicada.

"Quem não gosta de *doces*?" — levantava minha voz, esquecendo-me de minha compostura recatada, surpresa por conhecê-lo há oito meses sem saber dessa importante informação. A família caía na risada. "Ele é filho do leiteiro!", dizia seu pai ao bater com o punho na ponta da mesa. "Não é normal", zombava sua mãe.

Jack não come sobremesa. Ao me aproximar de uma cadeira dobrável, faço uma nota mental para adicionar isso à lista que comecei para Pamela. Coisas que ela deveria saber sobre ele, como o fato de que ele nunca se voluntariará para um corte de cabelo ou que ele mantém uma caixa de cartões com perguntas e respostas de conhecimentos gerais ao lado do vaso sanitário e os lê para se divertir, ou que, se um animal morrer em sua mesa de cirurgia, é preciso deixá-lo sozinho por algumas horas naquela noite — nada de abraços, nada de frases do tipo "A culpa não foi sua" para consolá-lo, nada de sugestões para distraí-lo.

— Gostei do seu suéter.

Olho para os olhos redondos de Pamela do outro lado da mesa à qual Jack nos levou e depois para minha blusa de listras azul-marinho e brancas. Jack diz que é minha camisa de capitã do barco. Ele normalmente faz continência para mim sempre que a uso, mas, quando entrei na sala de estar esta manhã, ele apenas olhou para mim e perguntou: "pronta?".

— Obrigada — digo, sentando-me, enquanto estudo seu torso para poder retribuir o elogio. — Gostei do seu... cabelo.

Está puxado para trás em um rabo de cavalo cheio. Nada complicado. E sei que não é o estilo que estou elogiando nela, mas toda a sua atitude de requerer pouca atenção. E como é que ela ainda consegue parecer, extrema e irritantemente, bonita com o cabelo para cima e sem rímel.

Ela sorri e então olha para Jack, já devorando seu chili ao meu lado.

— Você gosta disso?

— Está muito bom — responde, usando o guardanapo para limpar o líquido gorduroso escorrendo pelo queixo.

— É uma receita secreta da minha avó.

Jack faz uma pausa longa o suficiente para perguntar:

— Foi você que fez?

Ela faz que sim com a cabeça.

— Não se esqueça de votar a favor. Quer dizer, se você achar que é o melhor. — Ela olha para minha tigela intacta. Depois acrescenta, com uma voz séria: — Há um troféu de plástico em jogo aqui.

Por reflexo, pego minha colher e começo a beliscar a carne.

— Desculpe — digo. — Tomei um belo café da manhã.

— Daisy detesta chili — diz Jack.

— Eu não *detesto*. Só não gosto é muito. — Ofereço um sorriso à Pamela. — Mas o seu parecia o melhor de todos.

— Obrigada. — Ela ri, e há algo agradável no som. Ou talvez eu me sinta satisfeita comigo mesma por provocá-lo. Como se estivesse no ensino médio e emocionada porque a garota mais popular me acha engraçada.

Ela endireita as costas e limpa a garganta.

— Então, hum... tenho que confessar uma coisa.

Nervosa, ela olha para Jack, e minha coluna se torna rígida. A palavra "confissão" é tão pessoal, sugestiva, íntima. Inclino-me para mais perto, imaginando qual poderia ser a próxima frase. É isso que acontece quando a garota mais popular tenta roubar meu namorado? Bem na minha frente? Ou será que tenho assistido a muitas reprises de *Gossip Girl* na TBS?

— Jack, estou querendo te perguntar uma coisa o dia todo.

— O quê? — pergunta, colocando a colher para baixo e dando-lhe toda a atenção.

Fico olhando para o rosto dele fixo nela e queria saber o que se passa em sua cabeça. Será que Jack a acha bonita? Claro que acha. Ela é indiscutivelmente bonita. Mas será que ele a acha mais bonita do que eu?

— É sobre o Copper.

Espero Jack perguntar o que estou pensando: *Quem é Copper?*, mas ele só faz um gesto de cabeça.

— Como ele está?

— Nada bem. Tiveram que remover a atadura esta semana, porque ele estava desenvolvendo uma laminite no casco direito.

— É de carregar muito peso — diz Jack.

— Exatamente. Mas a perna quebrada não está curada por completo e o veterinário diz que não há mais nada que ele possa fazer. Ele recomenda sacrificá-lo. — Ela respira fundo. — Mas eu simplesmente... eu não posso.

Jack concorda com a cabeça de novo.

— Você quer que dê uma olhada?

Ela se anima e a água nas bordas de seus olhos brilha na luz, e sei de imediato que ela é uma daquelas mulheres raras que, mesmo quando chora, é bonita. — Você poderia? Sei que você é muito ocupado, mas como estava falando sobre toda aquela pesquisa sobre próteses.

— Ela realmente avançou nos últimos anos, mas não quero que você tenha muitas esperanças — diz ele. — Ferimentos nas pernas são complicados em cavalos.

— Eu sei — diz Pamela.

Ela continua falando, mas não paro de pensar no que ela já disse. Ou melhor, não no que disse, mas no que suas palavras implicam. Pamela e Jack realmente conhecem um ao outro. Eles tiveram conversas reais sobre o cavalo dela e o trabalho dele, e fico imaginando sobre o que mais eles falam. E fico imaginando há quanto tempo os dois são voluntários juntos. E fico imaginando por que ele nunca a mencionou. Mencionou?

Vasculho meu banco de memórias. Será que Jack já chegou da PetSmart e disse: "Você se lembra daquela moça, a Pamela, de quem falei para você? Ela fez a coisa mais engraçada hoje". Mas não acho que ele já tenha dito isso. E fico pensando o que significa ele não ter dito.

Tento continuar envolvida na conversa dos dois, mas parece uma partida de tênis, e sou apenas uma simples espectadora. Então, observo. Eles curvam o corpo na direção um do outro, Jack está com os olhos brilhantes e entusiasmados enquanto expõe os detalhes de sua pesquisa sobre próteses. Pamela é uma ouvinte entusiasta, devorando cada palavra que sai dos lábios dele. E eu me pergunto se é imaginação minha ou se posso de fato ouvir o zumbido da corrente elétrica que flui de forma invisível entre eles.

Jack me coloca novamente na conversa.

— Tudo bem para você? Se for lá amanhã?

Finjo pensar. Finjo que nossa agenda antes cheia não está completamente vazia, exceto por minhas consultas médicas a cada duas sextas-feiras. Finjo que ainda estou no controle, que tudo está indo de acordo com meu plano, que Jack não está escorregando pelas minhas mãos, mas que eu é que o estou empurrando. Soltando-o. Faço que sim.

— Tudo bem.

Pamela levanta-se.

— Ótimo — diz ela. — Vocês querem alguma coisa? Vou pegar um biscoito.

Meus olhos são atraídos para sua barriga. É tão lisa que parece nunca ter visto um biscoito na vida, e tento engolir minha inveja. "Pegue dois", quero dizer. Mas, então, deixo escapar uma frase do perfil de Pamela no site de namoro.

— Você não quer a torta? — pergunto.

Ela inclina a cabeça.

Por que eu disse isso em voz alta?

— Só... parecia muito boa.

— Ah, você quer um pedaço? Trago um para você.

— Não, tudo bem.

Ela faz um sinal de cabeça.

— Jack?

Nós duas olhamos para meu marido, que está com a boca cheia de pão de milho.

Falo por ele:

— Ele não come sobremesa.

Mas, então, pergunto-me se talvez ela já saiba disso e está apenas sendo educada.

* * *

No caminho para casa, ainda está claro lá fora. Mais carros do que de costume alinham-se em nossa rua, o que só pode significar...

— Deve ter jogo de beisebol hoje — diz Jack.

— Hummm — murmuro, ainda perdida em meus pensamentos sobre Pamela. Mas parte de mim, inexplicavelmente, espera que ele diga mais. Que pergunte se quero ir ao jogo com ele. Neste exato momento. Pegar um cobertor e sentar-me na colina, uma encosta gramada logo atrás do campo onde os alunos sem ingressos se reúnem para beber cerveja barata e provocar os jogadores no campo externo do time adversário. Jack e eu fomos uma vez assim que nos mudamos para nossa casa. Foi divertido, até que um garoto irritante de uma associação de estudantes sentado ao nosso lado começou a jogar suas latas vazias de cerveja no campo, depois abriu a calça e deixou um longo jato de xixi cair no pedaço de terra a um metro de onde estávamos sentados. Os respingos quase acertaram nosso cobertor.

E, ainda que tenha sido nojento e eu tenha jurado que nunca mais voltaria, agora eu quero. E quero que Jack queira também.

Mas ele não diz mais nada.

Então, respiro fundo e pergunto:

— Há quanto tempo você conhece a Pamela?

Jack pisca enquanto manobra habilmente o carro até que esteja alinhado à guia em frente de nossa casa.

— Sei lá — responde, trocando a marcha para estacionar. — Seis meses? — Em seguida, olha para mim. — Por quê?

— Você nunca falou dela antes, e só... — Tento escolher minhas próximas palavras com precisão, manter o tom firme e leve. Não quero soar como uma esposa irritante. Ou insegura. Ou ciumenta. Ou transparecer qualquer uma das emoções reais que de fato sinto. — Parece que vocês se conhecem muito bem. Fiquei surpresa. Só isso. — Abro a porta do carro. — Nada demais.

Salto para fora de meu assento, dando um jeito para que minha linguagem corporal corresponda com minha atitude despreocupada. Jack sai para a rua e anda a um passo atrás de mim em direção à porta da frente. Quando meu pé toca o terceiro degrau da varanda de pedra, sinto sua mão em minha cintura. Ele puxa um dos passadores de meu jeans.

— Ei — diz ele. Viro-me para encará-lo. Com os pés firmemente plantados no chão e os meus vacilando no degrau do meio, estamos da mesma altura. Estamos literalmente com os olhos nos olhos. Espero que ele fale, mas, em vez disso, Jack se inclina, preenchendo a distância, e crava os lábios nos meus com firmeza. Enrugo a boca automaticamente, retribuindo o beijo por instinto, anos do hábito de moldar minha boca para ir ao encontro da dele.

— Muah! — deixo estalar, encerrando o beijinho familiar, e forço minha mente a passar para as atividades da noite: o banho que quero tomar e o pijama de flanela que não vejo a hora de colocar, e não o fato de que é a primeira vez que nos beijamos nos lábios depois de semanas. Ou que a pele onde sua barba curta arranhou meu rosto ainda está ardendo.

Mas antes que eu possa me virar no sentido da porta, sua mão está em minha nuca, puxando-me em sua direção. Nossos lábios se encontram novamente, dessa vez com uma força intensa que me arranca de minha resposta condicionada e me faz lembrar de imediato daqueles primeiros beijos que trocávamos à porta e no carro estacionado. O frio na barriga. Os joelhos bambos.

E, embora eu não tenha sentido vontade de transar nas últimas semanas, um impulso primitivo surge em minha barriga e se espalha como fogo.

Quero meu marido.

E sei que é algum instinto biológico reagindo à ameaça da concorrência, uma forma simbólica de colocar uma bandeira vermelha em seu peito e marcá-lo como *meu*, mas não me importo.

Ainda nos beijando, tropeçamos nos últimos degraus, nossas mãos apalpando um ao outro, nem um de nós querendo correr o risco de quebrar a conexão. Jack abre a porta da frente e eu começo a desabotoar seu jeans antes que a porta se feche completamente atrás de nós.

Ele crava uma das mãos em meu cabelo e a outra passeia pelas curvas de meu suéter e, depois, desliza para debaixo dele. Estica os dedos sobre minha barriga nua, apertando-os em minha carne, e congelo. Uma imagem do abdômen liso de Pamela passa com rapidez por minha mente. Inalo fortemente, concentrando todos os meus esforços em contrair minha barriga arredondada que nunca foi malhada, apesar das intermináveis horas de hot ioga e do número de smoothies de couve aos quais me submeti.

— Você está bem? — sussurra Jack, as mãos tão paradas quanto minha respiração. — Te machuquei?

— Estou bem — digo, abrindo o zíper de minha calça e empurrando-a pernas abaixo. Dou uma sacudida com a cabeça, desejando parar de pensar em Pamela e por que não estava tirando as roupas com meu marido.

Parar de estragar este momento. Exalar.

Por mais que eu tentasse, entretanto, ela ainda está ali.

Quando Jack deixa uma trilha de beijos em meu pescoço.

Cai em cima de mim no sofá.

Move-se dentro de mim.

Fecho os olhos com força e cravo os dedos em seus ombros, provando para mim mesma que ele está ali. É meu. Mas, mesmo com os olhos fechados, ainda vejo o rosto dela.

Com todas as minhas forças, puxo Jack para mim. Mais perto. Mais fundo. Quero que nos tornemos um em todo sentido da palavra. Mas, então, todo o peso de seu tronco está sobre o meu, esmagando meu peito, meus pulmões, e não consigo respirar.

Não consigo respirar.

Eu realmente não consigo...

— Jack! — dou um grito sufocado, batendo os punhos em suas costas.

Mas ele confunde meu frenesi de paixão e enterra a cabeça em meu pescoço.

— Daisy — fala com a voz rouca.

— Não! — O enorme punho se aperta ainda mais em torno de meus pulmões, e o pânico toma conta de mim. — Saia! — empurro com meus dedos, e com a palma das mãos, seu rosto, ombros, qualquer coisa que possa se apoderar de mim.

— Daisy? — Ele imediatamente se senta, os olhos refletindo o olhar selvagem que sei que é meu. — Daisy! O que foi?

Esforço-me para me sentar, para responder, mas há um peso em meu peito. Estico os dedos sobre os seios em uma tentativa desesperada de removê-lo.

Tomo ar, mas ele se prende em minha garganta, não há lugar para onde ir. Ouço um ruído distante que soa estranhamente como um filhote de foca. E aí me dou conta de que sou eu. Meu coração está batendo em meus ouvidos e estou vagamente ciente das mãos de Jack em meus ombros, puxando-me para cima a fim de me sentar, enquanto abro e fecho a boca como um peixe em terra, à procura de água. Mas estou à procura de oxigênio.

— Daisy. Olhe para mim — diz Jack, segurando meu queixo. — Olhe para mim!

Eu olho.

— Agora, relaxe — diz ele, com a voz firme. — Acalme-se. — Ele esfrega delicadamente meus braços. — Respire — ordena.

Como se fosse simples assim. Abro a boca para dizer que não consigo, mas só sou capaz de emitir um chiado, e minha cabeça está leve, e fico imaginando se é assim que a gente morre. E então penso como é bom o rosto de Jack ser a última coisa que vejo.

— Feche a boca. Respire pelo nariz. — Jack segue suas próprias instruções como se estivesse dando uma aula sobre técnicas de respiração. *Assim*.

Obedeço. E ali estamos nós dois sentados, fungando como cachorros, até que meu batimento cardíaco desacelera e consigo ajustar minha respiração à dele. O ar enche meus pulmões com um doce alívio, e abro a boca para engolir mais.

— Devagar — diz ele. Concordo com a cabeça, sem tirar os olhos dos dele. O silêncio enche a sala enquanto respiramos juntos, ao mesmo tempo.

Inspirar.

Expirar.

De forma consciente.

— Melhor? — pergunta.

— Sim — consigo dizer.

E, por um instante, nenhum de nós se move, ainda que eu esteja apenas de sutiã e Jack, com a cueca ridiculamente enrolada em um dos tornozelos.

Só percebo que estou tremendo quando Jack se levanta para colocar a manta em volta de mim. Ele se senta ao meu lado, e posso sentir sua mão pesada em meu ombro. Cubro o rosto com as mãos, porque sinto as lágrimas brotando em meus olhos, e, ao contrário de Pamela, não fico bonita quando choro. Meu rosto fica manchado e inchado, e meu nariz, brilhante e vermelho. Além disso, estou seminua, com calor por conta do constrangimento e não quero que Jack me veja assim. Sem levantar os olhos, mexo o ombro para tirar sua mão de cima de mim.

— Daisy — diz.

Faço que não com a cabeça escondida na palma de minhas mãos.

— Apenas saia — sussurro, minha voz ameaçando embargar se eu a elevar.

— Quê? — pergunta. Posso senti-lo aproximando-se mais.

— Apenas saia! — falo em voz baixa e áspera, jogando as mãos ao lado de meu corpo, mas mantendo os olhos bem fechados. Não quero que ele testemunhe mais uma humilhação. Afasto-me dele e rolo como uma bola para a ponta do sofá, puxando o cobertor apertado como um casulo em volta de mim.

— Só quero ficar sozinha — digo em voz baixa, exausta com o ataque que tive.

A sala se enche de silêncio e tudo está tão quieto que fico me perguntando se ele já saiu e não percebi. Mas estou com medo de abrir os olhos para ver. Então permaneço deitada, tão parada quanto o ar, até que, por fim, sinto o movimento no sofá ao meu lado quando ele se levanta. Ouço-o lentamente pegar suas roupas. E, em seguida, ouço seus passos pesados, sobrecarregados, enquanto sai da sala, atravessa o corredor e entra em seu escritório.

Mas ainda não consigo abrir os olhos. Fico deitada ali, com lágrimas quentes e salgadas pingando dos olhos, enquanto repasso na cabeça os últimos momentos — o desejo, a urgência, o toque familiar que, de algum modo, milagrosamente, parecia novo outra vez. E então o pânico que tomou conta de mim quando o fogo em minha barriga subiu para os pulmões. E então levanto o braço e aperto minha garganta seca, admirada com a rapidez — e a forma repentina — com que tudo pode virar uma merda.

* * *

NA MANHÃ SEGUINTE, quando entro na cozinha, quase sou derrubada pelo corpo esguio de Jack que passa correndo por mim de volta para a sala íntima.

— Desculpe — diz por cima do ombro e depois pergunta: — Você viu minhas chaves?

— Na cômoda — respondo, abrindo a geladeira e tirando os ingredientes de meu smoothie.

Quando ele volta para a cozinha, estou enchendo o copo de vidro do liquidificador de couve. Eu o ligo. O barulho do motor como o de um jato abafa sua próxima frase.

Quando fica silêncio, ele repete:

— Estou atrasado. Estou indo.

Pergunto-me se ele está atrasado ou apenas ansioso para sair. Não que eu possa culpá-lo se estiver.

— Tudo bem — digo, sem me virar para olhá-lo. O constrangimento da noite anterior faz minhas bochechas queimarem novamente. Jack não se move, e um silêncio denso se instala no ar.

— Daisy?

— Sim? — respondo, e, por um segundo, tenho uma esperança louca de que ele apenas virá correndo em minha direção e jogará os braços em volta de mim, de que eu poderei me derreter neles e esquecer a noite passada, Pamela e o Monte de Câncer, e apenas me lembrar de Jack. Eu e Jack.

Mas ele não faz isso.

— Acho que você deveria ligar para o doutor Saunders.

Com isso, eu me viro e olho para ele.

— Por quê?

— Você sabe — diz, mudando seu olhar para o chão. — A noite passada. Seu, hã, episódio.

Meu *episódio*? Ele está falando de meu *choro*? Sinto o calor explodir em meu rosto, uma vez que a irritação é maior que meu constrangimento. Jack sempre foi terrível para lidar com emoções, mas, caramba, acho que tenho o direito de ficar transtornada de vez em quando. Estou *morrendo*.

Uma vez que não digo nada por medo de chorar novamente — dessa vez, por causa da raiva —, Jack fala.

— Só acho que você deveria se certificar de que não é algo relacionado aos seus pulmões.

Ah! Ele está falando do lance de não-poder-respirar.

— Tenho certeza de que está tudo bem — digo, embora não tenha nem um pouco de certeza disso.

— Mesmo assim — diz ele, sem se mover, e, ainda que eu quisesse que ele me envolvesse nos braços segundos antes, agora só queria que ele já tivesse ido.

— Tudo bem. Vou ligar para ele.

— Certo — diz Jack.

Levanto as sobrancelhas para ele.

— Pensei que você estivesse atrasado.

— Ah, sim — diz ele, e dá alguns passos em minha direção, diminuindo a distância entre nós. Ele se inclina para me beijar, mas viro o rosto no último segundo, fazendo-o tocar parte de minha orelha e um bocado de cabelo.

Ele dá um passo para trás, e posso perceber que está olhando para mim. Por isso me ocupo colocando o smoothie em um copo.

— Daisy?

— O quê? — pergunto sem olhar para ele.

O silêncio se estende, uma vez que desejo que ele pare de olhar para mim e simplesmente vá embora.

E então, depois de murmurar um rápido "nada" bem baixinho, ele sai.

Fico em pé junto à bancada por um minuto, a mão segurando o copo. Concentro-me em minha respiração.

Inspirar.

Expirar.

Inspirar.

Expirar.

Então vou até o lugar onde está meu celular e tiro-o da tomada na parede. Sento-me à mesa da cozinha com minha batida grossa e ligo para o doutor Saunders. Enquanto o telefone chama, parte de mim espera que ele não atenda. Afinal de contas, é manhã de domingo. Talvez ele esteja na igreja. Espero. Será que o doutor Saunders vai à Igreja? Espanta-me o fato de realmente saber tão pouco sobre ele.

— Alô? — responde na quarta chamada.

— É a Daisy — digo. E, depois de algumas brincadeiras, falo sobre o calor em meu peito, que eu não conseguia respirar e o filhote de foca que eu parecia ouvir.

— A-hã — diz o doutor Saunders, e imagino as sobrancelhas levantando-se. — E o que você estava fazendo quando sentiu essa falta de ar?

— Hã... o quê? — pergunto, o rosto corando pelo que parece ser a trigésima vez nas últimas 12 horas.

— Você sabe, estava descansando, deitada, ativa, andando?

A rápida imagem do corpo nu de Jack sobre mim me vem à cabeça. Posso sentir a respiração dele em meu ouvido.

— Hum... ativa — respondo, esperando que o doutor Saunders não consiga perceber o constrangimento em minha voz. — Acho que estava ativa.

Após mais algumas perguntas, ele conclui que muito provavelmente foi um ataque de pânico, mas que também isso condiz com sintomas de um derrame pleural — um acúmulo de fluido ao redor dos pulmões muitas vezes tido por pessoas com tumores malignos. Ele me pediu que ligasse se isso acontecesse novamente; caso contrário, ele poderia fazer alguns testes na segunda-feira.

Desligo o telefone depois de marcar mais uma consulta médica para a manhã seguinte, mesmo sabendo que deveria ter feito outras perguntas sobre o derrame pleural pelo simples fato de ter certeza de que Jack fará mais perguntas à noite e que seria bom ter as respostas. Mas não consigo me dar ao trabalho de me preocupar com prováveis ataques de pânico ou um possível derrame pleural, porque só consigo pensar que Jack está indo se encontrar com Pamela. E que não consegui me despedir adequadamente de meu marido com um beijo. E que há semanas tenho sido um globo de bingo ambulante, minhas emoções caindo em cima umas das outras como as bolas com números, e nunca sei qual sairá da próxima vez.

Respiro fundo e tento lidar com os fatos. Lógica. Jack está indo se encontrar com Pamela. Ele vai ajudá-la com o cavalo dela. Eles vão conversar e, provavelmente, rir, e o dente torto de Jack vai dar o ar da graça em seus lábios depois de algo inteligente que ela disser. Lembro que é exatamente isso que eu queria que acontecesse. Essa é a oportunidade perfeita para Jack e Pamela deixarem a possível faísca entre eles surgir. Jack merece alguém que possa respirar. Alguém que não esteja efetivamente morrendo.

Aos poucos, entretanto, esses pensamentos lógicos dão lugar à imagem que me atormenta desde que Pamela convidou Jack para ir ao sítio onde está seu cavalo. A cena é totalmente romântica: o vaqueiro forte, o vento agitando o cabelo cor de caramelo e a cena de um filme do canal Hallmark, e é totalmente absurda, mas ainda aflige meu coração e ameaça comprimir meus pulmões de novo.

Respiro fundo a fim de que minhas vias respiratórias se mantenham abertas.

Então olho para o lodo verde e grosso em meu copo e vejo que perdi toda a vontade de beber meu smoothie.

Ouço o eco da voz de Jack em outros tempos. Um tempo anterior ao Monte de Câncer: "Por que você ainda toma essas coisas?".

E, sentada aqui, começo a concordar com a cabeça diante da pergunta que ele fazia com frequência. *Por que ainda tomo essas malditas coisas?*

Levanto o copo e fico observando minha mão de maneira curiosa — como se fosse uma criança rebelde e insolente agindo por livre e espontânea vontade — e jogo o copo de plástico cheio do líquido verde e tudo do outro lado da cozinha, onde ele acerta em cheio o armário sob a pia. Espirra meleca verde nas peças de madeira, no falso piso Saltillo, nos rodapés. O copo então bate no chão e vai rolando até parar no pé da geladeira.

E, no silêncio que se segue, a voz do terapeuta idiota da primeira vez idiota que tive o câncer idiota, mais uma vez, soa em minha cabeça:

Sua raiva é uma dor usando disfarce.

Eu me jogo no encosto da cadeira.

Minha raiva está espalhada por todo o chão da cozinha.

dezoito

Depois de raios x no peito e outros exames de sangue e de soprar em um tubo de plástico ridículo conectado a uma máquina barulhenta, o doutor Saunders confirma que tenho uma pequena quantidade de fluido em excesso nos pulmões.

— Vamos ficar de olho nisso, mas não acho que tenha sido o motivo de sua dificuldade para respirar — suas sobrancelhas espessas deduram.

— Tudo bem. Então o que foi? — Estou sentada em uma mesa de exame forrada com papel de seda. Por isso, até o menor movimento causa um barulho alto; então tento permanecer absolutamente imóvel.

O doutor Saunders coloca a pasta que está carregando ao meu lado e tira os óculos.

— Isso com o que você está lidando nesse momento é estressante e causa ansiedade.

Estressante.

Tento não zombar.

Estressante é quando você tem dois exames finais em um dia. Ou quando seu porão enche de água na mesma manhã em que seus sogros vão passar na cidade.

Isso não é estressante.

Isso é outra coisa.

Ele me fita com um olhar sério.

— Acho que ajudaria se você procurasse um especialista. Aprendesse algumas técnicas de respiração.

Eu o fito de volta.

— Um especialista. Isso parece um código para terapeuta.

O lado esquerdo de sua boca se levanta.

— Um terapeuta respiratório. — Ele bate de leve no peito com o dedo indicador. — Não um de cabeça — diz ele, movendo o dedo para o lado do crânio. — Há uma grande diferença.

— Tudo bem — concordo. — Desde que não seja algum truque para me fazer procurar um psiquiatra.

— Não faria isso. Sei como você se sente em relação a esse assunto — diz ele e, em seguida, me fita com um olhar penetrante. — Mas isso não significa que não acho que você deva procurar um desses também.

— Tenho certeza disso — digo, lembrando que foi o doutor Saunders que me indicou para a única sessão de terapia à qual concordei ir pela primeira vez. Resisti depois também, o que o levou a perguntar:

— Você não quer *ser* uma terapeuta? Eu achava que você, dentre todas as pessoas do mundo, entenderia os benefícios de ir à terapia.

Queria lhe dizer que realmente entendo os benefícios — para outras pessoas. Mas para mim? Já penso tanto comigo mesma, sou tão introspectiva, exageradamente analítica sobre tudo o que digo e faço que não há nada que um estranho possa me perguntar ou dizer que eu já não tenha perguntado ou dito para mim mesma. E, para falar a verdade, quem quer ir a um terapeuta que precisa de terapia? É como ser examinado por um médico que está fungando, espirrando e tossindo. Não é muito reconfortante. Mas eu não sabia como explicar tudo isso ao doutor Saunders sem parecer hipócrita e arrogante. Por isso apenas dou de ombros.

Agora olho para o doutor Saunders, que está olhando para mim com a testa enrugada, e suspiro.

— A última coisa de que preciso agora é alguém me perguntando a cada cinco segundos como eu me sinto ou tentando me dizer o que a minha raiva *significa*.

A última palavra paira no ar, e as sobrancelhas peludas do doutor Saunders se juntam em sinal de preocupação.

— Você está com raiva?

Faço uma pausa por um instante e fico olhando para meus joelhos cobertos pelo jeans, xingando-me em silêncio por falar demais.

Então olho para ele:

— Você não estaria?

O doutor Saunders me encara por vinte longos segundos, em silêncio. Até o papel embaixo de mim fica em silêncio. Então ele coloca a mão no bolso e tira um punhado de cartões de visita. Olha para baixo e vai passando os cartões até encontrar o que quer. Entrega-o para mim.

— Patrick faz parte de nossa equipe estendida de assistência ao paciente — diz. — Ele trabalha no Centro Pulmonar ao lado. Basta ligar para o número aí embaixo.

Pego o cartão, coloco-o no bolso lateral de minha bolsa e digo que vou, mesmo achando que a ideia de pagar alguém para me ensinar a respirar é tão ridícula quanto parece.

Eu quase preferiria ver um psiquiatra.

* * *

Enquanto volto do centro de câncer para casa, abaixo minha janela do carro. A brisa joga meu cabelo para trás e a sensação é boa, quase boa o suficiente para me fazer ignorar as fumaças de combustão que também batem em meu rosto. Procuro com o dedo indicador o botão para subir o vidro, mas, antes de ele chegar à armação da porta, um novo aroma passa pelo espaço aberto e sobe às minhas narinas.

Óleo.

Hambúrgueres de queijo.

A lanchonete Varsity Jr.

Embora normalmente faça meu estômago virar — a ideia de toda aquela carne processada, o pão cheio de produtos químicos, o queijo e as batatas —, o cheiro, no momento, causa o efeito contrário em minha barriga, que está roncando. Talvez seja nostalgia. Uma saudade do tempo em que Jack se virava para mim a caminho de casa, depois de um filme tarde da noite, com um sorriso largo diabólico: "Eu comeria fácil um hambúrguer." Eu concordava, porque, naquele início emocionante de nosso relacionamento, nunca me ocorria dizer não. E, no assento dianteiro de seu Explorer, colocávamos na boca um do outro batatas fritas tiradas de um saco manchado de óleo, trocando beijos gordurosos e sorrisos secretos, desfrutando a emoção de nossa espontaneidade.

Sem pensar nisso, entro com o carro no estacionamento e paro em um espaço vazio. A lanchonete segue um antigo sistema de drive-in, no qual o atendente traz o pedido para o cliente no carro. Uma voz estala na caixa do lado de fora de minha janela parcialmente aberta. Não consigo distinguir as palavras, mas sei que é o cumprimento padrão da Varsity Jr.:

— O que vai querer?

Abro a boca para dizer "Nada", mas paro quando percebo o quanto isso pareceria loucura. Por que outro motivo eu teria estacionado no local se não para pedir alguma coisa? Então me repreendo por me incomodar com o que uma garçonete de fast-food vai pensar de minha saúde mental.

A voz soa novamente, e entro em pânico. O motor do carro ainda está ligado e minha mão está sobre a alavanca de câmbio. Tudo o que tenho a fazer é movê-la para dar ré e pisar no acelerador. Mas, em vez disso, viro a cabeça para a caixa eletrônica.

— Um hambúrguer — digo, mas a palavra sai fraca, cortada e chiada, como se eu tivesse recém aprendido a falar.

— Sem nada? Completo? Com chili? — As perguntas disparadas deixam-me nervosa, e não lembro o que significam. Por isso apenas peço o primeiro.

— Sem nada — respondo, exatamente como me sinto. Exposta.

— Fritas?

Um neurônio dispara em algum lugar de meu cérebro, fazendo-me lembrar de que sei que fritas é o mesmo que batatas, e imagino Jack colocando uma a uma em minha boca.

— Por favor.

Minutos depois, uma mulher com um chapéu de papel aparece junto à minha janela. Eu lhe entrego meu cartão de crédito, o qual ela passa por um aparelho portátil, e me dá um saco de papel. Eu o coloco no banco de passageiro e, em seguida, engato a marcha a fim de dar ré.

Dirigindo para casa, dou uma olhada no saco, como se fosse um cachorrinho que eu tivesse adotado por capricho, e penso: E agora o que devo fazer com ele? Tento me lembrar da sensação da comida em minha boca, daquela primeira mordida que é só pão e carne gordurosa ainda saindo fumaça, mas resisto à tentação de abrir a embalagem, percebendo que meu estranho surto de espontaneidade começa a desaparecer.

E, assim que paro em minha garagem, o saco com cheiro bom deixou de ser atraente para se tornar totalmente nojento; então eu o aperto entre dois dedos, subo a escada dos fundos, passo pela porta da cozinha e o coloco diretamente na lata de lixo debaixo da pia.

* * *

PASSA UM POUCO das 23h quando ouço o carro de Jack parar naquela noite. Estou deitada na cama, forçando os olhos a ficarem abertos, porque quero vê-lo. Não para dizer ou fazer alguma coisa. Apenas quero ver seu cabelo rebelde e desgrenhado, seu rosto assimétrico e seus braços incrivelmente longos. Será a primeira vez que vou vê-lo depois que ele foi para o sítio de Pamela ontem de manhã, pois recebeu uma chamada da clínica quando voltava para casa e chegou depois que eu já estava dormindo havia muito tempo, e saiu para trabalhar antes que eu me levantasse esta manhã. Parte de mim está curiosa para saber se ele está fazendo isso de propósito, se é mais fácil não estar perto de mim. Reviro os olhos. É claro que é mais fácil. Não o deixei exatamente com vontade de estar em casa com meus gestos amorosos e palavras carinhosas.

Quando a porta dos fundos range ao ser aberta, Benny pula da cama para ir recebê-lo, sento-me um pouco e passo os dedos no cabelo, alisando-o sobre um dos ombros. As botas de Jack fazem um som pesado no corredor, e a impressão que tenho é a de que estão batendo no mesmo ritmo de meu coração.

E então ali está ele.

— Ei — diz, seu olhar cruzando com o meu.

— Ei.

Ele se vira em direção à cômoda, coloca sobre ela suas chaves e carteira e, em seguida, começa a tirar o uniforme médico.

O ar parece pesado, e sei que ela ainda está ali. A tensão. Procuro em minha mente alguma coisa para dizer, mas toda frase parece ridícula, como uma fala de algum especial depois da escola, e descarto uma por uma.

Podemos falar sobre esse lance de morrer?

O que está acontecendo com a gente?

Você ainda me ama?

As questões em si são infantis, frutos das inseguranças e do egoísmo que adquiri recentemente. Como isca em uma vara de pescar, arremesso Jack na água e agora sinto a necessidade de girar o molinete, puxar a linha e ter certeza de que ele ainda está ali.

É claro que ele ainda está. É o Jack. O meu Jack. E sei que tudo o que precisaria para tocá-lo são algumas palavras.

Desculpe.
Sei que tenho estado impossível.
Eu te amo.

Abro a boca para falar, mas então a fecho.

E depois pergunto sobre o cavalo de Pamela.

Ele olha para mim, como se não se lembrasse de que eu estava ali e minha voz o lembrasse disso.

— Trabalhei nisso a noite inteira — responde, e posso ver a tensão em seus olhos enquanto ele segue abatido para a cama. — A boa notícia é que a área de membros artificiais para cavalos avançou muito desde Midnight.

Confusa, olho para ele.

Assim que puxa o edredom e vem para meu lado, Jack ergue os olhos e percebe minha expressão.

— O minicavalo que foi o primeiro a receber uma prótese uns anos atrás, lembra?

Faço que não com a cabeça.

— Nunca ouvi falar dele. Ele?

— É. Enfim, alguns veterinários até implantaram uma prótese em uma égua quarto de milha em Washington no ano passado, mas foi a perna traseira, assim como a de Midnight. Ferimentos nas pernas traseiras são mais adequados para próteses, porque suportam menos peso. A lesão de Copper é na perna dianteira.

— Ah, puxa, que droga — digo, tentando ser solidária.

Mas o lábio de Jack franze de um lado.

— É exatamente o tipo de caso que Ling tem me feito pesquisar. E encontrei esse veterinário chamado Redden, em Kentucky, que desenvolveu uma técnica de pinos que Ling acha que podemos reproduzir...

Não entendo grande parte do que ele diz depois disso, mas seus olhos se iluminaram e sei que isso significa que a notícia é boa para Pamela. Que Jack descobriu uma maneira de salvar Copper.

— Pamela nunca mais vai poder montá-lo, mas, se a amputação correr bem e conseguirmos fazer suportar peso sobre sua nova prótese após a cirurgia, acho que ele viverá.

— Isso é ótimo — digo. E então, como essa talvez seja a conversa mais longa que tivemos depois de algumas semanas e não quero que acabe, pergunto:

— Como é o sítio?

— Lindo — responde, bocejando. — Você sabia que a Pamela ajudou a construir a maior parte dele?

É uma pergunta retórica, pois não existe razão alguma para eu saber disso. Contudo, ela ainda irrita. Ou talvez seja a admiração na voz de Jack que fira meus sentimentos.

— Sério? — pergunto, concentrando-me em manter a voz estável. Calma. Interessada.

Ele faz que sim com a cabeça e estende a mão para apagar a luz da luminária.

— Loucura, né? Os pais dela compraram o sítio há uns cinco anos. Preço bom, mas muita coisa para reformar. A Pamela e o pai compraram um monte de livros, Carpintaria para Iniciantes, coisas do tipo, e os dois fizeram a maior parte da reforma.

Pamela e o pai. Só mais uma coisa para eu invejar nela.

Quando Jack se enfia debaixo das cobertas, imagino Pamela e sua família perfeita. Fico pensando se Jack conheceu os pais dela ontem. Eles seriam seus sogros um dia? E então imagino Pamela conhecendo os pais de Jack. Fico pensando se eles iram gostar dela. Fico imaginando se gostariam mais dela do que de mim. Fico pensando se a mãe de Jack iria ensiná-la a fazer sua "famosa" salada de gelatina verde com aipo, abacaxi e creme de marshmallow e se Pamela mentiria para ela e diria o quanto a salada parecia deliciosa.

Viro-me a fim de dizer alguma outra coisa para Jack. Manter a conversa de alguma forma, mas ele está de costas para mim e sua respiração está profunda. Eu me pergunto se ele disse boa-noite e eu não ouvi.

Puxo a correntinha de minha luminária e fico ali, deitada no escuro, piscando para o teto e tentando achar uma palavra para a sensação na boca do estômago.

Só posso pensar em uma: vazio.

Imagino as batatas fritas e o hambúrguer oleoso da Varsity estragando na lata de lixo na cozinha e meu estômago se mexe abruptamente. Fecho os olhos e tento não pensar em nada, mas o rosto de Pamela está ali, olhando para mim como uma... como uma... como uma mulher por quem meu marido poderia se apaixonar.

Deslizo para fora da cama, com cuidado para não movimentar o colchão, mesmo que Jack tenha o sono pesado. Na ponta dos pés, saio do quarto e vou até o fim do corredor, onde abro o armário sob a pia e coloco a mão dentro da lata de lixo, apalpando-a no escuro à procura do saco de papel. Então me sento no chão, agarrada ao meu tesouro.

Sinto o ladrilho frio pela calça fina do pijama, mas não me importo. Nada me importa a não ser abrir o papel que envolve as densas camadas de pão e carne em minha mão. Quando o obstáculo é vencido, encho a boca com o hambúrguer até onde consigo e mordo, e, mesmo com o aspecto borrachudo e frio, posso sentir a explosão de sabores que neguei a mim mesma por tanto tempo, mas não prolongo, saboreio ou aprecio o momento.

Continuo a mastigar, movendo a boca para cima e para baixo, tentando não fazer força para vomitar os pedaços grossos de pão oleoso e carne fibrosa. Entre as mordidas no sanduíche, encho a boca com um punhado de batatas frias.

Então, o hambúrguer e as batatas fritas acabam, e meu estômago está cheio e um pouco enjoado. Fecho os olhos e encosto a cabeça na porta do armário duro e firme. Isso me conforta.

***

Durante os próximos quatro dias, Jack e eu conseguimos ter muitas conversas reais, que, a princípio, parecem um avanço. Que revelam que talvez não estejamos mais pisando em ovos quando estamos um com o outro. Até que percebo que todas elas parecem, de alguma forma, girar em torno de Pamela. Tudo começou na terça-feira à noitinha, depois de Jack ter passado a tarde com ela, Ling e Copper no sítio. Estávamos sentados no sofá forrado de envelopes cor de marfim com anúncios da formatura de Jack.

— Pamela realmente leva jeito com animais — disse ele. — Ling até percebeu. Ele a chamou de A Encantadora de Cavalos.

— Com crianças também — falei, lembrando-me do menino grudado à perna dela na noite da visitação pública na escola.

Então, na quarta-feira, enquanto estava limpando a gaiola de Gertie na cozinha, Jack disse:

— Te falei que o irmão da Pamela é um verdadeiro hippie? Ele vive no Arizona. Em uma comunidade em iurtas.

— Interessante — respondi, acariciando os tufos de pelos preto e branco de Gertie com uma das mãos e dando-lhe uma cenoura com a outra. — Será que ela vai sempre visitá-lo? — Tento imaginar Jack aprendendo a cortar lenha para uma fogueira e dormindo no chão.

Na quinta-feira, fiz filés de salmão grelhados e o molho favorito de Jack de iogurte com endro para acompanhar o salmão. Mas, quando chegou em casa pouco depois das 20h, ele não estava com fome.

— Desculpe — disse ele. — Pamela levou comida à clínica para mim e Ling como forma de agradecimento. — Bateu de leve na barriga. — Estou empanturrado.

Cobri a travessa com filme plástico e coloquei-a na geladeira.

— Gentil — murmurei, mas não entusiasmada com o elogio. Alguma coisa me incomodava.

O fato de Jack não ter ligado para dizer que não iria jantar? Não, ele deixou de fazer muitas refeições ao longo de nossos anos juntos. Mas ele sempre comia tarde da noite, quando chegava em casa, ou no almoço no dia seguinte. Foi porque Pamela levou comida no trabalho e eu estava protegendo meu território? Certo, sim, mas eu também estava feliz, porque ela se revelava a cuidadora que imaginei, a de que Jack precisaria quando eu tivesse partido.

Apenas enquanto dirijo para Emory na sexta-feira que o que está me incomodando fica claro. É algo que Kayleigh me disse quando Jack e eu saímos pela primeira vez. Eu havia acabado de lhe contar que Jack tocava trompete quando estava no ensino fundamental e que ele ainda conseguia tocar parte da música "Boogie Woogie Bugle Boy".

— Ah, nossa! Você poderia parar, por favor? — pediu.

Olhei para ela.

— Parar o quê?

— De falar do Jack. Você fala o nome dele a cada dois segundos.

Eu não havia percebido que estava fazendo isso.

Agora, entretanto, Jack fazia a mesma coisa. Com Pamela.

E talvez não seja nada. Talvez seja apenas porque ele sempre me conta sobre seus dias no trabalho, e, nessa semana, seus dias têm envolvido Pamela e as notícias sobre o cavalo e a atitude prestativa dela de cozinhar para eles.

E se for algo, bem, não é isso que eu queria? Mentalmente, repito o mantra de Martha Stewart que não me sai da cabeça toda vez que penso em Jack-e-Pamela, Pamela-e-Jack: é algo bom.

Mas, se realmente é algo bom, por que, de repente, sinto como se não conseguisse respirar?

Droga!

De novo, não.

Agarro o volante com os nós dos dedos brancos e dou uma olhada no retrovisor antes de atravessar bruscamente três pistas e cantar os pneus ao parar no acostamento. Abro a boca à procura de ar, mas não há para onde correr. Meus pulmões estão bloqueados como uma rua em obras e queimam como se alguém os tivesse coberto com piche quente.

Meu coração bate descontroladamente, em pânico por livre e espontânea vontade, ainda que tente me convencer a ficar calma. Gotas de suor que escorrem de minha testa entram em meus olhos. Só então percebo o quanto estou desconfortavelmente quente.

E tonta. De alguma forma, porém, ainda consigo abrir a porta do carro a tempo de depositar no asfalto o smoothie que mal digeri no café da manhã. Quando meu corpo para de ofegar, inclino-me para trás e respiro de forma agradecida pela boca agora ácida. Meu batimento cardíaco diminui. A tensão desaparece de meus ombros, e eu, inexplicavelmente, sinto vontade de chorar. Olho para o relógio no painel do carro e me obrigo a me recompor. Não quero me atrasar para meus testes do experimento. Mas sei que há algo que preciso fazer primeiro. Pego minha bolsa no banco de passageiro e tiro um cartão de visita branco e o celular. E, com as mãos trêmulas, ligo para Patrick, o terapeuta respiratório, para marcar uma consulta.

* * *

— VOCÊ PERDEU peso. — A doutora Rankoff franze as sobrancelhas enquanto olha para meus gráficos. — Está comendo?

Penso imediatamente nas batatas fritas e no hambúrguer gorduroso da Varsity e me sinto culpada por ter sido tão negligente com minha dieta. Imagino o câncer como um monstro dos desenhos animados, alimentando-se avidamente de minha irresponsabilidade, crescendo de forma exponencial em apenas alguns dias, fazendo meu corpo paralisar, perder peso como um turista ao tirar camadas de roupa quando chega ao seu destino agradável.

Como não respondo, ela olha para mim, estudando meu rosto mais atentamente.

— Você está ok hoje?

Lá vem aquela palavra outra vez. Ok.

Sei que não pareço ok. Olhei rapidamente para meu reflexo nas portas automáticas de vidro na entrada. Meu cabelo está desgrenhado. Meu rosto está pálido por causa do "episódio" no carro. Só tive tempo de ajeitar alguns cachos rebeldes atrás das orelhas antes de meu nome ser chamado na sala de espera.

— Estou bem — respondo.

Ela espera. Permite que o silêncio aumente.

— Eu... hã. Acho que venho tendo ataques de pânico.

Ela concorda.

— O doutor Saunders mencionou alguma coisa a respeito.

Faço uma pausa. Eles falam sobre mim?

— Você marcou consulta com o terapeuta respiratório?

Respondo que sim. E então me encho de coragem para receber sua notícia, que não é realmente uma notícia.

Os tumores ainda estão crescendo.

— Devagar — acrescenta ela, mas sua voz não está cheia de esperança.

Agora imagino meu Monte de Câncer como a tartaruga da fábula correndo com a lebre. Devagar e sempre. E sei que a doutora Rankoff não parece esperançosa, porque, no final, a tartaruga sempre vence.

* * *

— VOCÊ SABIA que o irmão de Pamela vive em uma iurta? — pergunto à Kayleigh quando nos esparramamos em seu sofá assistindo parcialmente a uma maratona de fim de semana de *The Rachel Zoe Project*, no canal Bravo.

— O que é iurta? — questiona Kayleigh. Ela tem passado a maior parte da manhã teclando furiosamente em seu celular. Por isso sei que não está de fato prestando atenção em mim.

— Não sei. Algum tipo de tenda, acho.

— Hum — diz.

— Você sabia que ela faz a própria geleia?

Só sei disso porque passei a maior parte de meu tempo livre na semana passada fuçando sua página do Facebook, sua página no Pinterest e seu perfil no LinkedIn.

Outras coisas que descobri:

Ela tem 684 amigos.

Frequentou a faculdade na Flórida.

Saltou de paraquedas em seu trigésimo aniversário.

Assiste à *Grey's Anatomy*.

— Hum — diz Kayleigh.

— E acho que Jack gosta dela — digo. — Sério, ele gosta dela de verdade. E ele falou muito dela nessa semana. Claro, eles passaram muito tempo juntos, porque ele está tentando salvar o cavalo dela. Mas, mesmo assim. É como se ele estivesse um pouco obcecado. Sabe, como uma criança com um brinquedo novo.

Estou apenas divagando agora, dando voz aos meus pensamentos, mais para colocá-los em ordem do que para ter a opinião de Kayleigh, porque sei que ela não está realmente envolvida na conversa. Então continuo falando. Que o ex-namorado de Pamela se parece um pouco com o jogador de futebol americano com cabelo moicano de *Glee*. Só que sem o cabelo moicano. E que ela às vezes repassa aqueles status do Facebook que prometem boa sorte se a pessoa os compartilhar dentro de dez segundos depois de lê-los. E que ela jantou no novo Wildberry Café, no centro da cidade, na terça-feira à noite. Frango empanado com ervas e rolinhos de vagem e presunto.

Ela postou uma foto, a comida parecia muito boa. Tão boa que comecei a me arrepender de ter recusado algumas semanas antes a sugestão de Jack de que fôssemos lá conferir.

Dou uma olhada para a televisão, onde um comercial da Ford Motors está anunciando alguma oferta. Isso me faz lembrar de outra coisa que descobri sobre Pamela.

— Ah, e você sabia que ela dirige uma picape? Uma cinza com cabine estendida. Comprou há alguns meses.

Imaginei que ela fosse do tipo que gostava de um Honda Civic; então isso me pegou de surpresa. Mas, mesmo que eu tivesse de admitir, havia algo de sexy em uma mulher ao volante de um caminhão. Sei que Jack pensa assim. Quando visitamos os pais dele no Natal do ano passado, ofereci-me para ir buscar ovos para sua mãe e tive de dirigir o velho Bronco de seu pai até o mercado, porque não tinha como sair com o carro de Jack. Ele foi comigo.

"Você está tão gostosa", disse ele no banco de passageiro, estendendo a mão e apertando minha coxa.

Sorri para ele.

"Sabia que tem um estacionamento abandonado logo ali à direita", comentou ele, com um sorriso travesso.

"Jack! Não vamos transar no banco traseiro do carro do seu pai", falei, mantendo as mãos de forma responsável no volante, mesmo enquanto as de Jack começavam a subir por minha blusa.

"Quem falou em banco traseiro?" Ele se inclinou e roçou meu pescoço com o nariz.

"Se comporte", disse eu, levantando uma sobrancelha e gentilmente o empurrando para o lado.

Agora minha vontade era de tê-lo puxado para mais perto.

— Enfim, imagino que seja útil quando ela está trabalhando com os pais no...

— Daisy! — interrompe Kayleigh. Tiro os olhos do corpo frágil de Rachel Zoe na televisão, onde ela está tocando com os dedos um vestido vermelho de seda, que é "louco", e olho para minha melhor amiga.

— Que foi?

Ela faz um não com a cabeça e zomba.

— Você nem está se ouvindo? Pamela isso. Pamela aquilo.

— E? — Levanto as sobrancelhas, desafiando-a. Será que ela não entende? Pamela poderia ser a *esposa* de Jack.

— Só estou dizendo — fala ela, com a voz mais suave. — Que não acho que é o Jack que está obcecado por ela.

dezenove

Na manhã de terça-feira, estou vinte minutos atrasada para minha consulta com o terapeuta respiratório. Em vez de prestar atenção na rota de 11 quilômetros até o Athens Regional, fiquei repassando na cabeça minha lista de afazeres do dia:

> Ir ao mercado para comprar iogurte grego, minicenouras orgânicas, chips de arroz, papel higiênico
> Ir ao correio para enviar os convites de formatura de Jack que estão em uma caixa no porta-malas
> Limpar o banheiro

E mais uma coisa: o que era?

Enquanto tentava lembrar a tarefa que faltava, olhei e percebi, aturdida, que havia, de alguma forma, entrado em uma saída errada e me encontrava em uma rua de Athens em que nunca vira antes. Diminuí a velocidade, procurando pistas de onde estava, o coração batendo no peito e os pulmões se tornando apertados. Se não estivesse tão assustada, riria da ironia de ter um ataque de pânico a caminho do local onde aprenderia a não ter mais ataques de pânico. Finalmente, vi uma placa que dizia que o *campus* da universidade estava oito quilômetros à frente, e isso me orientou novamente. Virei duas ruas à direita e lá estava eu de volta à avenida Milledge e ao velho caminho para o hospital.

Paro ao lado do centro de câncer, no estacionamento da unidade de Doenças Pulmonares, Alergias e Centro do Sono, e, mesmo estando atrasada, fico sentada no carro por um minuto, esperando que a motivação de passar em outro médico/especialista/consulta para o câncer se junte como nuvens de uma tempestade e me ajude a tolerar a tarde.

Na sala de espera, faço os procedimentos de entrada na recepção, peço desculpas pelo atraso a uma mulher com argolas de ouro enormes que parecem naves espaciais e me sento em uma cadeira de madeira desconfortável. Pego uma revista na mesa ao lado, mas, como não tenho interesse na leitura, olho ao redor da sala.

Há apenas dois outros pacientes além de mim. No canto está sentada uma mulher franzina com óculos de leitura na ponta do nariz, uma corrente de bolinhas caindo das laterais deles e em volta do pescoço.

E do outro lado, bem à minha frente, um homem parcialmente careca com uma barriga redonda e pernas finas tecla em um BlackBerry. Ele está vestindo uma camisa xadrez que...

Droga.

O homem ergue os olhos no momento exato em que olho para ele. Um contato visual acidental.

Não fale comigo não fale comigo não fale comigo.

Ele fala comigo.

— Um dia lindo lá fora, hein? — diz. Há um espaço tão grande entre seus dentes da frente que dá para passar uma bala de goma ali.

Concordo com a cabeça, sorrio e volto a olhar para minha revista, na esperança de mostrar que não estou a fim de conversa.

— O doutor Brunson está atrasado hoje — diz ele. — Estou aqui há 35 minutos. Não sei por que preciso chegar na hora marcada se eles nunca chegam.

Se eu tivesse de responder, gostaria de lhe dizer que não estou aqui para ver o doutor Brunson, mas não quero dar corda. Então sorrio novamente para mostrar que percebi que ele falou, mas que estou tão envolvida neste artigo sobre *ultimate frisbee* da revista ESPN que não poderia deixá-la de lado para conversar.

— Você tem alergias? São terríveis nesta época do ano.

Olho para ele e suspiro diante de sua incapacidade de compreender sinais sociais. Faço um não firme com a cabeça e digo três palavras:

— Ataques de pânico.

— Humm — diz. — Jurava que você tinha alergias. — Descansa as mãos sobre a barriga que lembra a de uma grávida. — Eu mesmo tenho apneia do sono. Perdi 22 quilos desde que morri, mas o doutor diz que não é o suficiente. Tenho que perder mais 22, 27.

Não tenho certeza se ouvi direito.

— Desde que você *morreu*?

Ele abre um sorriso largo como se fosse um pescador que acabou de sentir um puxão na linha.

— É. Ataque cardíaco. Durou sete minutos até que os paramédicos botaram o coração velho para funcionar de novo.

Pego-me sorrindo para ele, surpresa porque meu incômodo desapareceu e foi substituído por uma afeição genuína. Essa é uma daquelas histórias que a gente ouve em festas, assim como minha história da cicatriz. E é uma das boas.

A porta da sala de espera se abre.

— Michael? — diz uma enfermeira de uniforme azul.

— Só Mike — diz ele, levantando-se de onde está sentado com um gemido.

Ele pisca para mim.

— Tenha um bom dia agora, viu?

— Você também — digo para o primeiro homem que morreu que conheci. Só depois que a porta se fecha atrás dele que sinto vontade de ter lhe perguntado como foi.

* * *

COM BÍCEPS TÃO grandes quanto bolas de futebol e um corte de cabelo militar, parece que Patrick estaria mais à vontade de uniforme e com uma plaqueta de identificação militar, dando ordens insultuosas, do que com uma polo fresca e calças cáqui falando sobre encontrar o equilíbrio.

Mas aqui estamos nós.

— Sou dos que pensam em um método holístico para aliviar o estresse — diz ele com uma voz tão suave que é como se lesse um livro infantil para mim. — Ataques de pânico, na verdade, têm a ver com uma perda de controle. A vida se torna tão estressada que seu corpo, literalmente, não consegue processar o estresse e você fica paralisada pelo medo ou pela ansiedade.

Estou tentando ser uma boa ouvinte, mas só consigo pensar nos ângulos da cadeira dura de plástico em que estou sentada e em como eles estão pressionando meus ossos, fazendo com que seja impossível me sentir confortável.

— Pense nisso como uma panela de água fervendo no fogão. O que estou tentando fazer é abaixar o fogo em sua vida. Se conseguirmos mantê-lo baixo ou meio baixo, você não irá transbordar. É claro que examinaremos algumas técnicas sobre o que fazer se e quando isso acontecer. Mas vamos primeiro trabalhar no sentido de reduzir o nível geral de ansiedade em sua vida. Agora, o que parece ser o seu maior fator de estresse?

Paro de me mexer na cadeira e olho para ele. Ele tem meus gráficos. Conhece meu histórico médico. Não deveria ser óbvio qual é meu maior fator de estresse?

Patrick, entretanto, permanece em silêncio, forçando-me a dizer.

— Morrer — respondo, mas minha voz embarga no meio, como se eu estivesse no deserto sem beber uma gota d'água durante dias. Limpo a garganta.

— Como é? — Patrick ergue as sobrancelhas.

— Estou morrendo — digo, com mais força do que pretendia.

— Ah, sim — diz Patrick, sereno. — Um diagnóstico de câncer pode ser particularmente estressante, mas acho que tem tudo a ver com perspectiva. Quero dizer, todos nós estamos morrendo, certo? Posso sair daqui à noite e ser atropelado por um ônibus. Na verdade, nenhum de nós tem qualquer controle sobre quando vamos morrer, e essa é a parte assustadora, né? A falta de controle.

Ele sorri, obviamente orgulhoso por ter voltado ao ponto de partida, enquanto judio ainda mais de meus ossos na cadeira para não gritar. Se aprendi alguma coisa com Patrick até agora, é que não há nada mais paternalista do que alguém que não está morrendo dizer a alguém que está como se sentir em relação a isso. E por que as pessoas sempre dizem que poderiam ser atropeladas por um ônibus? Como se a vida não passasse de um grande jogo de Frogger e as pessoas fossem atingidas por transportes urbanos perigosos à esquerda e à direita. Não acho que Patrick *poderia* sair daqui hoje à noite e ser atropelado por um ônibus. Primeiro, ele teria de estar a pé, e aposto que chegou aqui de carro. Segundo, o indivíduo precisa ser um pedestre muito descuidado para não ver um veículo retangular de 12 toneladas vindo em sua direção.

Terceiro, não gosto do Patrick.

Em silêncio, xingo o doutor Saunders por me mandar para um terapeuta respiratório que, no final das contas, acha que é um terapeuta de verdade.

— Humm... — digo, fingindo refletir sobre o pequeno discurso de Patrick. — Talvez pudéssemos passar para as técnicas de respiração? Acho que seriam mais úteis.

Seu rosto se fecha e me pergunto se ele realmente esperava que eu desse pulos e dissesse: "*Sim!* Ah, obrigado! E eu aqui, extremamente preocupada com o fato de que estou *morrendo*, mas, como posso ser atropelada por um ônibus amanhã, não há necessidade de me preocupar! Estou muito melhor agora."

Ele levanta a perna direita e coloca o tornozelo da mesma perna, com a meia à vista, sobre o joelho esquerdo.

— Claro, com certeza — diz. — Mas pense no que eu disse, tá? Você também pode achar útil procurar outras áreas de sua vida em que pode abrir mão um pouquinho do controle. Quanto mais aceitarmos que não estamos, de fato, no banco do motorista, melhor. Você precisa relaxar, sabe?

— Relaxar — repito com os dentes cerrados. — Entendi.

Ele me fita mais um pouco, como se para deixar aquela pontinha de sabedoria ser assimilada, e então faz um sim com a cabeça uma vez.

— Tudo bem. Então, vamos começar.

Ele me diz que a respiração profunda, na verdade, é a pior coisa que se pode fazer para parar de hiperventilar. Ele me diz para prender a respiração em intervalos de dez segundos quando sentir que vou ter um ataque de pânico. Ele me diz que a técnica é: Aceite a ansiedade, Observe a ansiedade, Aja normalmente, Repita e espere o melhor.

Mas não posso parar de pensar em ser atropelada por um ônibus.

E em sobre essa, talvez, ser a melhor maneira de partir.

* * *

Não consigo encontrar as minicenouras.

Sei que as comprei no mercado ontem, mas elas, inexplicavelmente, sumiram da gaveta de legumes na geladeira.

— Jack! — grito enquanto estou curvada, os olhos vasculhando cada prateleira, como se o saco de legumes laranja fosse, em um passe de mágica, aparecer diante de mim.

— Sim — diz ele de modo tão alto e claro que dou um pulo e quase bato o cocuruto na porta fechada do congelador.

Eu me viro e o vejo em pé, atrás de mim, de uniforme.

— Você viu as cenouras? — Sei que é impossível que ele tenha dado todas elas para Gertie na noite anterior, quando chegou em casa, mas é possível que tenha deixado o saco perto da gaiola ou... ou... não consigo pensar em outra explicação plausível.

— Não — responde, pegando o pacote marrom com seu almoço na bancada.

— Espere! Só tem um sanduíche aí. Aqui. — pego uma maçã na gaveta e a entrego a ele. — Leve isso.

— Obrigado — diz ele, e aperta meu braço. — Tenha um bom dia.

Com o pacote em uma das mãos, ele segue para a porta dos fundos, a tela batendo ao se fechar atrás dele.

Fico olhando para a porta que ainda vibra com sua saída apressada e percebo que ele não me deu um beijo de despedida. E, sério, quem pode culpá-lo? Não que eu tenha estado exatamente receptiva aos seus recentes avanços.

Mas, mesmo assim.

Mesmo assim.

Gertie começa a chiar. Sei que ela me ouviu revirar a geladeira e quer saber onde estão suas cenouras.

— Somos só você e eu — murmuro, tirando um pepino da gaveta de legumes e cortando-o para ela. Depois de alimentá-la, entro em nosso quarto para tirar os lençóis da cama. Levo-os para o porão, coloco-os na máquina de lavar com sabão em pó e a ligo. Então, fico em pé ali, o dia inteiro estendendo-se diante de mim como um oceano.

Tenho coisas a fazer. Para começar, preciso comprar mais cenouras. E eu poderia sempre ir à aula, mesmo não tendo ido há algumas semanas.

Ou poderia limpar os rodapés. Varrer o pelo do cachorro que se acumulou debaixo da cama e ligar para ter um orçamento de quanto ficaria para impedir que a varanda se separe da casa.

Mas meus pés criaram raízes firmes no chão de cimento. Olho para a máquina de lavar fechada e, por um segundo, me arrependo de ter colocado os lençóis lá dentro.

Nada me agradaria mais do que voltar para a cama. Não porque estou cansada.

Mas porque estou entediada.

Fico repassando as palavras na cabeça. Faz tempo que não tenho nada para ocupar as horas — nada de aulas e nem mesmo a procura por uma esposa para Jack me mantiveram ocupada. Agora o que eu deveria fazer?

Pessoas entediadas são chatas. Você é chata? A resposta de minha mãe quando eu choramingava no sofá em um sábado preguiçoso, porque não havia nada para fazer, repete-se em minha cabeça. E agora tenho medo de que ela esteja certa. Que seja exatamente isso que sou. E me pergunto se Jack também pensa assim.

É toda a motivação de que preciso para ir lá para cima, vestir uma calça jeans e sair de casa, piscando os olhos para a luz do sol brilhante ao ser atingida por ela lá do céu. Não sei ao certo aonde estou indo, mas quero ter algo mais emocionante para contar a Jack no final do dia do que "limpei os rodapés".

Acabo no centro da cidade e estou surpresa com a multidão andando de um lado para o outro em plena manhã de quarta-feira. Então lembro que é dia do mercado agrícola e fico contente, porque poderei pegar cenouras enquanto estou ali.

Primeiro, entretanto, penso em tomar uma xícara de chá. Estaciono em frente à cafeteria e vou andando, a cabeça erguida. Não há nada que limite meu tempo, nenhum lugar onde tenho de estar, e agora, em vez de lamentar minha falta de dias e atividades planejados, tento trazer à lembrança minha versão de mim mesma aos 21 anos e *carpe diem*. O que foi mesmo que Patrick disse? Relaxar. Abrir mão do controle.

Levo meu chá para o sofá nos fundos, o que imagino ser o meu sofá e de Jack, e me sento nas almofadas gastas. Por cinco minutos, dou pequenos goles no líquido quente, absorvendo a atmosfera e tentando aproveitar o momento.

Mas não consigo.

Estou entediada.

E odeio Patrick.

Viro-me para a porta e começo a observar o vaivém de estudantes e professores, engolindo cafezinhos rápidos entre as aulas. Todos eles andam com um propósito invejável, e tento imaginar o que estudam. Imagino que o cara com boné de beisebol e calças cáqui esteja se especializando em comércio. A menina com mechas cor-de-rosa e azul no cabelo? Artes visuais. Provavelmente escultura. Então vejo um rosto familiar.

— Doutora Walden?

A pequena mulher se vira do caixa onde está pagando pelo café em minha direção. Seus olhos se iluminam.

— Daisy! — Ela caminha até mim. — Senti sua falta na aula. Como você está?

E, em vez de dar minha resposta clássica — "bem" —, de repente, começo a descarregar na doutora Walden exatamente como estou, o estudo clínico, meus tumores que continuam crescendo e, agora, meu inescapável tédio. Em algum momento durante meu monólogo, ela se senta no sofá ao meu lado.

— Ah, nossa, desculpe! — digo. — Pelo jeito você tem uma aula para dar, e eu não paro de falar.

Minhas bochechas ficam quentes e não sei ao certo por que decidi confiar na doutora Walden, exceto por ser fácil confiar nela. Uma vez, quando fui à sua sala para revisar um trabalho no qual tirei B, tendo certeza de que deveria ter recebido um A, acabei lhe contando que meu pai morrera quando eu era pequena e que eu, inexplicavelmente, tinha pavor de fogos de artifício. Saí me sentindo vazia, leve. E com a ideia de que talvez Walden tivesse ignorado sua vocação como interrogadora do Departamento de Segurança.

— Ah, Daisy — diz ela. — Você está passando por muita coisa. — Faz uma pausa. Dá um tapinha em minha mão. — Sabe, minha mãe teve câncer de mama.

Enrijeço, preparando-me para a história. O conselho não solicitado da herborista chinesa ou o tipo de químio que sua mãe fez e que realmente ajudou. Mas a doutora Walden permanece em silêncio, e percebo que ela estava apenas me oferecendo a informação, uma ponte de empatia.

— Sinto muito — digo.

— Eu também. — E então seus olhos brilham como se ela tivesse acabado de ter uma ideia. — Sabe de uma coisa? Estou muito sobrecarregada neste semestre e poderia usar uma assistente formada para avaliar trabalhos, ajudar nas pesquisas, esse tipo de coisa. O que você acha? Você estaria a fim de fazer isso?

Sei que só faltam três semanas para acabar o semestre e que a doutora Walden só está tentando ser simpática. Mas me agarro à sua oferta como se fosse um colete salva-vidas no mar aberto.

— Sim — digo, odiando no mesmo instante o quanto pareço superentusiasmada. *O desespero é uma colônia terrível*, posso ouvir as palavras de Kayleigh. Se for o caso, estou empesteada. Tento me acalmar. — Quero dizer, se você achar que eu seria útil.

— Você foi uma das minhas alunas mais promissoras. Seria perfeita.

O "foi" dói, mas prefiro ignorá-lo e me concentrar em seus elogios. Mesmo que ela esteja apenas sendo simpática.

— Passe no meu escritório amanhã para falarmos dos detalhes. Definir algumas horas.

Hesito. Embora só tenha consultas médicas às sextas-feiras, de 15 em 15 dias, estou me organizando para consultas com profissionais de saúde com muito mais frequência. Não quero deixar a doutora Walden na mão, não sendo confiável.

— Não se preocupe — diz ela, usando o que agora estou convencida ser um vodu mágico para ler minha mente. — Vamos estipular um horário flexível.

* * *

O SOL QUEIMA meu rosto, aquecendo-me de dentro para fora enquanto caminho pela calçada em direção às barracas do mercado agrícola. Prefiro ignorar a parte malévola de meu cérebro que está dizendo que sou oficialmente um caso de caridade. Que a doutora Walden, na verdade, não precisa de ajuda. Que ela está com pena de mim. E tento me concentrar no sentimento passageiro de orgulho que encheu meu peito como uma onda quando ela disse que eu seria perfeita. *Perfeita*. Não tenho me sentido perfeita para nada ultimamente.

Barracas salpicam a rua fechada em frente à Prefeitura, e passo o tempo examinando uma a uma. Provo os primeiros morangos da estação, sinto o cheiro de buquês de flores silvestres, delicio-me com o cheiro da pipoca que um vendedor de rua acabou de estourar. Compro quatro cenouras longas com grandes caules frondosos e uma fatia de quiche vegetariano sem crosta e sento-me na escadaria de tijolos para comê-lo. A mesma escadaria onde Jack e eu aparecemos pela primeira vez como marido e mulher.

Dou uma mordida em meu almoço à base de ovos e imagino nós dois caminhando em direção à saída, de braços dados, após nossa pequena cerimônia. Quase posso ouvir minha risada quando ele se inclinou e sussurrou: "Só eu que percebi que o cheiro daquele juiz era de quem tinha tomado banho no gim hoje de manhã?" Então ele abriu a porta e me fez um gesto para passar por ela com um intenso, tonto e maravilhoso "primeiro, a senhora Richmond". E, nesse momento, todos os meus receios e reservas feministas quanto a levar seu último nome desapareceram, não me restou nada além de pura vertigem com meu novo nome. Aquele que significava que eu pertencia a Jack e ele, a mim.

— Daisy? — Uma voz me faz voltar ao presente. Olho para cima e dou de cara com os olhos de Charlotte. Não, espere. Caroline? Tenho certeza de que o nome da loura ágil diante de mim começa com C. Sei que ela é ágil, não só porque parece muito flexível com a calça stretch e a regatinha preta, mas porque realmente a vi em ação na aula de ioga hot de Bendy Mindy.

— Oi! — digo, protegendo os olhos do sol para vê-la melhor, e é aí que percebo como ela está me fitando com atenção. Pergunto-me se tenho, literalmente, ovo no rosto. Levanto a mão para limpar discretamente os cantos da boca com o guardanapo que veio com a quiche.

— Faz meses que não te vejo — diz. — Você, hã, está indo em outra academia?

Levanto-me, porque parece falta de educação continuar sentada, e ela estende a mão para segurar meu braço, como se temesse minha queda a qualquer segundo.

Fico olhando para ela e percebo que seu olhar atento é de preocupação. Sei que perdi um pouco de peso, mas será que pareço tão ruim *assim*? Como se precisasse de apoio, como uma velhinha pequena atravessando a rua?

Olho para sua mão segurando meu pulso e ela rapidamente a tira. Meus olhos, entretanto, permanecem grudados em meu braço como se eu o estivesse vendo pela primeira vez, e fico chocada ao ver o quanto parece frágil.

— Não, ahh... Tenho andado muito ocupada, sabe? O estresse de final de semestre e todas as outras coisas. — Forço uma risada. — Estou pensando em voltar.

Ela concorda com a cabeça, mas não parece conseguir diminuir a distância entre o maxilar inferior e o lábio superior. Começo a me incomodar com seu exame minucioso, a autoconsciência tomando conta de mim.

— Bem, foi muito bom ver você — digo. — Mas eu tenho que correr para a aula. — Dou uma olhada para o relógio a fim de causar uma impressão.

— Sim, tudo bem — diz, finalmente fazendo os lábios se encontrarem. — Talvez eu vá te ver em breve.

— Hummm — murmuro, pegando minha bolsa a tiracolo do degrau onde a deixei e fazendo um pequeno aceno para ela. Viro-me abruptamente e me concentro em andar devagar, enquanto minhas pernas pedem para eu correr.

Jack. Eu preciso ver Jack.

Ou, talvez, preciso que ele me veja.

* * *

Alguns cães com coleiras e algumas caixas transportando gatos com seus donos estão espalhados pelo saguão do hospital veterinário, e a cacofonia de latidos e sibilos me cumprimenta assim que passo pelas portas automáticas de vidro. É uma recepção muito mais agradável que a da menina gritando que me recebeu da última vez na clínica, digo isso para Maya. Ela sorri, depois olha para o relógio na parede.

— Acho que Jack está almoçando, mas você pode entrar para ver.

Agradeço-lhe e faço o velho caminho em direção aos escritórios, deixando o coro de ruídos animais para trás. Mas, quando me aproximo da porta de Jack, o silêncio no corredor é quebrado por uma gargalhada alta de mulher que me faz parar e torna meu sangue frio.

Pamela.

Pamela está no escritório de meu marido.

O que ela está fazendo aqui? Sei que Jack a está ajudando com Copper, mas ela não deveria estar na escola? O que poderia ser tão importante para que ela não pudesse esperar até a tarde para vê-lo?

Aproximo-me da parede e fico a poucos centímetros da porta. Meu coração acelera e sinto um frio na barriga ao pensar em ser pega por meu próprio marido ouvindo sem querer a conversa dele, mas ignoro o pensamento.

Não consigo entender o que eles falam, mas um ataque de risos inunda o corredor novamente, e, dessa vez, ouço o tom de voz alto de Jack junto. Estou sem palavras, e não só porque ele está rindo com outra mulher, mas porque está rindo, ponto. Ouvir isso me faz lembrar que não vejo Jack rir tanto há semanas. Meses? Não tenho certeza.

Encosto a cabeça na parede e fecho os olhos, alegrando-me com sua alegria momentânea. E depois desejando que fosse eu dividindo essa alegria com ele.

Adiciono um item à lista de coisas que sei sobre Pamela: ela faz Jack rir.

E a odeio por isso. Eu a odeio com um ódio líquido preto que começa em minha barriga e segue queimando até as pontas de meus dedos das mãos e dos pés. Quero irromper no escritório dele e dizer a ela que pare de falar com meu marido, pare de fazê-lo rir e pare de ser tão, droga, cheia de vida, enquanto tudo o que estou fazendo é morrer.

Mas, então, a voz suave de Patrick vem flutuando à minha mente, e, ainda que eu o odeie também, sei que ele tem razão em uma coisa: tenho de relaxar.

Fico parada, em pé no corredor, até meus punhos se abrirem e minha respiração voltar ao normal. E então retorno pelo corredor na ponta dos pés, com o som cheio das risadas de Jack atrás de mim como uma sombra.

* * *

Quando Jack chega em casa naquela noite, estou deitada no sofá com uma toalha molhada e fria na testa e os olhos fechados. Ele entra na sala e ouço-o fazer sinal a Benny para que fique quieto enquanto atravessa na ponta dos pés o piso de madeira gasto. Ele acha que estou dormindo.

Abro os olhos e dou uma espiada nele no bar, tentando colocar alguns dedos de uísque em um copo sem fazer barulho.

— Ei — digo.

Ele se vira.

— Ei. Pensei que você estivesse dormindo.

— Não. Dor de cabeça.

Ele franze a testa, ficando com o rosto de alguém que tem o peso do mundo sobre os ombros. E parece impossível que esse seja o rosto que exibiu a alegria despreocupada que ouvi poucas horas antes. É isso que causo em Jack agora. É isso que arranco dele.

Pamela o faz rir. Eu o faço franzir a testa.

Dou de ombros.

— Não é nada demais. Tomei um analgésico. Como foi seu dia?

— Bom — diz. — Ling terminou o protótipo da prótese de Copper. Vamos fazer a amputação na semana que vem.

Espero que me conte que Pamela passou no escritório. Ele não conta. Na semana passada, ele não conseguia parar de falar nela e agora não toca no nome dela? Não sei dizer o que é pior. Ou o que isso significa.

Nossos olhos se cruzam em silêncio e é como se estivéssemos posicionados em cada uma das pontas de uma corda bamba em um prédio de vinte andares. Não fazemos a menor ideia de como chegar um ao outro.

Finalmente, ele fala.

— Quer assistir TV?

Faço que não com a cabeça.

E sei que não estou imaginando o olhar de alívio estampado em seu rosto quando ele pega o copo de uísque e sai com ele da sala, atravessa o corredor e entra em seu escritório. E sei que eu deveria estar aliviada também. Em relação à distância entre nós e à forma como ela está dando espaço para Pamela. Mas não me sinto aliviada. Estou sofrendo. Permaneço no sofá, admirada com o quanto sinto falta de meu marido, mesmo ele estando na sala ao lado.

Mais tarde, acordo em nossa cama quando percebo Jack se virando para o lado. Ainda meio dormindo, estendo a mão e passo os dedos ao longo de suas costas quentes. Seu corpo enrijece com o toque, depois relaxa lentamente debaixo de minha mão. Ah, nossa! O que eu estou fazendo? Preciso tirar minha mão. Virar para o outro lado e voltar a dormir. Mas o calor de sua pele parece tão bom na ponta de meus dedos. E, quando inspiro, tudo o que posso sentir é o cheiro de Jack. Ele tem o cheiro de meu marido. E não mereço tocar meu marido? Estar com ele, assim, apenas uma última vez?

Mas minha mão se paralisa. E se ele não quiser estar comigo?

Ele se vira para mim no escuro, e só consigo imaginar a luz em seus olhos, seus dentes brancos. A mão quente envolve meu rosto, e o toque é como alguém finalmente tirando uma pedra que estava em meu sapato há meses.

— Você está acordada — sussurra.

— Estou — concordo.

E então, sob o manto da escuridão, nós nos encontramos. E, em algum momento entre a respiração excitada, os toques desesperados e nossos membros enroscados, percebo que lágrimas escorrem de meus olhos, junto com o suor. E sei que é porque algo em mim se repara ao mesmo tempo em que se quebra.

* * *

NA MANHÃ SEGUINTE, acordo com um sorriso nos lábios. Em meu estado grogue, não consigo saber por quê. Estava tendo um sonho bom? E então, de repente, me lembro. Jack. E a respiração. O tipo gostoso de respiração, dessa vez.

Viro-me devagar para o lado de Jack, ansiosa, como se tivesse voltado no tempo para a manhã após nossa primeira vez, e não sei o que esperar dele. Mas Jack não está ali. Seu lado da cama está vazio, amarrotado. Olho para o relógio. São só 6h15. Apoio-me no travesseiro. Ele deve estar na cozinha, comendo cereal. Em silêncio, porque não ouço a colher batendo na tigela.

Respiro fundo, um pouco aliviada, e deixo a sensação de prazer ter seu espaço novamente. Repasso cada toque, cada sussurro de nosso encontro como uma adolescente de 16 anos beijada pela primeira vez.

Sento-me um pouco e puxo o lençol até a altura dos seios, permitindo-me acalentar mais alguns momentos na memória, sem vontade de enviá-los com os outros para os recônditos de minha mente neste exato momento.

— Jack? — grito, um pouco ansiosa demais. E sei que estou sendo gananciosa. Em meu desejo de vê-lo. De compartilhar este momento com ele, sabendo que poderia ser um de nossos últimos.

Mas não tenho resposta.

— Jack — grito um pouco mais alto sem querer acreditar no que já sei ser verdade.

Eu me inclino para a frente, escutando o silêncio na casa, esforçando-se para ouvir alguma coisa, qualquer coisa. Benny levanta a cabeça ao meu lado como se ouvisse também. Mas o ar está parado. Quieto. Vazio.

Jack se foi.

vinte

Quando vejo a pilha de papéis e exames não avaliados sobre a mesa da doutora Walden, admito que talvez ela não estivesse simplesmente pedindo minha ajuda por piedade.

— Alguns exames do meio do semestre talvez estejam perdidos por aqui — diz, balançando a mão sobre a enorme pilha. — O gabarito com as respostas dos exames está na parte inferior esquerda do arquivo. Grande parte da papelada é material de alunos do primeiro ano, opiniões sobre como as mulheres são retratadas em publicidades, mídias etc. Se houver argumentos meio convincentes que pareçam, de certa forma, sensatos, dê um A. Você ficará chocada com a baboseira que terá de examinar.

Deixando-me com uma caneta vermelha e um molho de chaves, uma das quais abre seu arquivo, a doutora Walden sai apressada para começar suas aulas de segunda-feira. Sozinha em seu escritório, respiro fundo, inalando o cheiro inebriante de escola — papéis para uso no computador, tinta, livros. Estou quase eufórica por me sentir útil, importante, necessária. Por trás desse contentamento, entretanto, há uma dor terrível: um lembrete de que, enquanto esses calouros têm uma vida pela frente na faculdade, trajetórias profissionais ainda a serem percorridas, meu próprio avanço acadêmico parou completamente, e talvez nunca seja retomado.

Mergulho nos papéis com entusiasmo, mal tendo tempo para comer, respirar ou me perder em meu próprio turbilhão de pensamentos.

No final da tarde, minha mãe telefona para meu celular. Coloco a caneta na mesa e me espreguiço, depois deslizo o polegar sobre a tela para atendê-lo.

— Que dia vai ser a formatura de Jack? — pergunta.

— Segundo sábado de maio — digo. — Não sei que dia cai. Não estou com o calendário aqui. Não recebeu o convite?

— Não — responde. — Quando você o enviou?

Reviro os olhos. É provável que ela o tenha recebido e que esteja no meio de uma pilha de correspondências fechadas em sua bancada.

Ela diz que o clube de observação de aves irá para a ilha de São Simão em um final de semana de maio e quer ter certeza de que não será o mesmo.

— Quero dizer, não tenho certeza se vou — diz. — Talvez não vá.

E então ela contém a respiração daquela maneira conhecida e sei que está chorando de novo. E sei que ela não ligou para perguntar sobre a formatura ou falar sobre a ilha de São Simão.

— Você deveria ir — digo suavemente. — Seria bom para você. Diversão. Você merece se divertir um pouco.

Ela funga e a imagino limpando o nariz em um lenço de papel amassado.

— Sim — diz. — Seria divertido.

Ela inspira de forma ofegante e depois fala novamente.

— Você quer que eu vá aí no fim de semana? Poderíamos fazer algo divertido. Ir ao cinema ou algo do tipo.

Hesito. Não quero ferir seus sentimentos, mas também sei que não posso suportar o peso de sua tristeza durante um final de semana.

— Vamos ver. Estou ajudando uma professora e tenho muito trabalho para fazer.

— Ah, Daisy, isso é maravilhoso — diz ela, um pouco animada. — Não quero te atrapalhar.

— Tudo bem — digo, mas aí ficamos em silêncio até que finjo ter um telefonema para atender e digo que preciso desligar.

Quando desligo o telefone, atravesso o corredor em direção ao bebedouro. Meus olhos estão cansados depois de se fixarem no texto digitado em preto no papel branco brilhante, e meu cérebro está pulsando por causa do esforço.

Tomo um gole de água fria e estico as pernas, andando devagar de um lado para o outro do corredor de linóleo, repassando na cabeça a conversa com minha mãe.

A formatura de Jack.

Jack.

Qualquer inquietação — ou esperança — que sentira de que nossa noite juntos nos aproximaria mais logo desapareceu. Mal conversamos desde a noite em que transamos, como se tivéssemos derrubado muros apenas para levantar outros mais altos e mais espessos, como o cabelo rebelde que volta mais rebelde ainda depois de raspado. E tentei ignorar o fato, mas há alguma outra coisa nos olhos de Jack nas raras ocasiões em que estamos no mesmo cômodo. É uma emoção à qual eu não queria atribuir um nome, por medo de torná-la real. Mas agora a palavra surge gritando em minha cabeça sem ser convidada.

Culpa.

E me pergunto se foi a culpa que o tirou tão cedo de nossa cama na manhã depois de transarmos. Ele pensava em Pamela quando estava comigo? Ou pior, ele desejava que eu *fosse* a Pamela?

O pensamento me faz parar, e coloco a mão na parede de blocos de cimento pintados de branco para me firmar. Então endireito a coluna e volto para o escritório da doutora Walden, enterrando-me na montanha de papéis.

* * *

NOS PRÓXIMOS DIAS, tudo o que vejo se resume às quatro paredes amarelas do escritório quadrado da doutora Walden e à imagem escura por trás de minhas pálpebras. Saio de manhã antes de Jack se levantar e, quando chego em casa, ele ainda está no trabalho ou fechado em seu escritório, e caio na cama sem incomodá-lo. Sei que estou forçando meu corpo, mas é mais fácil assim. Não ver meu marido. Não querer saber por que ele não quer me ver.

Nas pausas que dou à papelada, adiciono itens às minhas listas. Mais coisas que Pamela deveria saber sobre Jack: o modo como ele deixa frascos de xampu e tubos de creme de barbear vazios na bancada, como um sinal de que preciso comprar mais da próxima vez em que for ao mercado; a tendência de perder chaves, carteira e celular cinco minutos depois de chegar em casa; como ele às vezes fica tão absorto no trabalho que se esquece de telefonar para dizer que vai demorar. Tenho lampejos de ressentimento enquanto me lembro de algumas dessas características menos desejáveis, e fico sentada ali, preferindo a raiva a outras emoções.

Então viro a página de minha agenda e paro em uma anotação que fiz semanas atrás, quando estava no escritório de Jack pensando na questão da cremação. E sei que é uma tarefa que estou postergando por muito tempo.

* * *

A FUNERÁRIA MCARTHUR mais parece um casarão de fazenda do sul aonde a pessoa iria para beber no salão do que um lugar aonde ela iria para "providenciar enterros com dignidade, cuidado e compaixão". O site deles também diz que seus consultores podem ajudar o cliente a "planejar o próprio funeral em quatro etapas fáceis", como se fosse tão simples como costurar suas próprias cortinas ou assar pão.

— Sempre achei que isso fosse uma república de meninas — diz Kayleigh quando paramos na longa entrada e estacionamos em frente às altas colunas brancas.

Rio, grata por Kayleigh manter o clima leve, mas, quando abro minha porta para sair do carro, ela não se move. Olho para ela.

— Você vem?

— Não sei se consigo — diz, olhando para frente, os cachos definidos emoldurando seu rosto. — Sei que disse que conseguiria, mas... — estremece — ah, caramba! Eu só... não consigo.

— Sério? Você vai ficar no carro?

— Daisy. Tem gente morta lá. Agorinha. — Sua voz é um sussurro, como se ela não quisesse que os defuntos a ouvissem.

— Você não sabe. Eles não estocam defuntos no porão. Vai ver que ninguém morreu nesta semana.

— Você *lê* os obituários?

— *Você* lê? — Nunca vi Kayleigh com um jornal.

— Não, mas já vi, e eles ocupam, pelo menos, uma página inteira do jornal toda semana, às vezes duas páginas. Morreu gente esta semana. E eles estão lá dentro. — Ela levanta as sobrancelhas e aponta para o casarão, como se eu não soubesse ao certo à qual funerária ela se referia.

Começo a pensar que não foi uma boa ideia trazer Kayleigh.

— Enfim, cadê o Jack? — pergunta. — Não era ele que deveria fazer isso com você?

— Ele está na aula — respondo. Não digo que, para pedir isso a ele, nós teríamos de falar um com o outro, algo que não estamos fazendo muito recentemente.

Como Kayleigh ainda não se move, suspiro.

— Tudo bem. Vou entrar sozinha — digo, deixando a porta do carro se fechar. Mas, enquanto ando em direção ao casarão com os ombros eretos e a cabeça erguida, olhando para as nuvens escuras acima das árvores que vêm ameaçando chuva o dia inteiro, sei que minha ação é mais corajosa que meu sentimento. Queria que Kayleigh viesse, porque este lugar me assusta tanto quanto a ela, mas não quero admitir isso.

Quando chego à escada de tijolos, ouço a porta do lado do passageiro se abrir e dou um pequeno suspiro de alívio.

— Desculpe! — grita ela. — Estou indo, estou indo.

Somos recebidas por uma mulher que sorri e nos conduz por um corredor a uma sala dos fundos com uma longa mesa preta cercada por cadeiras de couro. Alivio-me ao ver que parece uma sala de conferência estéril e clara em vez de uma sala escura e mofada à la Família Addams como eu estava imaginando.

— Vocês aceitam alguma coisa? Chá? Café?

— Não, obrigada — digo.

Ela faz um aceno agradável com a cabeça.

— John Jr. já vem.

Espero Kayleigh fazer piada com o nome dele, dizer alguma coisa do tipo: *Junior? Vamos conversar com um menino de 4 anos?*, mas ela só se senta ali, pálida e agitada.

Uma vez que seu silêncio me deixa ainda mais ansiosa, digo a primeira coisa que me vem à cabeça.

— Como está o Harrison?

Ela olha para mim sem entender, e me pergunto se falei errado o nome dele. Não, tenho certeza de que o cara de 19 anos é o Harrison.

— O quê? — pergunto.

— Hã, nós terminamos — diz ela.

— Ah, desculpe.
— Daisy, você sabia. Estou saindo com o Greg. Já faz algumas semanas.
É a minha vez de olhar para ela sem entender.
— Você sabe, o Bradley Cooper?
— Ah, certo — digo, embora ainda não saiba exatamente de quem ela está falando ou quando ela parou de sair com o Harrison e me sinta mal por não ter sido uma amiga melhor. Por me envolver tanto com minha própria vida, ou morte, eu acho, a ponto de não estar presente na vida dela.

Ficamos sentadas em silêncio, porque não quero denunciar mais minha falta de conhecimento de sua vida romântica. Sinto um alívio quando Kayleigh fala.

— Como estão o Jack e a *Pamela*? — Ela diz o nome de Pamela com um tom sarcástico, e minha culpa se transforma em uma súbita sensação de aborrecimento. Desde que descobri que PW147 era a colega de profissão que Kayleigh difamava, ela também não tem sido exatamente uma boa amiga.

— Sabe, eu bem que podia ter um pouco de apoio nesse sentido.
O olhar de Kayleigh se torna furioso.
— Apoio? Olha onde eu estou. Você acha que não estou te apoiando? — Ela faz uma pausa. — Você sabe como eu me sinto em relação a ela.
Meu aborrecimento logo se transforma em raiva.
— Caramba, Kayleigh, sim, eu sei! Você não gosta dela. Mas você poderia deixar *seus* sentimentos fora disso por um segundo? Ela é uma boa pessoa. Ela seria boa para ele. Ele merece ser feliz.

Fico esperando uma resposta sarcástica, mas, em vez disso, Kayleigh olha para as unhas, e sei que ela está tentando decidir qual delas vai começar a roer. Fico à vontade na cadeira, satisfeita por tê-la colocado no lugar dela. Pensativa, ela começa a roer o polegar e depois, com a voz baixinha, pergunta:

— E você? Você não merece ser feliz também?
Dou risada. É bem a cara de Kayleigh não entender o que significa ser realmente a parceira de alguém, não entender o que é amar alguém mais do que a si mesma.

— Tão egoísta — digo baixinho.
Ela se vira para mim.

— O que você disse?

É a deixa de que preciso.

— Você é egoísta! — estouro com ela. — Você dorme com homens casados e rapazes com idade para ser seus sobrinhos sem sequer pensar nas consequências! Você me faz ir com Jack à sua escola e fingir que somos *pais* quando nunca teremos nenhum filho. Nunca. Você nem pensou por um *segundo* como isso me faria sentir. Você odeia a Pamela, porque ela faz *você* parecer má! E você ainda se pergunta por que é terrível em relacionamentos?

Sei que deveria parar por aí, mas as palavras continuam saindo como se fossem uma corrente de água que rompeu uma barragem e não pode ser detida.

— Você tem a vida inteira pela frente, mas só sabe *desperdiçá-la*. Você sabe que tapa na cara é isso? Nunca serei uma terapeuta. Nunca. Não vou terminar meu mestrado. Nunca vou exercer a profissão de terapeuta em Nova York ou na Geórgia ou em qualquer lugar, pra dizer a verdade! Mas você, você poderia ser *qualquer coisa*. Tudo o que quisesses. Mas não, você só acorda todos os dias e vai para aquele emprego idiota que você odeia e simplesmente aceita isso. E para quê? Para magoar seus pais? Deus me livre você *ter sucesso* em alguma coisa, para que eles não te comparem com a sua irmã perfeita e você falhe. Melhor simplesmente não tentar, não é?

Afundo de novo na cadeira, sentindo como se tivessem tirado um peso de meu peito.

Até que vejo o rosto de Kayleigh. Há tanta dor em seus olhos escuros que sinto dor até em meus ossos.

Coloco a mão sobre a boca, como se, de alguma forma, pudesse voltar no tempo e evitar que as palavras saíssem. Não queria dizê-las. Não de verdade. Sei que sou apenas um furacão de emoções, e, por acaso, Kayleigh estava no caminho de minha tempestade.

Gostaria de poder desdizer tudo. Mas não posso.

— Só sei desperdiçar a *minha* vida? — pergunta Kayleigh. Sua voz é firme, estranhamente calma. — Que porra é isso que você acha que está fazendo?

Antes que eu possa responder, a porta da sala se abre e John Jr. entra. Ele tem o cabelo de um daqueles pastores de televisão, sapatos brilhantes e um aperto de mão pegajoso. E, enquanto repassa a miríade de opções para caixões, como se me desse as características de um Cadillac novinho em folha, fico sentada absolutamente quieta e finjo que estou comprando um carro e que minha melhor amiga não tem motivo algum no mundo para me odiar.

* * *

O CÉU DESABOU, está chovendo pingos grossos de água quando deixo Kayleigh em seu carro no estacionamento da escola de ensino fundamental. O único som no ar é a música que vem do rádio. É alguma música de Sarah McLachlan, e estendo o braço para desligá-lo. Odeio Sarah McLachlan desde que minha colega de quarto do primeiro ano de faculdade colocou o álbum *Surfacing* para tocar durante três semanas seguidas depois de ter terminado com o namorado do ensino médio.

Mas agora quem me dera não ter desligado o rádio, porque o silêncio apenas reforça que não consigo encontrar as palavras para expressar à Kayleigh meu profundo remorso. Quando ela toca na maçaneta da porta, nós duas falamos ao mesmo tempo.

— Kayleigh, eu...
— Você sabe...

Forço uma risadinha, aliviada porque o silêncio foi quebrado, mesmo que ela ainda esteja com raiva de mim. Sigo em frente com meu discurso não preparado.

— Me desculpe pelo que disse. Eu não queria dizer...

Ela me corta.

— Está tudo bem — diz, mas não está, porque há lágrimas em seus olhos. — Sabe, talvez eu seja egoísta. O lance da escola... Eu não...
— Não! Eu sei. Você não podia.

Ela funga.

— Mas tentei estar a seu lado. Realmente tentei. — Sua voz está trêmula. — Você me pediu para ser normal. Para não ser certinha, lembra? Só estou tentando fazer o que você quer.

O que eu quero.

Quase rio disso.

Quero deixar de ter um Monte de Câncer.

Quero desdizer tudo o que disse à Kayleigh.

Quero a possibilidade de que meu marido não esteja se apaixonando por outra mulher.

— É só... eu acho... — Ela respira fundo e põe para fora as próximas palavras com força: — Você é minha melhor amiga! E às vezes eu me pergunto se você percebe ou liga para o fato de que Jack não é o único que está te perdendo.

Fico atordoada. Constrangida por ver o quanto ela tem razão. Que não pensei em seus sentimentos. Em como isso a está afetando. Mas Kayleigh sempre foi tão durona, tão indiferente ao incômodo da emoção.

— Tenho que ir — diz ela, abrindo a porta, permitindo que o ar silencioso no carro se quebre pelo som cheio da chuva batendo no pavimento. Sei que é porque ela não quer que eu a veja chorar. Ela nunca quer que alguém a veja chorar. Estendo a mão para detê-la, mas as palavras ficam presas em minha garganta e a porta se bate entre nós.

Enquanto a vejo atravessar o estacionamento escuro e molhado, quero ir atrás dela, mas sinto o peso da culpa. E do quanto é difícil morrer do jeito certo.

* * *

Quando chego em casa, o carro de Jack já está na garagem, então estaciono junto à guia, atravesso correndo nosso quintal, debaixo da chuvarada, subo as escadas e coloco minha chave na porta da frente. Estou emocionalmente exausta, minha cabeça está pulsando, e mal posso esperar para cair na cama, mas paro de repente quando vejo Jack sentado no sofá, olhando para mim. Ele não está trancado no escritório. Escondido.

— Daisy — diz ele, com o rosto tão sério que me pergunto por um breve e ridículo momento se já morri e ele está em luto. — Minha mãe ligou hoje à tarde. — Ah, nossa! Uma série de possibilidades passa por minha mente, cada uma pior do que a outra; Ruggles, o pastor alemão de 11 anos da família foi sacrificado; Rachel, a irmã de Jack que havia acabado de tirar a carteira de motorista, envolveu-se em um acidente de carro; seu pai teve um ataque cardíaco. — Ela não recebeu o convite para a formatura.

Olho para ele, esperando a parte terrível. *Porque ladrões o roubaram, junto com todos os objetos de prata da família. Porque houve um incêndio na casa. Porque terroristas bombardearam a linha aérea que prestava o serviço postal.*

Ele não diz nada.

— Nossa! — digo, caminhando em direção ao sofá. Estou tentando decifrar por que a situação é tão séria e qual deveria ser minha resposta apropriada. — Bem, vou enviar outro para ela.

Sento-me na outra ponta do sofá enquanto ele enfia a mão na mochila no chão ao seu lado. De dentro dela, ele tira um punhado de envelopes cor de marfim e coloca-o sobre a almofada entre nós.

— O que é isso? — pergunto.

— Meus convites de formatura.

— Bem, é óbvio. Dá para ver que são. É sério, onde você conseguiu isso?

— Estavam no porta-malas do seu carro. Eu os achei lá ontem à noite.

Pisco os olhos. Coloquei os convites no correio semanas atrás. Não? Tento deixar escapar uma risadinha, mas ela parece vazia.

— Bem, isso explica por que minha mãe não o recebeu. Acho que eu estava sob mais estresse do que pensei.

Jack continua a olhar para mim, a preocupação estampada no rosto. Sinto uma súbita sensação de desgosto passar pela coluna.

— Jack, me desculpe! Mas, sério, não tem problema. Vamos enviá-los outra vez.

— Não são apenas os convites, Daisy.

— Como assim? — Cruzo os braços e espero que ele me diga do que se trata, mas uma parte de mim pensa que eu talvez já saiba, e tenho de forçar meu traseiro para permanecer em meu lugar e ouvi-lo.

— Você anda desligada, ultimamente. Distraída. No início, pensei também que fosse estresse, quando eram pequenas coisas, como se esquecer de trancar a porta dos fundos quando você é a última a ir para a cama. Mas agora é outra coisa estranha. No pacote de meu almoço da semana passada, você embalou um tablete de manteiga. E encontrei quatro cuecas bem dobradas na gaveta ao lado da cama, não na cômoda.

Quero atacá-lo, dizer que ele tem sorte de eu preparar seu almoço, dobrar sua roupa lavada, mas sei que é um mecanismo de defesa, outra maneira de evitar a verdade que me corrói por dentro desde o dia em que me perdi a caminho do Athens Regional.

O celular de Jack toca e ele olha para a tela. Depois para mim.

— Tenho que atender — diz ele. Eu o espero atender ao telefone, mas, em vez disso, ele se levanta. Sai da sala. Jack nunca sai da sala para atender a um telefonema, a menos que estejamos perto de outras pessoas e ele não queira ser indelicado. E o que poderia ser mais importante do que essa conversa?

Ouço um "Ei" abafado enquanto ele segue para o escritório.

Pamela.

Sei que é ela da mesma forma que sei que horas são quando acordo no meio da noite sem olhar para o relógio. Simplesmente sei.

O que não sei é por que ela está telefonando. Se fosse só por causa do Copper, por que Jack sairia da sala? Surgem em minha cabeça imagens claras e horríveis envolvendo Jack e Pamela em vários estágios de uma nudez lasciva. Dou uma sacudida forte com a cabeça para me livrar delas.

Depois me levanto e vou para a cozinha com mais confiança do que de fato sinto. Então tenho andado um pouco esquecida ultimamente. Acontece. Talvez eu esteja trabalhando muito para a doutora Walden e o estresse de fato esteja me afetando. O estresse causa todos os tipos de coisas malucas ao seu corpo. E não tenho ido fazer minha ioga. Nem mesmo minha caminhada. Vou começar a caminhar de novo. Comprovou-se em inúmeros estudos que o exercício físico reduz o estresse.

Abro a torneira, enxáguo os poucos pratos que estão na pia e os coloco na máquina de lavar louça. Então endireito a coluna e fico olhando para a chuva caindo fora dos painéis de vidro. Levanto a cabeça. Alguma coisa está diferente. Olho mais de perto.

Mesmo com a água caindo de forma torrencial, nem uma gota está passando pelas fendas nas janelas.

Porque *não há* fendas nas janelas.

Confusa, volto para a sala íntima e vou até a janela mais próxima da porta. Passo o dedo na fissura entre o painel e a verga que não está mais ali. Ela também foi selada. Minhas pernas começam a tremer, e sei que não me sustentarão por muito mais tempo. Vou cambaleando até o sofá e sento-me, lágrimas formando-se em meus olhos, confusão e pânico revirando meu estômago, ameaçando vir à tona.

Todas as minhas janelas estão seladas.

E não me lembro de ter feito isso.

Tento respirar fundo e então me lembro do que Patrick disse e tento encher meus pulmões com um grande golpe de ar.

Talvez Jack esteja certo.

Talvez eu esteja literalmente perdendo a razão.

Mas, quando sua voz cortada vem flutuando pelo corredor do escritório, onde ele está conversando tranquilamente com outra mulher, só consigo pensar em uma coisa: será que já não perdi o bastante?

vinte e um

Em vez de dirigir até Emory na manhã seguinte para minha consulta quinzenal, encontro-me de volta ao consultório do doutor Dr. Saunders, sentada ao lado de Jack, esperando que as sobrancelhas grossas deem a notícia. O *déjà-vu* produz um arrepio em minha espinha.

A única diferença de alguns meses para cá é que estou visivelmente menos ansiosa. Que notícia eu poderia receber que seria pior do que *você está morrendo*?

O doutor Saunders tira os óculos e os coloca sobre a mesa. Ele olha para mim.

— Os tumores cerebrais são coisas engraçadas — diz ele. — Onde o seu está localizado — usa uma caneta para mostrar a esfera brilhante de cor laranja e amarela na tela do computador —, normalmente poderíamos esperar alguns problemas de equilíbrio, interrupção na coordenação motora, coisas assim. — Penso no tropeção que dei em nada em meu quarto algumas semanas atrás e engulo em seco, enquanto ele continua: — Mas o seu está causando um inchaço considerável no cérebro, o que parece ser o culpado pela confusão, perda de memória. Você está tendo dores de cabeça?

Concordo com a cabeça.

— Isso também — diz ele.

Jack limpa a garganta.

— Certo, e o que podemos fazer em relação a isso?

— Bem, posso prescrever alguns esteroides para reduzir a pressão. Isso resolveria as dores de cabeça e, com sorte, os outros sintomas diminuirão também.

— *Com sorte?* Então pode ser que não desapareçam? — Pisco. — Pode ser que fiquem piores?

Antes mesmo de dar-lhe uma chance para responder, meu nível de pânico dispara para o máximo. Soa alto um alarme de incêndio. E prendo a respiração a fim de não hiperventilar. Lembro-me do medo frio que tomou conta de mim durante os poucos minutos em que me perdi naquele outro dia e no quanto teria sido pior se eu tivesse dirigido para um lado e para o outro durante horas. Ou o que aconteceria se eu começasse a esquecer partes inteiras de minha vida? Ou Jack Não quero esquecer Jack.

— Isso sempre é uma possibilidade. Como eu disse, os tumores cerebrais são cheios de truques.

Quero salientar que ele não disse "cheios de truques", mas, sim, "engraçados", e que os primeiros parecem ser adjetivos mais apropriados para mágicos em festas de aniversário infantis do que para tumores cerebrais.

— Você também poderia fazer uma cirurgia — diz, juntando as mãos como se fosse rezar, os cotovelos apoiados na mesa. — Não cresceu muito nos últimos dois meses e ainda seria facilmente removível.

— Mas eu pensei que você só recomendaria a cirurgia se eu fosse até o fim do tratamento: químio, rádio.

Ele faz que sim com paciência.

— Eu disse, mas isso era quando você se encontrava assintomática, quando o tumor não estava lhe causando nenhum problema...

Tento não rir. Como se o efeito colateral da morte iminente não fosse um *problema*.

— ...Agora, é algo que você talvez queira considerar. Para fins de qualidade de vida. Mas ainda existem muitos riscos envolvidos. Talvez até mais ainda. Seu corpo está em uma batalha neste momento, está em um estado debilitado. Talvez seja mais difícil se recuperar da cirurgia. Não é uma decisão fácil.

Finalmente, agarro-me a algo com o qual concordo com o doutor Saunders. Não é fácil. Nada disso tem sido fácil. Minha cabeça agora está inchando de informações, junto com a pressão, e não sei ao certo se tenho energia para tomar mais uma decisão em se tratando de minha saúde, minha vida, minha morte.

Fico aliviada quando Jack fala.

— Doutor Saunders — diz, dirigindo-se a ele com a estranha seriedade que passei a esperar em sua voz nesses últimos meses. — O que você faria? Se fosse sua esposa, quero dizer. O que *você* faria?

O doutor Saunders olha para Jack por cima das mãos em posição de reza e depois para mim. Ele fica em silêncio por tanto tempo que acho que talvez tenha se esquecido da pergunta.

Talvez ele tenha um tumor no cérebro também.

Finalmente, ele respira fundo.

— A cirurgia — diz ele. — Eu iria querer que ela fizesse a cirurgia.

Jack vira-se para mim e levanta as sobrancelhas. Sei que o abacaxi está em minhas mãos. Respiro fundo.

— Tudo bem — digo, voltando-me para o doutor Saunders. — Vou fazer a cirurgia.

* * *

Deixo o centro de câncer com uma receita de Decadron, uma consulta pré-operatória na segunda-feira com um neurocirurgião, em Atlanta, e a cirurgia efetiva marcada para terça-feira, sempre impressionada com a rapidez com que o doutor Saunders consegue fazer as coisas.

No carro, Jack fica mexendo no rádio até parar em uma balada da banda de rock Lynyrd Skynyrd. Abro a boca para agradecer-lhe por ter vindo comigo, mesmo fazendo o possível para protestar nesta manhã, mas ele fala primeiro.

— Vou com você para Atlanta.

— Não — digo, fazendo veementemente um não com a cabeça. — Você ouviu o doutor Saunders. Vou ficar no hospital por, pelo menos, três dias. Você não pode ficar todo esse tempo fora da clínica. Ling não vai deixar você se formar.

— Você vai fazer uma cirurgia cerebral — diz ele de seu modo tranquilo, pragmático. — Ling vai entender.

— Não — repito. — Minha mãe vai sair do trabalho, vai ficar ao meu lado o tempo todo...

— Daisy! — A palavra é um rugido que reverbera por meu corpo e faz meu coração parar por dois segundos inteiros. Talvez três.

Dou uma olhada para Jack com o canto dos olhos e vejo suas mãos segurando o volante com tanta força que parece que os ossos brancos dos nós de seus dedos rasgaram a pele. Ele toma fôlego, relaxa um pouco os dedos e então fala com a voz baixa e tranquila, pronunciando cada sílaba.

— Vou com você para a cirurgia. Fim de papo.

Solto a respiração que não percebi que estava segurando e me encosto no banco. Quero discutir com ele, reiterar que não é necessário. Que minha mãe pode lidar com isso. Que vou ficar bem. Mas não posso ignorar o friozinho estranho que sinto na barriga por causa da determinação insistente de Jack de estar lá ao meu lado. *Comigo*. Então, mais uma vez, parte de mim fica imaginando se é apenas o senso de obrigação e lealdade de Jack que motiva sua determinação. É como uma daquelas condicionantes que aprendemos em geometria no último ano do ensino fundamental: *se* uma mulher fará uma cirurgia no cérebro, *então* o marido tem de ir com ela.

Enquanto olho para o perfil de Jack, seu BlackBerry toca no porta-copos onde está acomodado e Jack o pega com a mão direita. E não tenho certeza se estou imaginando coisas ou se ele está escondendo a tela de mim de propósito. Jack empurra um botão na lateral do celular para silenciá-lo e o coloca de volta no porta-copos.

Preciso de todo o esforço do mundo para não pegar o aparelho e acabar com minha curiosidade.

— Quem era? — pergunto, esperando parecer indiferente, e não como se o equilíbrio de todo o meu mundo dependesse de sua resposta. Mantenho os olhos nas árvores e postes de telefone que passam do lado de fora de minha janela.

Ele hesita por um segundo antes de responder.

— Trabalho — diz, e a única palavra mesclada de hesitação faz meu coração parar na boca do estômago, e o friozinho estranho que acabei de sentir ali desaparece.

Porque sei que ele está mentindo.

* * *

No SÁBADO DE manhã, Jack recebe um telefonema da Equipe de Tratamento da Vida Selvagem para ajudar a tratar um bando de patos envenenados de um lago local.

— E depois eu poderia ir até o sítio para dar uma olhada no Copper, já que não estarei na cirurgia dele na segunda — diz ele, antes de sair de casa de uniforme, e meu coração desfalece, porque sei que não é apenas o Copper que ele verá.

Engulo as pílulas do experimento, um *Yunzhi* e um esteroide em forma de um minúsculo pentágono branco com um copo de água, acomodando-me, em seguida, no sofá com meu notebook. Preciso enviar um e-mail à doutora Walden a fim de informá-la sobre a cirurgia e pedir desculpas porque não poderei continuar a ajudá-la. Mas, quando abro o computador, ele está apagado. E não lembro onde deixei o carregador.

Tumor cerebral idiota.

Depois de uma busca inútil em minha bolsa e em cada tomada de cada cômodo da casa, chego à conclusão de que devo tê-lo deixado no escritório da doutora Walden. Suspirando, entro no escritório e me sento à mesa, mexendo no mouse para tirar o computador de Jack do modo stand-by.

Um e-mail da escola que ele recebeu enche a tela e, antes de apertar o X para fechá-lo, uma linha de assunto me chama a atenção. Hesito por um segundo — apenas o tempo de reprimir a pontinha de culpa que sinto por bisbilhotar seu computador — e depois clico nela.

Assunto: Ausências

Jack,

Lamento pela notícia sobre Daisy. É claro que entendo que você precisa ficar com ela. Mas espero que você entenda que não posso abrir uma exceção na política de faltas, uma vez que não seria justo com os outros alunos. Se você não comparecer na próxima semana, seu total de faltas para este semestre será muito superior ao das três permitidas. (Você já tem seis, se meus registros forem precisos.) Quando voltar, discutiremos se é possível remarcar sua formatura para dezembro ou se você precisará esperar até maio do ano que vem.

Atenciosamente,
Dr. Samuel Ling

O sangue em minhas veias corre frio. Quando Jack me contaria isso? Mas sei a resposta antes mesmo de formular a pergunta em minha cabeça: nunca. Suspiro. Parte de mim está comovida. Sei que Jack pensa estar fazendo uma Coisa Legal. Um Lance de Marido. Que ele acha que permanecer comigo em minha cirurgia é mais importante do que se formar. Mas não é. E a outra parte de mim está irritada, porque Jack tomou essa decisão executiva sem me consultar. Que o Monte de Câncer está arruinando mais uma coisa, e não tenho nenhum controle sobre ele.

Envio um e-mail à doutora Walden e depois vou para o quarto pegar as meias de Jack e arrumar a cama. E então noto o acúmulo de pelos de Benny rolando como bolas de feno pelo piso de madeira e pego a vassoura. E depois o esfregão. E aí não consigo parar de limpar. Limpo os rodapés, esfrego o rejunte do banheiro com uma escova de dentes, pulverizo todos os espelhos e janelas da casa com água e vinagre e lavo quatro pilhas de roupa. E, enquanto varro, lavo e esfrego em silêncio, minha irritação com Jack aumenta.

Eu só lhe pedi uma coisa — *uma coisa!* — desde meu diagnóstico com um Monte de Câncer. Quero que ele se forme no tempo certo. Que não deixe que os sacrifícios que fizemos — que *eu* fiz — não sirvam para nada. E ele não pode me dar isso? Pior, ele está *mentindo* para mim, dizendo que Ling entenderá, deixando-me acreditar que ele ainda vai se formar em algumas semanas. Quê! Ele estava esperando que eu morresse antes disso e nunca soubesse?

Mas você vai fazer uma cirurgia no cérebro, fala baixinho uma voz. *E Jack só quer estar ao seu lado.*

Mando essa voz ficar quieta e sigo com minha raiva, porque Jack está com Pamela e com o cabelo do comercial de Pantene dela e eu estou aqui sozinha, com os dedos enrugados e um balde de água sanitária em cima do qual estou chorando agora. Deito-me no chão meio molhado e deixo as lágrimas escorrerem por meu rosto, fazendo cócegas no lóbulo de minhas orelhas antes de caírem no cabelo e se espalharem pela nuca.

Mantenho-me olhando para o teto do corredor e praticando as técnicas de respiração até o piso e meu rosto secarem e meu coração endurecer um pouco mais.

* * *

QUANDO JACK CHEGA em casa naquela noite, estou sentada no sofá à sua espera, calma e controlada. Antes que ele abra a boca para dizer oi, digo-lhe que encontrei o e-mail de Ling e que ele não poderá ir comigo para a cirurgia.

Seu rosto fica sem expressão.

— Você tem que se formar — digo.

— Eu vou — diz.

Ah. Eu me inclino para trás. Não esperava que seria tão fácil assim. Em seguida, ele acrescenta:

— Em dezembro. Ou em maio do ano que vem.

— Não! — sento. — Você não entende? Não vou *estar* aqui em dezembro ou em maio do ano que vem.

Ele faz que não com a cabeça.

— Você não sabe...

Eu o interrompo.

— Eu sei. E você também. Você apenas não quer admitir. — Respiro fundo e o fito com um olhar certeiro. — Jack. Eu estou mor...

— *Eu sei que você está morrendo!* — vocifera, e é como se eu tivesse levado um tapa na cara.

Tudo fica silencioso. Até Benny fica sentado como uma estátua nos pés de Jack, já não choramingando para ser acariciado ou notado.

E, no silêncio cavernoso que se segue, fico surpresa em ver que não só esperava que Jack negasse o fato, mas que eu *queria* que ele o negasse. Porque a possibilidade de Jack acreditar que eu viveria talvez fosse a única coisa que me mantinha viva.

Sua voz está rouca e serena quando ele fala novamente:

— Me processe se eu quiser estar lá ao seu lado enquanto você estiver morrendo.

Suas palavras são tão sinceras, e ele parece tão despedaçado, como uma marionete sem ninguém para manejá-la, que hesito. E daí que ele não se forme no tempo certo? Faço que não com a cabeça. Não. Ele precisa. E tenho de estar lá para ver. E, mesmo tendo essa convicção há meses, só agora é que realmente começo a entender por quê. Porque tudo em nossa vida nos últimos sete anos girou em torno desse momento e caminhou nesse sentido.

Vamos passar mais tempo juntos *quando Jack se formar.*

Vamos tirar férias *quando Jack se formar.*

Vamos ter filhos *quando Jack se formar.*

E preciso saber que todos aqueles momentos que não compartilhamos, que todo o tempo que não passamos juntos, vão significar alguma coisa. Estávamos trabalhando para atingir um objetivo, e preciso riscá-lo de minha lista.

Mas não sei como explicar isso para Jack. Então só repito o que já lhe disse, com a maior convicção possível.

— Não *preciso* que você esteja na cirurgia — digo entre os dentes. — Eu *preciso* que você se forme.

Ele faz que não com a cabeça e abre a boca, e sei, na fração de segundo antes de ele falar, o que vem a seguir — a resistência inevitável, o começo de horas de conversa em um círculo sem fim em que isso vai se transformar antes que alguém, finalmente, ceda. A antecipação disso me deixa exausta, e tenho o desejo irresistível de terminá-la antes mesmo que ela comece.

— Daisy, eu...

— *Eu não quero você lá!* — grito. As palavras duras cortam Jack de forma tão abrupta quanto a lâmina de uma guilhotina.

É cruel. Sei que é cruel assim que digo as palavras. Mas também sei, assim que elas saem de minha boca, que é verdade. Não quero Jack na cirurgia, não só porque isso irá impedi-lo de se formar, mas também porque não quero que ele me veja confusa, translúcida e frágil. Quero que ele se lembre de mim — a pessoa que realmente sou. A pessoa bonita. A pessoa forte e capaz. A pessoa por quem ele se apaixonou.

Mais uma vez, entretanto, não sei como explicar isso. Como dar voz às inseguranças que surgiram, aparentemente da noite para o dia, em meu cérebro antes confiante. Como admitir o quanto me sinto profundamente incapaz ao lado da vitalidade de Pamela.

Então espero que Jack quebre o silêncio contundente, mas ele apenas olha para mim. Procuro uma emoção em seus olhos, esperando ver dor, provocação ou mesmo derrota, mas o que vejo é mais assustador. Não há nada. Seus olhos estão vazios quando ele dá um simples aceno, pega suas chaves e sai de casa sem dizer uma palavra.

Eu ganhei.

Mas, quando me inclino no sofá, ligo a TV e espero ser dominada pelo sentimento de triunfo, ele não vem.

vinte e dois

Naquela noite, fico acordada na cama tentando ouvir o carro de Jack parar na frente de casa, a chave na porta, mas, antes disso, a noite me vence. E, quando acordo na manhã seguinte, ele não está ali.

Entro na cozinha, esfregando os olhos de sono, esperando, em parte, ver Jack sentado de cueca junto à bancada, comendo uma tigela de Froot Loops, mas a cozinha está vazia.

Fico em pé na porta, atordoada com sua ausência.

Onde está Jack? Por que ele não voltou para casa?

Isso não é do feitio dele, penso rapidamente, colocando a culpa em meu tumor cerebral. É claro que ele ligou na noite passada para falar sobre um esquilo, um gambá ou um pardal que precisava alimentar a cada duas horas e disse que não voltaria para casa, e eu simplesmente não me lembro. Verifico meu celular, mas seu número não aparece entre as ligações recebidas.

Coloco o aparelho sobre a bancada e deixo todo o peso do que fiz se acomodar sobre meus ombros. Minhas palavras da noite passada me assombram enquanto continuam passando em meu cérebro:

Eu não quero você lá.

Eu não quero você lá.

Eu não quero você lá.

Mas sei que o que Jack ouviu foi: *Eu não quero você.*

E sei que foi a gota-d'água. Que o empurrei para tão longe que ele está fora de meu alcance, como a lua ou as estrelas.

Ainda assim, passo uma hora arrumando a mala, dobrando camisetas, pegando um par de sapatos só para guardá-lo novamente cinco minutos depois. Sei que estou enrolando, esperando que ele volte para casa a qualquer momento, rindo porque caiu no sono sobre sua mesa enquanto trabalhava até tarde. *Ha-ha-ha! Você acredita?* Mas, quando finalmente fecho a mala, fecho também a porta de minha esperança.

* * *

QUANDO CHEGO à casa de minha mãe naquela tarde, ela ainda está no trabalho. Entro pela porta da frente, deixo minha mala em meu antigo quarto e vou até a sala para me deitar no sofá. E me lembro de ter me atirado nesse sofá aos prantos no dia em que Simon Wu recusou meu convite para ir ao baile da escola e de chorar até anoitecer. No momento em que mamãe chegou em casa, meus olhos estavam vermelhos e inchados, mas, quando ela me perguntou o que tinha acontecido, murmurei *nada* e fui amuada para a cama. Agora, ao puxar um cobertor para cobrir as pernas, subitamente cansadas, queria ter confiado nela.

Parecem segundos depois quando acordo no escuro com a **mão de alguém** alisando meu rosto.

— Mãe?

— Sim — sussurra ela.

Sento-me levemente confusa até que lembro onde estou e por quê. Meus olhos estão meio fechados quando vejo o rosto de mamãe no escuro, e seus olhos estão no mesmo nível que os meus; percebo que ela segurava minha cabeça em seu peito.

— Por que não me acordou?

— Você tem um grande dia amanhã — diz de um modo que faz parecer como se eu tivesse um baile ou uma entrevista para meu primeiro emprego, não uma cirurgia delicada. — Queria que você descansasse.

— Que horas são?

— Quase 22h, acho.

Sento-me mais ereta ainda e fico me perguntando se Jack ligou enquanto eu estava dormindo. Mas sei, sem verificar, que ele não ligou, e a verdade pesa terrivelmente em meu coração. Quero me deitar de novo.

— Venha aqui — diz mamãe.

E, embora faça anos que não me aconchego com vontade em minha mãe, sou tomada por um desejo de me envolver em seus braços. De ser abraçada. De ser amada. Sou como uma planta esquecida dentro de casa à qual acabaram de oferecer água. É impossível resistir. Deito a cabeça em seu peito e me aperto ainda mais contra meus joelhos, empurrando-os contra o estômago de mamãe como se estivesse tentando voltar para seu útero.

Renascer.

Ter uma segunda chance.

Então me pergunto: se eu soubesse que seria do mesmo jeito, será que desejaria fazer tudo de novo? Esta vida. Este corpo. Este Monte de Câncer.

Penso em Jack.

E percebo que sei a resposta antes mesmo de formular toda a pergunta: sim. Eu desejaria.

Mamãe abraça-me mais apertado e suspira em meu cabelo. Sei que está chorando mais uma vez. E eu, normalmente, endureceria, ou ignoraria o fato, ou faria uma piada, mas estou cansada demais para qualquer uma dessas coisas. Então eu a aperto também e a deixo chorar.

* * *

O DOUTOR NELSON Braunstein é um homem bem pequeno com um narigão e olhar inteligente. E faz a remoção de meu tumor parecer tão fácil quanto tirar uma farpa de meu polegar.

— Está, de fato, em uma posição ideal — diz ele, apontando para a chapa preto e branca de meu cérebro pendurada em uma caixa de luz na parede. Fico me perguntando se deveria dizer obrigado. Se deveria assumir a responsabilidade por essa parte de meu câncer ser tão cuidadosa em sua posição.

Ele diz que terei de fazer mais uma ressonância magnética naquela tarde, preencher uma papelada e depois estar no hospital cedo na manhã seguinte, animada, para dar entrada e ser preparada; em seguida, ele aperta minha mão, como se tivéssemos acabado de fechar um negócio, mas não sei ao certo qual é minha parte nele.

— Procure descansar hoje à noite — diz com um sorriso. — Até amanhã.

— Bem — comenta minha mãe depois que o médico sai —, ele foi eficiente.

Então me sento em silêncio na sala esterilizada até que uma mulher chamada Sheila entra com uma pilha de papéis e começo não apenas a assinar meu nome, mas também a preencher meu endereço, RG e informações sobre meu seguro em mil papéis diferentes, enquanto ela explica em tom monótono o que cada um significa.

— E esse — diz, segurando o último papel enquanto massageio uma cãibra na mão — é um termo que você precisa assinar com relação às suas preferências em caso de morte cardíaca ou de um coma durante a cirurgia ou como consequência dela.

Fico olhando para ela. Minhas preferências?

Forço uma risada.

— Hã... Eu *prefiro* não ter uma morte cardíaca ou um coma como consequência da cirurgia.

Ela me devolve uma risada gentil e então estende o papel para que eu o segure.

Afasto-me dele, a palavra "morte" vai se tornando mais ousada e maior e ameaça engolir todas as outras palavras na página, como uma vencedora de concurso de beleza que se recusa a dividir os holofotes.

Eu poderia morrer. Quero dizer, eu sabia que poderia morrer — *sei* que estou morrendo —, mas essa cirurgia poderia, de fato, ser a coisa que me mataria. Amanhã.

Sinto um aperto nos pulmões, o pânico está se apoderando deles com os punhos de aço, e, de repente, entendo o que Jack quis dizer quando falou: "É uma cirurgia *cerebral*".

É totalmente o oposto do que as pessoas querem dizer quando falam: *Não é uma cirurgia cerebral*.

Porque essa realmente é. Cérebro. Cirurgia.

E eu posso morrer.

* * *

NA MANHÃ SEGUINTE, sinto-me surpreendentemente calma enquanto estou deitada em uma cama de hospital, conectada a um dispositivo intravenoso, apenas com um avental hospitalar e minha calcinha da Jockey. O que provavelmente é consequência do Xanax, ansiolítico que estou ingerindo como se fossem balas de goma, os quais Sheila me deu logo depois de meu ataque de pânico, enquanto assinava o termo médico ontem, e então me mandou para casa com outros cinco para "tomar, se necessário".

— Você está bem? — Mamãe me pergunta pelo que parece a 35ª vez.

— Nunca estive melhor — respondo. E então começo a rir. E sei que parece um pouco louco, o que me faz rir um pouco mais.

Sheila então chega e anuncia que é hora de "fazer um passeio", o que deduzo significar que ela me levará na maca de rodas para a cirurgia.

— Você está pronta? — pergunta com um sorriso brilhante.

Deixo de olhar para seu rosto e olho para minha mãe e depois para Sheila novamente, porque sou capaz de jurar que ela perguntou se eu estava pronta *para morrer*, e fico me perguntando por que ninguém mais acha que foi uma pergunta totalmente inapropriada.

— Não — digo, com os efeitos do Xanax, de repente, desaparecendo.
— Não, não estou.

O sorriso de Sheila se transforma em sobrancelhas franzidas e mamãe dá um passo à frente.

— Daisy?

— Mãe — digo, estudando desesperadamente seu rosto familiar, caso nunca mais volte a vê-lo, as rugas que vi surgirem ao longo dos anos; os olhos generosos, tristes; a verruga na bochecha à que ela sempre se referiu como "a marca de uma top model". Porém, por mais que ame minha mãe, sei que não é o rosto dela que quero ver. E, mesmo que tenha pedido a Jack que não viesse, quase o obrigando a ficar em casa, tenho a súbita esperança de que ele irromperá pela porta, como um herói em uma comédia romântica, para me abraçar pela última vez em seus longos braços.

— Jack — digo. — Preciso do Jack. — E sei naquele instante que é verdade.

Mamãe concorda com a cabeça e procura em seu jeans o celular minúsculo. Tira os óculos do alto da cabeça e os coloca, mantendo os olhos meio fechados enquanto aperta os botões a fim de ligar para o número de meu marido. Depois ela o passa para mim.

Coloco o celular, que já está tocando, no ouvido.

Por favor, atenda.

Na quarta chamada, estou quase lançando feitiços para instigá-lo a atender.

Atenda ao telefone, Jack.

E então ele atende.

— Daisy? — diz, sua respiração ofegante, como se tivesse corrido para atender ao telefone.

— Jack — digo, mas o nome de meu marido fica preso em minha garganta. E permanecemos ali, cada um de um lado da linha, ouvindo a respiração um do outro. Sheila toca meu ombro e sei que tenho de ir, mas não quero desligar. Não quero parar de ouvi-lo respirar.

— Você precisa de mim? — pergunta ele.

— Sim.

— Você quer que eu vá para aí? — Sua voz é firme, calma, mas está pontilhada com traços de raiva. E ainda que eu normalmente odeie quando Jack está com raiva de mim, sinto-me aliviada ao ouvir isso. Significa que ele ainda se importa. — Vou sair agora mesmo.

Agarro o telefone com mais força. Não há nada que eu gostaria mais de ver do que seu rosto, mas é tarde demais. Já estou indo para a cirurgia, e de nada lhe adiantaria faltar à clínica, não se formar, apenas para ficar sentado no hospital quando não posso olhar para ele.

— Não — digo. — Não. Fique aí. Eu só queria...

A enfermeira me dá um tapinha novamente. Minha mãe dá um passo à frente.

— Daisy — diz ela enquanto pega o telefone.

— Eu te amo — digo com palavras apressadas, mesmo que isso pareça inadequado.

Uma vez ouvi que os esquimós inuítes tinham 16 palavras para amor, e, de repente, desejo que em algum momento eu tivesse memorizado todas elas, apenas para este momento.

— Jack, eu te amo.

Aguardo sua resposta. Sua reação automática às minhas afeições sempre tão natural quanto o sol depois da lua.

Eu te amo.

Eu te amo também.

Mas tudo o que ouço é silêncio.

— Jack? — pergunto.

Ouço uma respiração profunda, irregular, do outro lado do telefone e então:

— Eu te amo também. — Mas sua voz já não está firme e calma. Já não é mais de Jack. Está partida. Rompida. Dividida. Talvez ele também tenha percebido a gravidade de minha situação. Que posso morrer. Que essa cirurgia é capaz de me matar. Que essa talvez seja a última vez que nos falamos.

Ou talvez, só talvez, suas emoções é que estejam partidas. Rompidas. Divididas.

Nem todas dirigidas a mim.

Eu o ouço inspirar e expirar mais uma vez e então passo o telefone para minha mãe. Fecho os olhos e prefiro me concentrar nas palavras de Jack, e não em como ele as disse.

Ele me ama também.

Por ora, isso é suficiente.

Viro-me para a enfermeira.

— Estou pronta.

vinte e três

ACORDO.
Pisco os olhos para uma luz forte e ouço um gemido, que logo percebo vir de mim, e me lembro de que estou em um hospital e que fiz uma cirurgia no cérebro.

E acordei.

Enquanto me alegro silenciosamente com essa conquista, o rosto de minha mãe surge diante de mim.

— Querida?

Abro a boca para falar, mas minha boca está seca. Minha mãe leva um copo de água até ela e, agradecida, bebo um gole.

— Como você está se sentindo?

Tento mexer a cabeça para indicar que estou bem, mas ela parece pesada e, levando a mão até ela, toco com cuidado no turbante de gaze que estou usando.

E então me lembro de Jack e de sua voz partida, e percebo que não estou bem. Há tanta coisa que preciso dizer a ele. Tanta coisa de que me arrependo. Tanta coisa que eu gostaria de poder fazer de novo. E só espero que não seja tarde demais.

Como se lesse minha mente, minha mãe fala de novo.

— Liguei para o Jack e disse que correu tudo bem. Ele pediu a você que ligasse mais tarde, se puder.

— Ele pediu? — Empurro as palavras para fora de minha garganta áspera.

Ela faz que sim com a cabeça.

— Vou chamar a enfermeira e dizer que você acordou.

— Tudo bem — digo, fechando os olhos e voltando a dormir.

* * *

NÃO TENHO CERTEZA de que horas são quando acordo novamente, mas a respiração pesada de minha mãe e as sombras que atravessam o quarto indicam ser noite.

— Mãe? — chamo, a voz um pouco mais forte. Ela imediatamente abre os olhos e aparece ao meu lado. — Preciso do meu telefone.

Ela pisca enquanto olha para o relógio em seu pulso.

— Daisy, são 6h.

— Não importa — digo. — Tenho que falar com ele.

— Certo — concorda, indo até o balcão onde está minha bolsa. Fuça na bolsa, pega meu celular e o entrega a mim.

— Vou tomar um café — diz ela, enfiando os pés no par de tênis.

Jack atende na terceira chamada.

— Jack — sussurro.

— Daisy. — É uma afirmação, e procuro uma emoção nela, mas não consigo encontrar nenhuma.

— Acordei você?

— Não — diz ele. — Na verdade, não consegui dormir.

Agarro-me à confissão, permitindo-me acreditar que sua inquietação resultava de estar sentindo minha falta, estar preocupado comigo, estar me *amando*.

— Engraçado. Tudo o que tenho feito é dormir — digo, tentando deixar o clima mais leve. — Cirurgia no cérebro é canseira.

— Ouvi falar — diz ele, e tenho a impressão de que percebi um sorriso em sua voz. É tudo de que preciso.

— Jack, eu sinto muito — digo. — Eu deveria ter deixado você vir. Eu deveria ter *pedido* a você que viesse. Eu precisava de você e errei quando disse que não precisava.

Como ele não diz nada, continuo a falar.

— Nossa, eu estava com tanto medo. Eles me fizeram assinar todos esses documentos e continuaram a falar sobre como eu poderia *morrer* e eu só conseguia pensar em...

Ele me corta.

— Daisy.

— Sim?

— Está tudo bem — diz, e eu o ouço expirar. — Apenas... tudo bem.

Seguro o telefone em meu ouvido, esperando que ele diga alguma outra coisa, qualquer coisa. Mas ele não diz.

— Tudo bem — digo. — E aí, você...

Estou prestes a dizer *me perdoa*, mas ouço algo do outro lado da linha. Não é Jack.

Onde você guarda o açúcar?, diz a voz que não é de Jack.

Meu coração para de bater e fico me perguntando se é a isso que Sheila se referiu quando disse *morte cardíaca*.

— Daisy, você está aí? — A voz de Jack está cheia de preocupação, e não sei dizer com o que ele está mais preocupado: com a possibilidade de eu ter ouvido a voz da mulher ou com o fato de que estou, de repente, morrendo.

Minha mãe abre a porta do quarto segurando um copo de isopor, e olho para ela.

Ela para quando vê meu rosto.

— Devo sair? — pergunta.

Faço que não com a cabeça.

— Jack, tenho que desligar — digo.

E desligo o telefone antes que ele, ou Pamela, possam dizer outra coisa.

* * *

— Olhe para a esquerda... Bom... Agora para a direita... Bom... Para cima.

Sigo as instruções da terapeuta ocupacional enquanto ela faz uma pequena lanterna brilhar em meu rosto. Toda a minha manhã foi um fluxo de médicos, enfermeiras e especialistas realizando testes em todas as minhas funções básicas: fala, movimento, memória, capacidade de seguir instruções e agora visão. Até agora passei em todos os testes, o que normalmente me encheria de prazer, uma sensação de realização. Sou a primeira da sala em se tratando de me recuperar de uma cirurgia no cérebro. Mas não me importo.

Jack está com Pamela. Ou ele estava com ela. Por uma noite. Ou uma manhã. E então fico curiosa para saber se ele estava com ela na noite em que não voltou para casa, o que é uma curiosidade idiota, porque é claro que estava. E quem podia culpá-lo? Disse-lhe que não precisava dele, que não o *queria*. Pior, disse a mim mesma que queria que ele estivesse com Pamela. Conspirei para isso, fiz planos para isso, *desejei* isso. Agora meu único desejo é apertar o botão de minha cama motorizada e mantê-lo pressionado até ela se dobrar completamente no meio, engolindo-me por inteira. O que foi que eu fiz?

O que foi que eu *fiz*?

Desde que desliguei o telefonema que fiz para Jack, a pergunta gira em minha cabeça, passando de um sussurro suave a um grito de dor que não para de martelar. Tenho um Monte de Câncer, e, em vez de correr direto para os longos braços de meu marido, eu o empurrei para outra pessoa.

E ele foi.

Em meio ao meu ataque constante de autoflagelação, esta é a verdade nua e crua que surge em minha cabeça como títeres insistentes em um jogo de Whac-a-Mole.

Jack foi.

E é essa informação que não consigo me convencer a aceitar. É como deixar cair um prato que você acredita ser de plástico, portanto inquebrável, e vê-lo estilhaçado em mil pedaços ao atingir o chão. Nosso relacionamento sempre foi tão frágil? Lembro-me do anúncio que fiz a Jack em nosso terceiro encontro: que o amor não é real. É uma ideia que logo descartei quando percebi que a ciência podia apontar para os hormônios e as substâncias químicas que me faziam palpitar e me sentir impulsiva e segura, mas não podia explicar por que eu palpitava e me sentia impulsiva e segura *com Jack*. A ciência não pode explicar por que duas pessoas específicas são magneticamente atraídas uma a outra, em vez de se repelirem. Somente o amor pode. E, embora nunca tenha acreditado em contos de fadas, almas gêmeas ou qualquer uma dessas outras teorias puramente românticas, eu acreditava em Jack. Acreditava em Jack e em mim.

E percebo que, mesmo à procura de uma esposa para Jack, querendo que ele tivesse alguém, que não ficasse sozinho quando eu me fosse, nunca realmente acreditei que ele amaria outra mulher. Que ele *pudesse* amar outra mulher. Não do jeito que me amava.

Agora, entretanto, essa convicção acabou.

E fervendo lentamente sob meu turbilhão de emoções com essa revelação surpreendente está a raiva.

De Jack.

Por ter decidido ficar com ela.

Como ele pôde fazer isso comigo? Com a gente? Sei que não tenho sido a esposa perfeita. Tudo bem, então fui uma esposa terrível, excluindo Jack, afastando-o e até empurrando-o *para* Pamela. Mas, ainda assim, sou sua *esposa*. O que aconteceu com o *na doença* e na saúde? Imagino Jack repetindo essas palavras para mim diante do juiz ensopado de gim, e isso vira meu estômago.

— Ótimo — diz a terapeuta ocupacional. — Sua visão está perfeita.

Sheila entra na conversa.

— Acabaram os testes de hoje. Se você estiver se sentindo capaz amanhã, vamos tirá-la dessa cama. Vamos tentar dar alguns passos.

Ela se põe a falar comigo como se eu fosse uma criança, e parece que está me prometendo bolo de chocolate se eu for uma boa menina.

— Até lá, descanse. Chame se precisar de alguma coisa.

Preciso que você vá buscar meu marido para que eu estrangule o pescoço daquele mentiroso e traidor. Respiro fundo e fecho os olhos, tentando acalmar minha raiva. Ser razoável. Racional. Isso é culpa minha. É tudo culpa minha. Mas, por mais que eu tente dizer isso para mim mesma, só consigo imaginar a Pamela perfeita em minha cozinha, abrindo os armários, usando meu açúcar, conversando com meu marido e acariciando a droga do meu cachorro. E não consigo, por mais que tente, lembrar por que queria que Jack estivesse com ela, em primeiro lugar, ou o que ele podia ver nela.

Ela usa suéteres com estampa de animais, fala sério!

* * *

MAIS TARDE NAQUELA noite, mamãe diz que vai para casa tomar um banho e dar comida para Mixxy. Alguns minutos depois que ela sai, ouço uma batida na porta.

— Pode entrar — digo, esperando ver outra enfermeira ou algum tipo de terapeuta pronto para me cutucar e espetar, mas não é.

— Kayleigh. — É a primeira vez que a vejo desde que a deixei em seu carro depois da funerária. — Como você sabia que eu estava aqui?

— Sua mãe ligou — responde, depois vai até a cama e me dá um tapinha no braço.

— Ai!

— Não acredito que você não me disse que faria a porra da cirurgia no cérebro. Que diabo está acontecendo com você?

— Desculpe — digo. — Tudo aconteceu meio rápido.

— Tudo bem. Que bom que você não morreu, nem nada. Nunca teria te perdoado.

Apesar da tempestade de dor ainda se formando em meu coração e em minha mente por causa de Jack, sorrio. Porque ela está aqui e é Kayleigh, e sei que estamos bem.

— E aí? Algum médico gostosão?

Nego com a cabeça.

— Nem um.

— Droga. Bem, acho que já vou, então.

— Não, você vai se sentar. Estou tão entediada que estou quase enlouquecendo. — Não quero contar a ela o que realmente está me deixando louca. Não estou pronta para ouvir o *Eu te avisei*.

— Era para eu ter chegado aqui mais cedo, mas sua preciosa Pamela saiu às pressas, às 15h hoje, me deixando para fazer sozinha quatro reuniões de pais e mestres.

Ao ouvir isso, eu me aprumo um pouco.

— Ela saiu?

— Desculpe, sei que não deveria falar mal dela, mas foi tão de última hora e, como fiquei acordada até tarde com Greg e tive um pouquinho de ressaca, *não* estava preparada para ficar até tarde, muito menos falar com aqueles pais irritan...

— Você sabe pra quê?

— Quê? — pergunta ela.

— Você sabe por que ela saiu mais cedo?

Kayleigh pisca os olhos como se tentasse lembrar.

— Sei lá. Talvez tivesse a ver com o cavalo dela? Jack não deu um jeito na perna do bicho na segunda? Nunca presto atenção nela. Enfim, pelo visto a coisa deixou a mulher toda atrapalhada, porque ela chegou atrasada hoje de manhã também. Chegou bem na hora em que as crianças começaram a chegar, como se eu não precisasse da ajuda dela para preparar a sala...

Kayleigh continua a falar enquanto vou sucumbindo com a mesma rapidez que o *Titanic*. Porque sei que Pamela estava com Jack hoje de manhã, não com Copper. E meu coração fica mais apertado, porque sei que foi isso que a atrasou. Sei como é estar com Jack de manhã. Acordar na cama com ele e desejar que estivéssemos ilhados por causa da neve durante a noite ou que uma ameaça de bomba tivesse fechado todo o *campus*, porque só assim eu teria uma desculpa para continuar deitada ao seu lado mais um pouco. Mas nunca cedi ao meu impulso, sempre me arrastando para fora das cobertas quentes, indo religiosamente às aulas. Agora eu gostaria de ter cedido. Gostaria de ter acordado em uma daquelas manhãs e nunca ter saído da cama. Nunca ter deixado Jack. Gostaria de estar ainda ao seu lado agora.

— O que há de errado com você? — Kayleigh se mete em meus pensamentos. — Seu rosto está todo esquisito. — Ela torce o nariz para mim e depois olha, assustada. — Você vai chorar?

Mordo o lábio, porque tenho vontade de chorar. E então respiro fundo e conto sobre o telefonema, o açúcar e as promessas que Jack quebrou.

Kayleigh ouve e, em seguida, franze a testa.

— Estou confusa. Pensei que era isso que você queria.
— Eu também pensei — digo. — Estava enganada.
Kayleigh balança a cabeça lentamente, pensativa.
— Bem, o que você vai fazer a respeito?
Olho para ela.
— Como assim? O que eu *posso* fazer a respeito? — Torna-se tão óbvio em sua pergunta o fato de Kayleigh nunca ter se apaixonado. De verdade. E meu coração se parte por ela ao mesmo tempo em que desejo estar em seu lugar. Não conhecer a torrente irreversível de emoções que engole tudo quando se está apaixonado pela primeira vez. É como tentar deter uma inundação com uma cerca de arame. Impossível.
— Você pode lutar por ele — diz ela, dando de ombros, como se fosse a coisa mais fácil do mundo.
— Quê? Tipo desafiar Pamela para um duelo? — Mesmo brincando, imagino-me imediatamente de frente para Pamela com uma espada na mão. Eu iria espetá-la sem hesitação.
— É, se a gente estivesse em 1874. Ou você podia apenas dizer para ele como se sente. Jack ama você, Daisy. Isso não é do feitio dele.
— Eu sei, mas ele está diferente agora. Eu só soube afastá-lo. E nós só... tudo simplesmente desmoronou. E agora... — faço que não com a cabeça, procurando palavras para explicar como Jack está agora. Mas não consigo encontrar nenhuma e sei que é porque não sei como ele está agora. Isso mostra o quanto estamos afastados. Meus olhos ardem, e respiro fundo de novo. — Sabe, talvez eu devesse só deixar pra lá. Quero que Jack seja feliz. Mas... mas... — não tenho certeza do que significa esse "mas", do que exatamente mudou para me fazer abandonar meu plano de deixar Jack seguir em frente com Pamela. Com a vida dele. Só sei que não quero que ele siga em frente. Ainda não.
— Mas você quer ser feliz também. — Kayleigh termina a frase para mim.
— Sim — digo, minha voz baixinha.
— Você deveria ser — fala ela. — Você ainda não está morta, porra.

* * *

Jack liga por volta das 19h45, enquanto estou assistindo ao *Jeopardy*, mas ignoro o telefonema. Não quero ouvi-lo mentir sobre como passou o dia ou fazer o papel do marido cuidadoso por obrigação, não enquanto se preocupa com outra pessoa. Coloco meu telefone em modo silencioso e aperto um botão na cama mecânica para apagar a luz. Kayleigh foi embora e pedi à minha mãe que ficasse em casa para que tivesse uma boa noite de sono em sua própria cama, mas agora gostaria de não ter pedido, porque me sinto extremamente só. Bombeio uma dose extra de Vicodin pelo tubo intravenoso e fecho os olhos, deixando a voz familiar de Alex Trebek me embalar para dormir.

No dia seguinte, dou os nove passos até a porta do banheiro e volto para a cama sozinha, impressionando o fisioterapeuta que veio me examinar.

— Maravilha! — diz ele. — Você acha que consegue encarar as escadas esta tarde?

Digo que sim, e as encaro também, e, quando o Dr. Braunstein vem me ver pouco antes de servirem o jantar, diz que estou bem o suficiente para receber alta na manhã seguinte.

— Mas você ainda precisa de muito repouso — acrescenta. — E nada de atividades pesadas durante, pelo menos, duas semanas. Quero te ver de novo daqui a 15 dias, a menos que haja algum problema nesse meio-tempo.

Ele dá um tapinha em minha perna e lhe agradeço por remover o tumor, o que parece uma coisa boba para dizer após sair de minha boca.

— Fico feliz por isso — diz ele.

Então ligo para minha mãe a fim de lhe dar a notícia e, quando encerro a ligação, fico olhando para meu celular. Sei que deveria ligar para meu marido e lhe dizer que posso ir para casa. É isso que uma esposa faz, certo? Diz ao marido quando ela sairá do hospital? Por outro lado, entretanto, o marido não se apaixona por outra pessoa que não seja a esposa.

Ou, enfim, não deveria.

Aperto o número dele.

Ele atende na primeira chamada.

— Daisy — diz. — Tentei ligar para você.

Isso, pelo menos, é verdade. Quando peguei o telefone esta manhã para ligar a campainha novamente, havia três chamadas perdidas dele e outras duas ignoradas durante o dia.

— Desculpe — digo. — Estou vendo um monte de terapeutas e outras coisas.

— Sim, foi o que sua mãe me disse. Mas está tudo bem, né?

— Sim. Eles disseram que posso ir para casa amanhã.

— Amanhã? — Ouço a surpresa em sua voz, porém é mais de espanto do que de prazer, e isso crava mais fundo a faca em meu peito e traz à tona minha amargura.

Desculpe acabar com seu pequeno ninho de amor.

Porém então não tenho certeza se acabarei com o ninho de amor dele, porque não sei ao certo se já estou pronta para vê-lo.

— Mas eu acho que vou ficar na minha mãe. Descansar por lá.

— Por quanto tempo? — pergunta, e fico imaginando se Jack está calculando quantas outras noites terá com Pamela.

— Não sei. Quando você quer que eu vá para casa? — A pergunta sai mais impetuosa do que imagino, mas, bem, eu *sou* esquentada.

— Quero você em casa agora — diz, e a afirmação parece tão sincera que quase acredito. E, por um segundo, sinto um pingo de compaixão por Jack. Deve ser difícil ter uma esposa moribunda e uma amante cheia de saúde, pronta para assumir o lugar da esposa. Mas, quando penso na palavra "amante", a bolha de compaixão estoura, e minha raiva surge novamente.

Jack continua falando, alheio às minhas emoções em conflito.

— Mas você talvez deva descansar. Que tal eu ir até lá e te pegar no domingo? Vamos deixar seu carro na casa da sua mãe. Depois pensamos em um jeito de trazê-lo.

— Isso é ótimo — digo. E, mesmo que não estejamos brigando, não estejamos realmente falando muito sobre qualquer coisa, a conversa me cansa.

— Certo — diz ele. — E, Daisy?

— O quê? — pergunto, mas o único som do outro lado da linha é a respiração estável de Jack.

E então ele fala.

— Boa-noite.

— Boa-noite, Jack. — E, por uma fração de segundo, estou de volta à nossa cama em casa, e não há nada entre nós, nem quilômetros de estrada, nem o Monte de Câncer, nem Pamela, apenas os lençóis.

vinte e quatro

Tenho 6 anos de idade.

Bem, eu me sinto com 6 do mesmo jeito, encolhida em minha cama de solteiro, vendo minha TV de 19 polegadas enquanto mamãe mexe na antena "orelha de coelho".

— E agora? — pergunta depois de melhorar um pouco as linhas distorcidas com suas manobras de especialista.

— Está bom — digo. — Acho que ainda dá para entender o que está acontecendo em *The Price Is Right*.

Ela sorri.

— Vou pegar algo para você comer.

— Obrigada — digo, e volto para Drew Carey e seu microfone da finura de um lápis.

Pego no sono em algum momento durante o Showcase Showdown e acordo mais tarde, encontrando uma bandeja em minha mesa de cabeceira com um prato de laranjas cortadas e uma tigela fria de sopa de frango com macarrão. Isso imediatamente me faz lembrar de Jack e da noite em que gritei com ele. Deveria ter tomado a droga da sopa. E depois me enrosquei nele, olhei para seu rosto imperfeitamente perfeito e disse que tinha sorte de tê-lo.

Mas agora quem tem essa sorte é Pamela.

Não. Fiz que não com a cabeça, determinada a continuar com raiva de Jack. Ele mentiu para mim. Ele me traiu.

Porém, por mais que tente, não consigo reunir forças para ficar zangada com ele. E sei que é porque o amo. E porque o traí primeiro.

Afastei-me de meu marido quando deveria ter me voltado para ele. Passei os últimos três meses procurando uma esposa para ele, dizendo a mim mesma que fazia isso porque o amava, porque não queria deixá-lo sozinho. Mas tudo o que eu estava fazendo era deixá-lo sozinho.

E então me lembro do que Kayleigh me disse na funerária. Que era eu quem estava perdendo tempo. E sei, pelo menos uma vez, que ela estava certa. Eu estava perdendo tempo. Penso em todas as horas, minutos, segundos que poderia ter passado acariciando os dedos de Jack, alisando seu rosto, beijando seu sorriso torto. Todos os dias que deveria ter passado com ele, apenas conversando sobre algas, pinos no quadril e meu medo de morrer, de ir para algum lugar sem ele.

Um som, como o de um gato sendo torturado, irrompe na boca de meu estômago e sai por minha boca.

Não consigo suportar a ideia de estar longe de Jack por mais um segundo. E só posso esperar que Kayleigh esteja certa novamente.

Que não é tarde demais.

— Daisy? — ouço minha mãe chamar de algum lugar da casa e, em seguida, o som de seus passos no corredor enquanto vem correndo para meu quarto.

— Você está bem?

— Não — digo. — Preciso do Jack. Tenho que ir buscar o Jack. — Se fui eu que comecei toda essa situação, talvez haja uma chance de acabar com ela. Talvez Kayleigh esteja certa e não seja tarde demais.

— Querida, ele estará aqui no domingo.

— *Agora!* — digo, colocando um dos pés com meia no chão de meu quarto.

— Daisy, deite-se. Você não está em condições...

— Eu vou — digo, levantando-me e ignorando o fato de que o quarto está rodando um pouco. — Se você não me levar, vou dirigindo.

— Tudo bem! Tudo bem! — diz ela. — Vou pegar minhas chaves. Mas fique aí. Vou te ajudar a ir para o carro.

* * *

Durante a viagem de noventa minutos até Athens, ensaio o que vou dizer a Jack. Como vou convencê-lo a me perdoar, a voltar para mim, a ser meu. Mas é difícil me concentrar com o carro balançando e minha cabeça latejando muito. Estou deitada com o assento completamente reclinado, e minha mãe fica lançando olhares preocupados com o canto dos olhos em minha direção, pensando que não posso ver.

— Pare de olhar para mim desse jeito — digo com os dentes cerrados. — Estou bem.

Quando paramos na frente de minha casa, penso na possibilidade de apenas viver no carro de minha mãe pelo resto de meus dias, uma vez que não sei ao certo se tenho forças para abrir a porta. De alguma forma, entretanto, consigo me levantar lentamente no assento e olhar pelo para-brisa. A primeira coisa que vejo é um carro diferente em nossa garagem. Não é um carro, mas uma caminhonete. Uma picape cinza. E tenho um estalo.

Vi aquela picape no Facebook. Na página de Pamela.

E, de repente, encontro um estoque de energia que não sabia que eu tinha. Escancaro a porta do carro de minha mãe, atravesso o jardim pisando duro e então chego à porta da frente, abrindo-a e procurando por Pamela como uma leoa atrás de uma gazela.

Mal percebo a bagunça que está em minha casa — onde está meu sofá, droga? — quando vejo Pamela em pé no corredor, olhando para mim, a boca perfeita paralisada em um "O".

— Daisy — diz ela.

— Que diabos você está fazendo aqui? — rosno, surpresa com meu próprio veneno, como se fosse uma mamãe ursa, e ela, um caçador malvado que acabou de atirar em um de meus filhotes. Mas é mais ou menos um tipo de analogia apropriada, porque, sério, que tipo de mulher sai com o marido de outra? Ainda que a esposa dele *esteja* morrendo.

Antes que ela responda, Jack aparece atrás dela.

— Daisy — repete, com os pés fincados onde está. — O que *você* está fazendo aqui? — Seus olhos já estão arregalados, chocados ao me ver, mas então crescem ainda mais quando ele repara em mim, e só então me dou conta de minha aparência: a cabeça envolta em gaze, o semblante pálido de quem acabou de fazer uma cirurgia, uma calça de moletom cinza de minha mãe, cuja bainha foi parar em minhas panturrilhas durante o trajeto até aqui. E tenho certeza de que pareço especialmente medonha se comparada à Pamela perfeita, que ainda parece toda arrumada em uma camiseta branca e uma calça jeans rasgada. Que diabos ela está vestindo?

— Daisy? — Minha mãe aparece ao meu lado, e seus olhos correm de mim para Jack e depois para Pamela, tentando, como todos na sala, decifrar o que exatamente está acontecendo.

— Você não quer esperar no carro, mãe? — pergunto com os dentes cerrados, cruzando os braços sobre o peito. — Estarei lá em um minuto.

— Querida, realmente acho...

— Mãe. — Lanço os olhos em sua direção, mas ela hesita, olhando para Jack, para Pamela e depois para mim mais uma vez. Em seguida, balança a cabeça e se vira para sair.

Quando ela desaparece, viro-me para Pamela, mas minha energia está consideravelmente consumida.

— O que ela está fazendo aqui? — pergunto de novo, com a voz fraca.

Ele hesita, e dá uma olhada para Pamela antes de olhar para mim. Um olhar secreto compartilhado por duas pessoas que têm um segredo. Sinto uma fisgada de ciúme e de raiva na barriga. Ele respira fundo e, ao expirar, diz:

— Você deveria se sentar.

Ele caminha em minha direção e, gentilmente, coloca as mãos em meus ombros. E, ainda que eu tenha vindo com a intenção explícita de agarrá-lo e nunca mais soltá-lo, quero tirar meus ombros de suas mãos, porque, de repente, não consigo suportar a ideia de seu toque em mim. Ou de onde mais estiveram suas mãos. Minha cabeça, entretanto, parece leve e a sala está girando um pouco, e sei que ele está certo. Preciso me sentar. Ele me ajuda a atravessar a sala até a cozinha, porque parece ser o único cômodo com alguma mobília neste exato momento.

— Jack? — digo, enquanto caio em uma cadeira, com medo de que a cirurgia não tenha sido bem-sucedida, de que os exames estivessem errados, de que meu cérebro esteja funcionando mal.

Ele me estuda.

— Você está bem?

— Não — digo. — O que está acontecendo?

— Eu não queria que você descobrisse — diz em voz baixa. E fico olhando para ele com uma mistura de horror e raiva. De que ele esteja admitindo isso de modo tão espontâneo. Quero dizer, acho que ele não tem muita escolha, uma vez que Pamela está aqui, mas percebo agora que eu ainda me agarrava a uma pontinha de esperança de que estivesse errada.

— Bem, eu sei de tudo — digo com toda a raiva que consigo reunir, o que não é muito, considerando que a pequena distância do carro até a casa e a confirmação do relacionamento de Jack e Pamela acabaram comigo.

— Você sabia? — Ele franze a testa.

— Sim — digo com raiva, perguntando-me como ele consegue estar tão calmo. Como ele consegue permanecer plantado ali, olhando para mim com suas covinhas profundas e sua expressão fingida de preocupação.

Ele dá de ombros.

— Acho que nunca fui um bom mentiroso.

Com isso, encontro mais um estoque inexplicável de energia e estouro.

— Você nunca mentiu nem um pouquinho, Jack! Eu já nem sei quem você é. Como você pôde fazer *isso*?

É boa a sensação de gritar com ele, de culpá-lo, mesmo sabendo que a culpa não é totalmente dele.

Ficamos sentados em silêncio, olhando um para o outro, e ele parece tão triste que luto contra a vontade de estender a mão para ele, de abraçá-lo. E isso me faz odiá-lo com a mesma intensidade com que o amo.

Mas então, em um piscar de olhos, seu semblante se transforma, e, em vez de tristeza, seus olhos ardem de outra coisa. Algo que parece fúria.

— O que mais eu poderia fazer? — grita. — Me diga! Você não me deixava ir às consultas médicas, eu não podia postergar a escola. Deus me livre de tentar *ficar* com você.

Sei que ele tem razão. Que isso é culpa minha. Mas suas palavras queimam. Então me agarro à última coisa que ele disse e começo o ataque com ela.

— Sério, Jack? Tudo isso porque eu não fazia *sexo* com você?

— O quê? Não! — diz. — Qual é o seu problema? — Ele olha para mim com a testa enrugada e depois a relaxa, como se estivesse pensando:

Ah, claro, você fez uma cirurgia no cérebro. E isso me irrita ainda mais, porque *é ele* que está traindo, mas, de alguma forma, a louca *sou eu*.

Quando ele fala novamente, sua voz está mais calma, mais uniforme.

— Eu só... pensei que isso te deixaria feliz.

É a minha vez de franzir a testa, confusa. Será que ele, de alguma forma, descobriu meu plano para ele ficar com a Pamela? Como ele *pôde*? Kayleigh era a única que sabia, e eu tenho certeza de que ela não contaria para ele. Ela nunca me traiu, e não começaria logo agora.

Estreito os olhos para ele.

— O que *exatamente* você pensou que me deixaria feliz?

— Você sabe, não ter mais que se preocupar com isso. Sei que é um grande fator de estresse, mas eu só queria ajudar. Tinha que fazer *alguma coisa* para ajudar.

Espere aí, isso? Será que ele não queria dizer *ele*? Não ter de se preocupar com *ele*?

— Jack — digo, colocando as mãos em cima da mesa à minha frente, como se isso fosse parar a cozinha de girar e trazer alguma clareza à minha mente confusa. — Do que você está falando?

Ele inclina a cabeça e aponta para a sala de estar.

— Hã... a casa? — diz, prolongando as duas palavras, como se falasse com uma criança.

Eu apenas o fito, esperando.

— Você sabe, o fato de Pamela estar trabalhando nela?

Penso na sala de estar vazia e nas roupas desleixadas de Pamela, e as peças de um quebra-cabeça começam lentamente a se juntar umas às outras em minha cabeça latejante. Todas as coisas que sei sobre Pamela me passam pela cabeça: o paraquedismo, *Grey's Anatomy*, seu talento para fazer geleia, mas, de repente, um pequeno fato se destaca dos demais. Algo que Jack me disse: Pamela e o pai dela construíram a maior parte do sítio.

— O que ela está fazendo com a casa?

— Todas as coisas que não consegui fazer — diz ele. — Ela terminou as vigas no porão. Hoje está começando os pisos.

Tento enfiar na cabeça essa nova informação. Pamela não é apenas a namorada de meu marido, mas também, ao que parece, nossa nova prestadora de serviço.

— Quanto isso vai nos custar? — pergunto, a cabeça zonza com números, valores que não podemos pagar.

— Nada — diz ele. — Bem, quero dizer, os materiais. E nós tivemos que alugar uma lixadeira. Mas a mão de obra é gratuita.

Assimilo isso, tentando desacelerar a enxurrada de informações para pôr em ordem o que descobri até agora, para entender tudo. Mas uma pergunta ainda sai de meus lábios:

— Por quê? — E me arrependo assim que a faço. Sei que realmente não quero ouvir a resposta. Sei que é porque ela ama Jack. Que isso é o tipo de coisa que se faz para alguém que se ama.

— Salvei a vida do cavalo dela — diz ele, como se essa fosse a única explicação necessária. Mas não é. Preciso de mais. Por isso espero.

Ele preenche o silêncio.

— Ela queria fazer algo em troca. Ouviu sem querer quando contei a Ling sobre as outras coisas em que precisava trabalhar, o jardim, o selante, e perguntou se podia ajudar. Estamos falando disso, planejando as coisas, há semanas, mas eu não tinha certeza se conseguiríamos terminar tudo. Aí você não me deixou ir para a cirurgia e...

Ele dá de ombros.

Ele está tentando poupar meus sentimentos. Tentando não esfregar seu relacionamento com ela em minha cara. Mas preciso da verdade.

— E você está — respiro fundo, não querendo terminar a frase, mas não tenho escolha — *com* ela?

— Como assim *com*? — pergunta, e então seu olhar se torna descontrolado quando ele se dá conta exatamente do que quero dizer. — Espere aí. *Com* com? Com Pamela? Por que diabos você acha isso?

Faço que não com a cabeça, tentando organizar meus pensamentos, e então me lembro da noite que ele passou fora e, claro, do telefonema.

— A noite de domingo, quando você não voltou para casa. E aí quando falei com você na manhã seguinte ouvi a voz dela ao fundo. Ela estava aqui.

Ele assente.

— Sim. Não poderia contar se você ouvisse. Ela chegou cedo para começar com as vigas. Eu não queria estragar a surpresa. Por isso não disse nada, caso, quem sabe, você não a ouvisse.

Faço que sim com a cabeça, absorvendo o que ele disse.

— E a outra noite — diz Jack. — Não voltei para casa porque não achei que você me quisesse aqui. — Ele faz uma pausa, como se quisesse saber até onde deveria me contar as coisas, até onde deveria ser honesto. Então ele dá de ombros. — E eu estava furioso. — Ele olha em meus olhos. — Com você.

A honestidade crua de sua emoção me pega de surpresa, porque não é nem um pouco de seu feitio. Mas, por outro lado, Jack tem todo o direito de ficar zangado.

— E pra onde você foi? — pergunto.

— Para a clínica. Pamela me encontrou lá — diz ele, e eu fervo de raiva. — Ela estava preocupada com a cirurgia do Copper na manhã seguinte, mas saiu por volta das 23h e eu fiquei trabalhando até tarde e depois dormi no sofá do escritório do Ling.

Concordo com a cabeça novamente.

— Então todas aquelas vezes em que você saiu da sala para falar com ela ou disse que não era ela no telefone, mesmo quando eu sabia que era, foi por causa *disso*? Vocês conversavam sobre a nossa casa?

— Sim — responde e, então, como se percebesse todo o peso de minha acusação, esbraveja: — Você achou mesmo...? Ah, poxa, Daisy... não. Eu nunca poderia... nunca *faria* isso. — Ele estica o braço para colocar a mão em meu rosto, e o calor de sua palma é tudo.

Quero me deliciar com seu toque, mas minha cabeça continua explodindo de dor. Fecho os olhos, tentando absorver esse rumo completamente inesperado que a conversa tomou, quando me ocorre outra coisa que ele disse. *Todas as coisas que não consegui fazer.*

— Espere aí... o jardim da frente. — Abri os olhos. — Foi a Pamela?

O lado direito de sua boca se levanta, enquanto ele lentamente faz um não com a cabeça.

— Foi *você*?

Seu dente torto se exibe para mim.

— E foi *você* que selou as janelas?

— Sim.

— Jack, achei que estivesse ficando louca.

Ele faz uma pausa, como se pensasse nisso.

— Bem, você meio que estava.

Dou um tapa em seu braço e ele pega minha mão.

— Mas por quê? — pergunto novamente. — A casa sempre foi responsabilidade minha.

Ele aperta meus dedos.

— Eu te disse. Você não me deixava fazer nada.

Lembro-me de todas as vezes nos últimos meses em que rejeitei Jack, afastei-o, e sei que a maioria dos homens teria desistido. Pensei que Jack *tinha* desistido. Mas ele não desistira. Recosto-me na cadeira e deixo minha mente assimilar a grandeza de seus gestos. Ele não apenas plantou algumas flores ou consertou algumas janelas, mas encontrou uma maneira de me amar quando eu fazia todo o possível para não o deixar.

Concordo com a cabeça, um sorriso atravessando o rosto.

— Acho que tem sido um pouco difícil conviver comigo.

— Difícil? — zomba, e uma pontinha de raiva se acende em seus olhos novamente. — Que tal "impossível"? Você é tão teimosa e independente, droga. — Balança a cabeça, e acho que acabou, mas então descarrega outras palavras. — Você parou de me contar as coisas, não só as importantes, tipo como você estava se sentindo, mas coisas pequenas, como o que você comeu no almoço ou o fato de ter comprado um sabão em pó novo para lavar roupa porque estava em promoção. — Abaixa a cabeça. — Pensei... não sei o que pensei. Que você estava enfrentando sua mortalidade e fazendo um balanço de sua vida, e, não sei, que tinha se arrependido de gastá-la comigo ou algo assim.

Meu coração, que já passou por tanta coisa, quase se quebra ao ouvir isso.

— *O quê?* Ah, Jack, não. Não, não, não — digo. — Você é a coisa, talvez a única coisa, que acertei na vida.

E, pela primeira vez em meses, vejo os ombros de Jack visivelmente relaxarem enquanto ele assimila o que eu disse.

Mas então ele franze a testa, como se ainda não entendesse algo.

— E o que você está fazendo aqui? Você tinha que estar na cama.

Fecho os olhos e esfrego as têmporas.

— Bem, eu realmente pensei... sério, você e Pamela... E, você sabe. — Procuro, mas, como não consigo encontrar as palavras certas, apenas digo: — Não queria que você estivesse.

Porém, não e suficiente, porque ainda não posso afastar o sentimento de que talvez haja algo a mais no relacionamento deles do que uma simples amizade, que talvez Jack sinta alguma atração por ela (como ele *não* poderia sentir?), mesmo que não tivesse feito nada, então digo:

— Você não... sério... você não está... você sente alguma coisa por ela?

Antes que Jack possa responder, ouço a risada atrás de mim.

— Oh, meu Deus — diz ela. — Eu e o Jack? Nós dois nos mataríamos.

Ao me virar, vejo Pamela em pé na porta. Esqueci que ela estava aqui. Ela sorri.

— Sério, você já *viu* o escritório dele?

Coloco a mão no rosto para tentar esconder as chamas vermelhas que se espalham pelas bochechas.

— Ah, nossa, você ouviu tudo?

Ela nega com a cabeça, desviando os olhos.

— Daisy, eu...

— Não, pare. Você deve pensar que eu estou completamente louca.

— Não — diz ela, mas sei que está apenas sendo simpática, porque é isso que ela é, não importa o que Kayleigh diga a seu respeito.

* * *

Jack leva-me até o carro de mamãe, onde ela está sentada ao banco do motorista, os lábios formando uma linha fina de preocupação.

— Você precisa ir para casa e descansar um pouco. Você nem deveria estar fora da cama agora.

— Eu sei — digo. — Eu só... tinha que te ver. Estava com tanto medo de ter estragado tudo.

— Daisy, qual é! Podemos conversar hoje à noite — diz, movendo-se para abrir a porta.

— Não! — Desde a cirurgia, agora sei muito bem que qualquer coisa pode acontecer, que talvez eu não tenha essa chance novamente. Que preciso dizer a ele como me sinto, continuar a dizer e nunca deixar que se passe um dia sem que ele saiba disso. Que não posso perder mais tempo. Nem um segundo. E então, por alguma razão, me ocorre algo que Patrick disse.

— Posso ser atropelada por um ônibus quando sair daqui.
— Quê? Não acho que haja uma boa chance de isso acontecer.

Escondo um sorriso, certa de que Jack teria odiado Patrick tanto quanto eu.

— Eu sei. Só quero que você saiba que eu sinto muito. Não acho que fiz nada certo desde que tudo isso começou, especialmente em se tratando de nós dois.

Ele concorda com a cabeça.

— Eu também não. Há tanta coisa que eu queria que voltasse para fazer de outro jeito. Como não aceitar um *não* como resposta quando você não me deixava ir às suas consultas médicas.

— Acho que não existe um manual para esse tipo de coisa, né?

Ele olha para mim.

— Você está brincando, né? Você comprou o manual para mim.

Olho para ele, confusa, até me lembrar do livro de autoajuda que escolhi para ele na Barnes & Noble.

— Você leu?
— Não foi para isso que você me deu o livro?
— Bem, sim, mas... não achei que você *fosse* lê-lo de verdade.

Ele ri, depois joga a cabeça para trás e ri mais um pouco, e o som me aquece de dentro para fora como uma xícara de chocolate quente.

— Caramba, Daisy — diz ele, fazendo um *não* com a cabeça. — Só você.

MAIO

vinte e cinco

— Não era para estar tão quente assim em maio — diz Kayleigh, abanando o rosto com um programa de papel.

Estamos sentadas no Sanford Stadium, e encontro-me inclinada para a frente, tentando ver o corpo esguio de Jack no mar de doutorandos com capelos quadrados brancos.

Finalmente o avisto, e sinto vários friozinhos gostosos na barriga. Jack, por fim, concluiu os estudos, os itens da lista de nossa casa estão todos riscados, graças a Pamela, e temos dias, talvez semanas, talvez meses para passar juntos, esfregando a ponta do nariz um no outro sob a luz do sol de minha estação favorita. Talvez até mais, quem sabe? Em meu último checkup para o estudo clínico, a doutora Rankoff disse que meus tumores não haviam aumentado — continuavam do mesmo tamanho há um mês. Ela disse que talvez eu estivesse, finalmente, respondendo aos medicamentos ou que a remoção do tumor cerebral, de alguma forma, levou os outros a se comportarem, pelo menos por enquanto. E nunca me senti tão feliz em saber que uma parte de mim estava rendendo menos, deixando de cumprir seu potencial máximo. Mas sei que, um dia, isso mudará.

Quando os alunos na seção de Jack se levantam e agitam os capelos de um lado para o outro, minha mãe grita e Kayleigh se debruça sobre mim.

— Seu marido é, oficialmente, um médico. Duas vezes.

Rio.

— E ele ainda não tem a menor noção de como fazer um miojo.

— Ele é um caso perdido.

— Não — digo, pensando na maçaneta da porta, nas janelas e no jardim que ele arrumou. Sei que Jack pode cuidar de si mesmo, mesmo que não consiga juntar suas meias tanto quanto eu gostaria ou saiba fazer qualquer outra coisa para o jantar que não seja cereal.

Há uma coisa, entretanto, que ainda atormenta meu coração no meio da noite. E só há uma coisa em que consigo pensar para corrigi-la.

— Promete que vai dar uma olhada nele — digo à Kayleigh.

— Se você está pensando que vou lá para lavar a roupa dele, sem chance — diz ela.

— Não — falo. — Só passar um tempo com ele. Fazê-lo sair de casa. Eu só... — mordo o lábio e olho para cima até sentir os olhos secos novamente. Depois volto a olhar para Kayleigh. — Não quero que ele fique sozinho.

Ela aperta minha mão.

— Não vai ficar.

Concordo com a cabeça, satisfeita em saber que Jack ficará bem naquele dia inevitável em que meus tumores decidirem se rebelar novamente. Cumprir o potencial máximo deles.

Viro o rosto para o sol, deixando que o aqueça, e me permito sentir o consolo do outro pequeno fato que sei ser verdadeiro: hoje não é esse dia.

MAIO

um ano depois

Jack

Daisy se foi. É a primeira coisa que noto quando acordo no escuro e me viro para seu lado da cama. Está vazio. Será que ela está na cozinha? Tento ouvir o barulho revelador da porta da geladeira abrindo-se ou o som acolchoado de seus chinelos no corredor, mas tudo o que ouço é o ronco suave e ofegante de Benny vindo do pé da cama. Paro pouco antes de chamar seu nome, quando minha ficha cai.

Daisy se foi.

Fico deitado na cama, perguntando-me quando vou parar de acordar assim. Eu tinha o sono pesado quando Daisy estava aqui. Mas não acho que já tenha dormido uma noite inteira desde seu funeral.

Já se passaram cinco meses desde que me vi sentado entre Kayleigh com os olhos cheios de água — acho que foi a primeira vez que a vi chorar —, e a mãe de Daisy, aos soluços, ouvindo um reverendo que nem conhecia Daisy falar sobre a pessoa boa que ela era. Não sabia ao certo o que me enlouquecia mais: ele dizendo que ela era boa, quando nem mesmo a conhecia, ou usando a palavra *era*.

E então eles tocaram a música idiota de Sarah McLachlan, e pensei que fosse explodir até que Kayleigh se inclinou e disse: "Onde quer que esteja, Daisy está *puta*." E isso acabou com minha raiva, dor e tristeza por um instante, porque Kayleigh tinha razão. Daisy odiava Sarah McLachlan.

Agora a frase se tornou comum toda vez que falamos sobre ela.

Onde quer que esteja. E gosto dela, porque me faz sentir como se Daisy estivesse no mercado agrícola ou na ioga e se esquecera de me deixar um bilhete dizendo em qual deles.

Durante seis dias após o funeral, não saí de casa. Nem levei Benny para passear. Não que ele parecesse se importar. Ele passou a maior parte do tempo aninhado no travesseiro de Daisy, os olhos grandes, tristes e acusadores, como se eu tivesse relação com a ausência dela. Menti para minha mãe quando ela ligou e perguntou se eu estava saindo. É claro que eu não lhe disse que continuava ligando o liquidificador de manhã, porque ele enchia nossa casa vazia com os sons de Daisy. E ainda tinha o bônus de abafar meu choro infantil.

E então em uma tarde chuvosa, quando eu estava sentado à minha mesa, olhando fixamente para a foto de Daisy em nossas últimas férias juntos, em pé na frente daquela bicicleta enferrujada esquisita, presa no meio de uma enorme árvore que ela insistiu que fôssemos ver, ainda que se localizasse a uma hora de Seattle e tivéssemos de pegar uma balsa para chegar lá, Kayleigh apareceu. Ela nem bateu.

E, ao vê-la, lembro-me da primeira das duas coisas que Daisy me fez prometer antes de morrer: que eu manteria o contato com Kayleigh.

Quando eu partir, ela vai ficar sem ninguém, disse-me. *Só não quero que ela fique sozinha.*

Então eu a deixo ficar. Assistimos a um episódio de *Game of Thrones* em silêncio. Eu nunca tinha visto a série antes, mas sentar no sofá com os olhos grudados na TV, com outra pessoa, era infinitamente melhor do sentar no sofá com os olhos grudados na TV, sozinho. E, por um instante, até conseguia fazer de conta que era Daisy sentada ali, ao meu lado, o que aliviava o aperto em meu peito que sempre me sufocava desde a noite em que ela morrera.

Kayleigh voltou no final de semana seguinte. E, no outro depois disso, ela me disse que a mãe de Daisy viria também e que nós todos jantaríamos juntos.

— Não cozinho — disse a ela.

— Nem eu — falou Kayleigh.

Pedimos *pizza*.

Que bom que pedimos duas, porque a mãe de Daisy apareceu com um cara troncudo usando um boné de couro de motoqueiro. Lembrei-me vagamente dele no funeral, abraçando a mãe de Daisy como uma treliça envolvendo uma videira. Ele parecia bem simpático, não fosse uma tatuagem estranha de um pássaro de pernas finas e compridas que notei em seu pescoço, e não sabia ao certo o que pensar dela.

No começo, foi estranho, nós quatro sentados juntos à mesa de nossa cozinha. Parecia que, na primeira hora ou algo assim, Daisy havia ido ao banheiro e voltaria a qualquer momento para aliviar a tensão. Daisy sempre foi tão boa em situações sociais.

Adorava observá-la quando ela não percebia que eu fazia isso. E adorava observá-la ainda mais quando ela percebia — ela parecia brilhar mais, contar uma história com mais entusiasmo, dar um sorriso mais largo, como se fosse apenas para me satisfazer.

Depois que bebíamos algumas taças de vinho, a conversa fluía mais livremente e nos revezávamos para contar histórias sobre Daisy. A mãe dela chorava com todas elas. Até com as mais felizes.

— Como vocês se conheceram? — perguntou o Cara da Tattoo de Pássaro, e a pergunta me fez parar na mesma hora, porque era a única coisa que eu queria ter dito à Daisy antes de sua morte. Eu planejara, mas estava esperando o momento certo, uma daquelas cenas de filme nas quais a menina se agarra à vida e o cara fica lhe dizendo o quanto ela é importante para ele. Era quando eu lhe contaria essa história. Mas Daisy morreu enquanto dormia, e a última coisa que conversamos foi se ela queria tomar mais um pouquinho de suco de laranja com o canudo.

Então contei a história para eles: que nos conhecemos no ponto de ônibus, quando a salvei de uma abelha, e que ela não sabia que as abelhas grandes podiam picar e que eu lhe disse que era um equívoco comum.

E que, quando ela riu, seu riso abalou minha convicção de que eu nascera para ser veterinário e me fez pensar que tinha nascido com o único propósito de encontrar maneiras de fazê-la rir novamente.

Mas o que Daisy e meu público cativo — e um pouco bêbado — não sabiam era que eu, na verdade, tinha visto Daisy naquele ponto de ônibus seis semanas antes de conhecê-la e ia até lá todos os dias, mesmo tendo aulas do outro lado do campus, na esperança de vê-la mais uma vez. E então a vi. E então não fazia a menor ideia do que dizer a ela. E então a abelha voou perto da cabeça dela. E nunca me senti tão grato ao ver um inseto que podia ser perigoso.

Depois desse jantar, as conversas se tornaram mais fáceis para mim e para Kayleigh em suas visitas semanais, e até comecei a entender por que Daisy gostava tanto dela, embora fosse verdade a única coisa de que ela se queixava: Kayleigh tem um gosto terrível para homens.

Ela começou a me contar coisas que desconfio que só confidenciava à Daisy, embora, felizmente, com muito menos detalhes secretos, e eu ouvia e lhe dava conselhos terríveis, até que comecei a lhe contar coisas que normalmente dizia à Daisy.

Como o fato de que sempre ando com medo de rir em momentos inoportunos ultimamente. É como se a morte de Daisy tivesse desarranjado meu sistema nervoso, e não sei como reagir a situações sociais normais. Não que eu já fosse bom em situações sociais normais.

Isso é algo que teria contado à Daisy tarde da noite, antes de apagar a luz para dormir. Como um comentário sem importância, para que ela não pensasse que eu realmente me preocupava com isso. Ou que eu pensava que era importante.

Daisy, entretanto, não está aqui para eu lhe contar. Então contei à Kayleigh na semana passada quando passou em casa com um pacote de *enchiritos* do Taco Bell.

— Sua esposa morreu — disse ela. — Você pode rir sempre que tiver vontade, porra.

Não era o que Daisy teria dito. Mas isso, de alguma forma, fez com que eu me sentisse melhor.

Agora, deitado no escuro, sinto meu coração pesado mais uma vez — percebi que luto é isto: um ciclo constante em que você se sente melhor e se sente pior, e tenho esperança de que um dia vou me sentir melhor com mais frequência do que me sinto pior —, então penso na segunda promessa que fiz à Daisy antes de sua morte.

— Por favor, pelo amor de Deus — disse enquanto dividíamos uma fatia do queijo manchego debaixo de nossa árvore solitária no quintal, uma cerejeira silvestre, não uma oliveira como Daisy antes desejava —, pegue as meias ao lado da cama e coloque-as no cesto.

— Ok — respondi a ela.

— Todas as manhãs — disse Daisy, fitando-me com seu olhar característico.

— Todas as manhãs — respondi.

Mas menti. No chão ao meu lado agora há uma pilha de, pelo menos, dez pares de meias brancas encardidas. Eu as deixo ali, não porque me esqueço de pegá-las ou porque sou preguiçoso demais, mas porque agora essa é a nossa piada particular. A conexão final que não consigo quebrar com Daisy.

E, onde quer que ela esteja, espero que esteja rindo.

Agradecimentos

Meus agradecimentos sinceros às seguintes pessoas, sem as quais eu não teria concluído este livro em seu presente formato:

Minha extraordinária agente, Emma Sweeney, que mudou minha vida para sempre com um telefonema. E Noah Ballard, por sua paciência, segurando minha mão durante esta experiência nova para mim.

Karen Kosztolnyik, minha editora maravilhosa e talvez clarividente, e todo o pessoal de apoio da Gallery Books/Simon & Schuster, especialmente minha dedicada agente publicitária, Stephanie DeLuca, a incomparável Jennifer Bergstrom, a dinâmica Wendy Sheanin e a melhor assistente editorial, Paige Cohen. Obrigada a todas por amarem este livro e acreditarem nele.

Rich Barber, meu mentor editorial e amigo.

O doutor Chad Levitt, por gentilmente passar inúmeras horas explicando, em palavras que eu entendesse, procedimentos médicos, testes e diagnósticos complicados e por responder às minhas centenas de perguntas e e-mails com inabalável entusiasmo. Quaisquer erros ou imprecisões são meus.

Lisa Shore, por me apresentar a Chad e por sua amizade literária e apoio ao longo dos anos. Obrigada.

O doutor Leo Sage, por compartilhar suas experiências como estudante de doutorado e Ph.D. em medicina veterinária na Universidade da Geórgia. Mais uma vez, quaisquer imprecisões nesta experiência são minhas. Vão, Dawgs!

Minha irmã, Megan Oakley. Em *Sobre a Escrita*, Stephen King diz que cada romancista tem um único leitor ideal e mantém essa pessoa em mente em cada frase que escreve. É para você que escrevo. Obrigada por estar sempre disposta a ler — mesmo às 3h da manhã, quando gostaria de estar dormindo.

Minha mãe, Kathy, por suas edições brilhantes, e, junto com papai, seu amor incondicional. Obrigada aos dois por tudo.

Minha avó, Marion, por ler o primeiro manuscrito e, logo em seguida, lê-lo de novo. Você e o vovô sempre foram os que mais torceram por mim, e eu gostaria que ele estivesse aqui para ver isso.

Meus avós, Penny e Jack, por seu amor e apoio incansáveis.

Meu irmão, Jason, por seu método singular de incentivo ("Você ainda não terminou esse romance?"), meu cunhado, Matt, por seus conselhos pouco ortodoxos ("Coloque uma perseguição de carros em alta velocidade"), e o restante de minha grande família de incentivadores (Wymans, Oakleys, Tulls etc. — vocês sabem quem são). Como dizia meu pai, vocês é que dão "graça" ao que não funciona bem.

Meu círculo de amigos/pessoas de confiança, que leu vários manuscritos e me deu um *insight* inestimável, críticas e incentivo: Brooke Hight, Kelly Marages, Kirsten Palladino, Jaime McMurtrie, Caley Bowman, Laurie Rowland e Shannon Jones. Obrigada.

Autoras experientes que gentilmente compartilharam palavras de sabedoria, incentivo e apoio ao longo do caminho: Allison Winn Scotch, Catherine McKenzie e Nicole Blades. Obrigada.

Henry e Sorella, por me lembrarem da beleza preciosa do mundo fora dos de ficção que crio. Vocês são minha razão para tudo.

Por fim, meu marido, Fred. Não existem palavras suficientes. Por isso vou deixar duas: só você.

Impresso no Brasil pelo
Sistema Cameron da Divisão Gráfica da
DISTRIBUIDORA RECORD DE SERVIÇOS DE IMPRENSA S.A.
Rua Argentina, 171 – Rio de Janeiro, RJ – 20921-380 – Tel.: (21)2585-2000